2

Vのガワの裏ガワ

黒鍵繭

イラスト 藤ちょこ

CONTENTS

「たとえ――
その先が闇でも――
構わない――！」

彼のいない夏休み

「ぐえあっ…………」
「…………は？　どうして、ここに……」
さながらミュージカルのような、
そんな仕草だった。
気持ちの籠もった歌声と共に、
顔の見えないアイドルは
唐突にドアを開いてきたようで、
そのせいでドアの下部分が、
逃走しようとしていた俺の脇腹を直撃した。
鈍い痛みが全身に染み入って、
のたうちまわりながらも
俺は、視線を上に向ける。
世良夕莉
せら・ゆうり

「そ、それは、その……鍵が、開いてて」

Vのガワの裏ガワ2

黒鍵 繭

MF文庫J

口絵・本文イラスト●藤ちよこ

「――最後にもう一度、確認します」

「亜鳥《あとり》先輩が仰《おっしゃ》るように、これはビジネスライクな取引関係です」

「先輩は先輩の目論見《もくろみ》を果たすために、私やBｌｏｏｍ《ブルーム》を利用する」

「代わりに先輩には、八月まで私の――金剛《こんごう》ナナセのマネージャーをやってもらう」

「それで、本当に良《い》いんですね？」

七月下旬の東京。渋谷《しぶや》の一角に位置する、とあるオフィスビルの五階、休憩室。

二人で過ごすには些《いささ》か広々としすぎている空間の中心で、彼女はきっちり訊《たず》ねてくる。

「ああ、構わない」

考えあぐねながらも導き出した、了承の意。

ただ、それでも彼女は、その淡泊な雰囲気と持ち前の鉄面皮を崩さない。

「要請を受け入れてもらえたのは、本当にありがたいです――が、これはあくまで私にとって手段の一つであり、目指しているのは明確な結果です。何卒《なにとぞ》お忘れなく」

「わかってるって。俺が具体的に何ができるかはまだわからんけども、取引を受け入れた以上、適当にはこなさない。それが仮に、アトリエとしてじゃなくても――イラストの仕事じゃなくても、な」

「……だったら、良いんですけど」

「そんで？　手始めに、何かすることは？」

とにもかくにも、動かなければ何も始まらない。

リクライナーから立ち上がり、未《いま》だソファに座っている彼女に声をかけた。

「そうですね。とりあえずは――休憩室の掃除からお願いします」

「あ、やっぱりそういう雑用から始まるのな……」


VTuber《ブイチューバー》のママではなく、マネージャー。

まったく――俺がその立場に推されるなんて、夢にも思わなかった。

それも、それまでは縁もゆかりもなかった相手の、マネージャー。

い、い、娘である雫凪《しずなぎ》ミオじゃなく、まったく別の、事務所所属のVTuber。

『金剛《こんごう》ナナセ』の魂である彼女に、力を貸すことになるだなんて。


この数奇さは、いったいどこから、そもそもいつから仕組まれていたものなのか？

……きっかけが、あの人だもんな。

俺がゆっくり冷静に振《ふ》り返《かえ》ってみても、きっとわかんないだろうな――。

【＃1】大海を往《ゆ》く彼女へ

【雑談企画枠】みんなが夏にしたいこと、教えてよ(^^)/【雫凪ミオ】


『「はろわ～、リオと申します。メール失礼します」リオさん、はろわ～』

『「僕の夏にしたいことは、好きな女の子と花火を見に行く、です。僕の地元は花火が有名で、毎年それに合わせて夏祭りが行われます。そこにクラスの女子――僕の好きな女の子なのですが、彼女と一緒に行きたいと思っています」……ふむふむ、青春だね』

『「また、できればそこで、僕の気持ちを伝えたいとも思っています。ただ、ダメだった時のことを考えると、なかなかあと一歩が踏み出せません。そもそも、花火に誘うことすら緊張しているくらいです……そこで、ミオちゃんに質問があります」』

『「チャンスだと思ったら、告白するべきなんでしょうか？　それとも、悩むくらいならやめとくべきなのでしょうか？　ミオちゃんが同じ立場なら、どうしますか？　何でも良《い》いのでアドバイスをいただければ、とても嬉《うれ》しいです」……んー、難しい話だね』

『リオさんとその子の今の関係がどんなものなのかは詳しくわからないけど、でも、今の関係が変わってしまうのは不安だと思う。それだけは、なんとなくわかるよ』

『だから、さ。これはあくまで私の意見で、参考にだけ、してほしいんだけど……』

七月の第二日曜日の夜。時刻は二十二時頃。完成したイラストを仕事相手に納品した俺は、オフィスチェアに座りながら大きく伸びをした。拍子にボキボキと背骨が鳴る。

今回の仕事相手は、俺が挿絵を担当しているラノベの編集さんだ。

俺に——アトリエに初めてライトノベルの仕事を与えてくれた人、でもある。

【アトリエ @4telier】
『ブラックコーヒーを愛するフリーのイラストレーターです！ 瑠璃川《るりかわ》くんはズレている／モノクローム・ハイスクール／闇色《やみいろ》の魔女は夜しか見えない／VTuber《ブイチューバー》雫凪《しずなぎ》ミオなどなど！ PixevFANBOX《ピクセブファンボックス》もやってます、ご連絡は以下のメールアドレスまで』
878フォロー中　124万フォロワー

今でこそTmitter《ツミッター》フォロワー数は百万人も超えて、業界内外と俺本人から神絵師《かみえし》なんて言われているものの、この仕事を貰《もら》った当時はまだ中堅レベルの人気だったはず。

そんな俺に、是非ともこの作品のイラストを描いてほしいと頼んでくれたんだ。

恩を感じて、よりいっそう気合いが入るのは道理——さっき編集さんに送ったイラストも、指定書に基づきつつも期待以上のハイクオリティで、凄《すさ》まじい破壊力があるはず。もしエッチコンロがあるならば、間違いなく点火するだろう。エチチチチチ……。

『ファイト。リオさんの気持ち、伝わればいいね』

俺の作業スペース、デスクの上のデュアルモニターのうち、左側のモニターに映されていたライブ配信に注目。ついでにマウスカーソルを動かし、高評価ボタンを押した。

――俺が推しているＶＴｕｂｅｒであり、娘でもある、『雫凪ミオ』の配信。

今日のミオちゃんの配信は、自身のリスナーから事前に夏休みにしたいことと関連する質問をメールで募集し、それをラジオのように読み上げていく、というものだった。

普段のようにコメント欄を配信画面に映しながらのまったりとした雑談枠とは一味違った試みで、それが作用してか、普段よりさらに盛り上がっている。盛況を裏付けるように、ミオちゃんのチャンネル横に刻まれていたリアルタイム視聴者数は、五万から五万五千までを行ったり来たりしていた。

五万人。ちょっと想像するのが難しいレベルの人の多さだ――ついでに言うと、雫凪ミオの現在のチャンネル登録者数は百五十万人ほど。配信活動を始めたのは今年の五月の中頃からで、まだ半年どころか二ヶ月も経《た》っていないというのに、これ。

個人勢なのに。生配信の心得だって、まったくなかったのに、大人気。

つまり、そう、雫凪ミオは本当に凄《すご》い。これほど短期間で人気を博したＶＴｕｂｅｒは過去例になくて、きっと彼女はこれからも順調に、階段を上がっていくことだろう。

……と、ここまでは表側の話。VTuber《ブイチューバー》、雫凪《しずなぎ》ミオの話。

表には裏がある。表裏一体。そして、裏側は基本的に他人からは見えない。

けれど。ミオちゃんがデビューする前から一緒にミオちゃんのことを作り上げてきた仲間なら、秘されている裏事情すら知り得てしまっていても、おかしくないわけで。

ミオちゃんに――果澪《かみお》にとっては、俺や桐紗《きりさ》や仁愛《にあ》が、その立場の人間だった。

『相談があります。みんな、どこかしらで時間作れるタイミングってあるかな？』

『マネージャーを頼める人を探すか、場合によっては、そういうの頼める事務所にお世話になろうかなって思ってるんだけど悩んでて、アドバイスが欲しいなって――』

PC上で起動していたDigcord《ディグコード》に、通知が来ていた。三時間ほど前に送られていた一連の文言の後ろにはゴマフアザラシが両の前ビレを合わせ拝むようなポーズをしたスタンプが付いていて、同じグループチャットにいる連中の返信も載っている。

「……マネージャーに事務所、か」

やり取りを追っかけているうちに、俺はぼやく。同時に思う。

ミオちゃんにも、俺たち以外の力を借りなくちゃいけない時が来たのかも、と――。

§

ＶＴｕｂｅｒを区分するに当たって、避けては通れない要素がいくつか存在する。
事務所に所属しているか、個人勢か、という点も、そのうちの一つだ。

前者は想像しやすい。具体名を出すならば、今のＶＴｕｂｅｒ業界における大手事務所である『あるふぁ・べーた』や『Ｆｒａｇｍｅｎｔ《フラグメント》 Ｓｔｒｅａｍ《ストリーム》』、『エクス・マキナ』などは個性豊かなＶＴｕｂｅｒを数多く抱えており、定期的にオーディション等を行うことで新人ＶＴｕｂｅｒをデビューさせつつ、並行して既存のＶＴｕｂｅｒをプロデュースしている。そういった事務所のＶＴｕｂｅｒは、企業勢ＶＴｕｂｅｒとして分類される。

後者も理解は容易だ。事務所に所属せず一人で自由に配信活動を行う傍ら、時には営業的なセルフプロデュース、時には案件ごとの企業とのやり取りなど、煩雑な作業も全部自分でやる——それが個人勢。余談だが、そのフットワークの軽さから、ある程度は攻めた内容の配信ができるのも、個人勢のメリットになっているそう。

このように、事務所所属ｏｒ個人勢と、すべてのＶＴｕｂｅｒはどちらかに分けられるわけだが——どちらの方が良《い》いとかってのは、一概に決められない気がする。
だって、それぞれ強みが違う。

例えば、ＶＴｕｂｅｒとしてとにかく人気になりたいということならば、事務所からデビューする方が圧倒的に有利だ。雫凪《しずなぎ》ミオのバズっぷりは例外中の例外であって、本来なら事務所に対しての一定の信頼やいわゆる『箱推し』という概念が存在する事務所所属のＶＴｕｂｅｒ《ブイチューバー》の方が初動の人気は高まるはずだし、固定の視聴者だって付きやすい。

……とはいえ、企業に連なるぶん、しがらみも発生するだろう。守らなければならないルールは当然あり、同じ事務所に所属しているＶＴｕｂｅｒとも仲良くする必要があるかもしれない。いざ契約するとなった場合は、相応の覚悟はしなくちゃならないはず。

一方。あくまで趣味として、自分の希望や意思の赴くままにＶＴｕｂｅｒ活動を楽しみたいということならば、個人勢として配信していく方が都合が良《い》いように思う。

完全に自由なら、配信したい時に配信をして、好きなことを好きなだけやっていくことができる。歌、演奏、イラスト、朗読、ゲーム、雑談。俺の知っている個人勢は誰かや何かに縛られることなく、自分が楽しいと思うモノを、視聴者と共有している。

ある意味それは、ＶＴｕｂｅｒとして最も理想的な環境。

だが、それは彼女たちが既に人気だから言えることであって。企業勢と比べると個人勢は見つけてもらうまでのハードルが高いのは事実だ。配信してもなかなか人が集まらないという状況が続いたとしたら……ひっそりと、活動を辞めてしまうかもしれない。

推しは推せる時に推せ。どこかで聞いた言葉だが、俺は真理を突いていると思う。

とにかく何事も一長一短だ。自分が何を優先するべきなのか、優先したいのか。

これに関しては事務所所属だろうが個人勢だろうが共通して考えるべきことであり、もちろん――雫凪ミオだって、例外じゃない。

Digcord《ディグコード》のグループチャットに連絡が来た、翌日の昼。

比奈《ひな》高の校舎三階の端にある、多目的室B。補講や屋内部活のミーティングで主に使われる大教室であり、普段は暇人生徒の駄弁《だべ》り場として勝手に使われがちな場所だが――今日はそこに、いつものメンバーが集まっていた。

「ちゃんと入口に鍵かけときなさい。これから相談する話は、よその人間には伝わらないようにしなくちゃいけないわけだしね……だったら、学校で相談するなって話だけど」

「それはしょうがないだろ。俺と桐紗《きりさ》は仕事、果澪《かみお》だってバスケ部もあるわけだし、全員暇なタイミングが被《かぶ》るの待つよりかは、学校で隠れて集まる方が良い」

「……なんかナチュラルにニアだけ省かれている気がしマス。ニアだって忙しいのにっ」

「私、鍵かけてくるね」

言って、毛先が外に跳ねた澄んだ黒のロブヘアを揺らしながら、彼女は――。

果澪は引き戸に鍵をかけ、教室の窓際隅っこに集まっていた俺たちの方に再合流した。

……揃《そろ》っている面子《メンツ》は、あまりにも見慣れたもの。

椅子ではなく机の上に座り、ゆらゆら揺れているちんまり女子。黒マスクと両耳のピアス、くすんだアッシュグレイの髪が印象的な隣人——才座《さいざ》・フォーサイス・仁愛《にあ》。

俺に話を振りつつ唇にリップクリームを塗って、それから腕組みをする女子。胸や尻などの随所が豊満で、生真面目さと世話を焼くことに定評のある同業者——山城桐紗《やましろきりさ》。

底抜けに整った容姿で、さらには学業や運動、音楽方面でも非凡な能力を有する女子。なおかつ、今をときめく大人気VTuber《ブイチューバー》、雫凪《しずなぎ》ミオの魂である——海ヶ瀬果澪《うみがせかみお》。

最後に、高校生にして神絵師《かみえし》として君臨している俺——亜鳥千景《あとりちかげ》。

俺たち四人は、海ヶ瀬を魂に据えたVTuber・雫凪ミオをこの世界に生み出し、デビューさせ、裏方として手助けするというプロジェクトに取り組んだ仕事仲間であり、それを経て今では、困った時には相談し合えるような、友人同士になっていた。

「マネージャーとか、事務所についての話なんだけど。昨日Digcord《ディグコード》でちょこっと説明したように、急に思いついたこと、ってわけじゃないんだ」

切り出したのは果澪だった。そのまま、今日までの流れが説明されていく。

ここ最近、雫凪ミオが公開している連絡用メールアドレスに、雫凪ミオのグッズ販売の打診や企業案件の誘いについてのメールが、各所から大量に送られてきていること。

また、チャンネルの収益化に伴ってお金周りのこともちゃんと考えなくちゃいけないけど、貯金とか税金とかについて勉強する機会が無かったから細部が心配だということ。

とどめに。溢《あふ》れかえるほどに溜《た》まったメールボックスの中に、様々なVTuber事務所、ないしは支援組織から「うちに所属しませんか？」といった誘いがあったこと。

それらを全部まとめて考えていたら、てんてこ舞いになってしまった、ということ。

……なるほど。どうやら、なかなかビッグな出来事が重なっているようだ。

「ねえねえカミィ、ぶっちゃけ、どこから誘われたんデス？　あるフラのどっちかとか？

エクス……マキナはｅスポーツ系専門っぽい雰囲気あるから違うと思いマスけど、他には……」

「こら仁愛、探るな。その辺は守秘義務なんだ、あとで面倒なことになったら嫌だろ？」

「ぐぬぬ……」途中で俺に推理を止められて、口をもごつかせる仁愛。

「それに、俺の予想だとミオちゃんは、音楽系の事務所がほっとかない気が……」

「ミイラ取りがミイラになっちゃダメでしょうが」

俺と仁愛にしっかりとツッコミを入れてから、桐紗は別の切り口で果澪へ質問する。

「するまでもない話だろうけど、一応聞かせて。その事務所とか企業からの誘いって、どれもミオちゃんとして拾い上げますよって話なのよね？　果澪として、じゃなくて」

「い、い、い、い、い、い、い」

「は？　どういう意味デス？」

「あんたも曲がりなりにもＶＴｕｂｅｒなんだから、これで伝わりなさいよ……」

間接的な言い回しでも、桐紗の伝えたい内容はだいたいわかった。

これもまた大声で話せない内容になるが、個人勢として活動しているＶＴｕｂｅｒがそのガワごと事務所に拾われるというのは稀《まれ》だ。VTuber《ブイチユーバー》という存在が出始めた黎明期《れいめいき》だとぽちぽちある話だったっぽいが、二〇二二年現在で言うと、本当に聞かない。

……仮に、現在のガワを捨てて、事務所から新しいVTuberとしてデビュー、というパターンだった場合、本人も事務所も絶対に口にしないだろうからな。この辺の秘匿性が高いのは当然のことかもしれない。まあなんというか、世の中色々あるもんなのだ。

「もちろん。そうじゃなかったら申し訳ないけど、すぐに断ってるから」

桐紗《きりさ》に、そして俺たちに対して、果澪《かみお》は確固たる意志を持った表情で答えてくる。

「みんなにもミオちゃんの視聴者にも、そう約束したから。何より私が、雫凪《しずなぎ》ミオって存在を大切にしたいから……ガワを変えて、なんて話だったら、受け入れられないよ」

人の言葉に重みがあるなら、果澪のその発言は如実に、ずしりと胸に来るものだった。

今の果澪なら、絶対そう言うよな。

「それでね。誘ってくれた事務所とか企業にお世話になるとかは、まだ決めてないし悩んでる……ただ、少なくとも、これからのことを考えるきっかけにはなったの」

前置きもそこそこに。恐らくは、果澪が一番意見を聞きたかったであろう話に移った。

「それが、マネージャーの件に繋《つな》がるのよね？」

「うん。これから先、今以上に一人じゃどうしようもないこととかがあるかもしれないって考えたら、事務所に入った方が良《い》いんじゃないかなって。もし事務所に入らなかったとしてても、マネージャーみたいなことやってくれる人はいてほしいなって……そう思って」

マネージャー。一口にマネージャーって言っても、どういうことをやるんだろうか。

スケジュール管理やら雑務対応、大手事務所ならイベント現場への同行とか、その他雑務とか？　……少なくとも、ライバー側の負担が減る部分は確実にあるはずだ。

「それなら、チカが本格的にマネージャーやってあげれば良いんじゃないデスか？」

「なんだその単純思考アルゴリズム……」

「それは無理だよ」

どうやってこの脳天気娘を論破しようかと考えていたら、代わりに果澪が否定した。

「今の私の悩みって、ある程度専門的な大人の力を借りなくちゃいけない話だろうし、アトリエ先生にマネージャーができるほどの時間の余裕だって無いはずだし、それに……仮に亜鳥《あとり》くんが引き受けてくれたとして、じゃあいつまで？って話にもなるだろうし」

その通りで、仮に果澪が今後十年近くＶＴｕｂｅｒ活動をする（多めに見積もって、だが）として、その間ずっと俺が果澪のマネージャー業を行うなんてことは不可能に近い。

俺には俺のライフプランがあり、果澪には果澪の歩きたい道がある。どちらか一方のためにどちらか一方のやりたいことを我慢するなんてのは健全じゃないし、適材適所でもない。そもそも適切なサポートを受けたいという話において、俺じゃ不適格だ。

「ちなみにそれは俺だけじゃなく、このグループ全員に言えることなんだよな」

「……そうなんだよね」

いずれ言わなくちゃいけないと考えていたこともまた、ついでに伝える。

今の話し合いのように、雫凪《しずなぎ》ミオ制作プロジェクトのメンバーは今日まで裏方として、ミオちゃんに対して差し出がましくない範囲で協力してきた。

だから、これからも本人から求められれば、相談に乗ったりはできる。友人だからこそ、困った時には支え合っていこう、とも思っている。

だが……それはそれとして、現実的な話も考えていく必要がある。

俺や桐紗《きりさ》のように学生の身分で既に商業イラストレーターとして活動している人間は、仕事の関係でどうしても協力できる時間が制限される。仁愛《にあ》のように同じ個人勢の人気Ｖ《ブイ》Ｔｕｂｅｒ《チューバー》でも、完全に同じ境遇じゃない以上、参考にならないことも出てくるはず。

なんでもかんでも助けてあげられるわけじゃない。果澪《かみお》も、独り立ちできるところはしなくちゃいけないのかもしれない。頼るべきところに頼る時が、来たのかもしれない。

……昨夜、薄々と考えていた話を、今日の俺も再び思案していた。

「きりひめ先生とかシリウスちゃんって、この辺どうしてるのかな？」

永遠なんて無いという現実に対して、少しだけ寂しそうな表情を作っていた果澪。

だが果澪なりに既に切り替えているようで、真面目な様子で先輩二人に訊《たず》ねる。

「ニアは全部、ニアのダディとダディの知り合いの大人と、それからチカに任せてマス。

だから、その辺のことは詳しく知らないデス……えっへん」

「胸張って言うことじゃないぞ」「失礼デスね、Bはありマス」「聞いてねえよっ」

そんで、なんで俺がその中に入ってるんだろう。もはや親族じゃん。

「あたしは臨機応変にやってるわ。お金の話はイラストレーターの時からの付き合いの税理士さんにお願いしたり、仕事系の話は必ず自分でチェック入れるようにしたり、ね」

「流石《さすが》、偉いなあ……って言ったらおかしいのかな。でも、ちゃんとしてるよね」

「うん。イラストの仕事で契約がどうのこうのって話は充分経験してるし、何よりこれも自分の仕事だから……ま、どっかの愚か者は、その自覚も無いみたいだけど」

「カミィ、グミ食べたいデス」「あ、良《い》いよ、はい」「当の本人は話聞いてないしっ」

マイペースな仁愛に催促され、グミを分け与える果澪。手に持つパッケージには、チョコバナナ味と書いてある。またも意味わからんフレーバー、どこの会社だよ作ってんの。

「……千景《ちかげ》は、どう思う？」

仁愛の様子に呆《あき》れてから桐紗は、俺に見解を求めてきた。

「なんつーか、難しいな。最終的に果澪本人が決めるべき話ということを差し引いても、一日二日で細かいとこまで考えをまとめるのは無理な気がする」

「そうよね……企業のお世話になれば無条件で安泰、ってわけじゃないものね」

職場や学校と同じで、事務所に関しても入ってみなくちゃわからない側面がある。

入った後で、企業や事務所の方針と自分の活動方針に、乖離《かいり》を感じることもあるかもしれない。それが予測できるからこそ、よし一旦入ってみろ！なんてことは言えなかった。

「けど、企業の世話になった方が良《い》い気も、なんとなくするんだよなあ……」

我ながら、二転三転していて優柔不断だ。でも、ちゃんと理由はある。

「ええ、その気持ちもわかるわ。ミオちゃんって、あたしらの想像以上に人気になりすぎちゃったから。少しずつ大きくなるなら成長に合わせて果澪《かみお》も勉強していけば良いんだけど、今のミオちゃんの規模感だと、そんなことやってる余裕も無さそうだし……それに」

少しだけ言葉を詰まらせた桐紗《きりさ》は、それでも一思いに口にする。

「魂バレ未遂のこともあるしね。保険をかける意味でも、所属ＶＴｕｂｅｒ《ブイチューバー》を法的に守る体制が整ってるところにお世話になる方が、果澪にとっても良いかもしれないわ」

その桐紗の発言を聞くなり――仁愛《にあ》が果澪にひしと抱き付いていた。

「ど、どしたの仁愛ちゃん」

「……ニアはどんな時もカミィの味方デスってことを、スキンシップで表現してマス」

「そ、そっか……うん。ありがとね」

「果澪。仁愛を甘やかして良いことなんて一つも、これっぽっちも無いわよ？」

「いやいや、まさかそんな、一つくらいありマスよ」

「皆無よ、悲しいほどにね」「断定すんじゃねえデスよっ」

まーたいつもみたいに桐紗と仁愛が揉《も》め出す中、俺は話に割り込んでいった。

「企業案件は、相手の企業のこと調べた上で、やりたいと思ったらやればいい。税金については、どんなものでも領収書だけは取っておけ――くれぐれも、契約書はちゃんと読めよ？　特に条件面とか、契約内容とか、紙面だけでも問題無いかどうかはわかるから」

ついでに、相手とのやり取りは基本メールで、それらの記録は明確に残すようにしとけよという今日からでも使えそうなアドバイスを添えてから、最後に。

「……事務所とかマネージャーのことは、もう少しじっくり考えるべきだな。果澪にとって、ミオちゃんにとって、一番良い選択肢はなんなのか。それを考えて最終的に決断するのは、俺たちじゃなく果澪本人で、だからこそ時間をかけるべきだ。今日中に答えろ、とか言ってきてるわけじゃないだろ？」

「うん。メール送ってきてくれたところは、どこも熟考の上、返事をくださいって」

「だったらまあ、夏休みくらいに考えて返事すりゃ良いんじゃないか？　そしたらその前に俺のツテを漁《あさ》って、業界研究みたいなことできるかもしれないし……」

「亜鳥《あとり》くん、そっち方面にも知り合いいるの？」

「一応な。それに、そこそこ信頼できるところだとは思ってる」

果澪にマネージャーや企業に特別な頓着が無く、どこを選ぶか最後まで決められない。

もしもそうなったら、そこを紹介しても良いかも……なんて考えつつ、肝心の結論へ。

「なんにせよ、もうちょい時間をかけても良《い》いはずだ。だよな？」

言ってから桐紗《きりさ》と仁愛《にあ》を一瞥《いちべつ》したところ、異論は挟まれなかった。総意とのこと。

「……うん、わかった。みんな、ありがとね」

聞き終えた果澪《かみお》はそう言って、優しく微笑《ほほえ》んでいた。

その笑顔はかけがえがなくて、何よりも尊いもので。

……こうやって何事もなく集まれてるのは、本当に素晴らしいことだよな。

柄にもなく感傷的になった俺は、なら、そろそろ解散するかと言おうとして——。

瞬間。ガラリと、多目的室Bの引き戸が開かれた。

「……」「……」「……」「……果澪、鍵かけてなかったか？」

唐突すぎて、俺以外の三人は黙ってしまった。全員の視線が入口へと集中する。

「——吹奏楽部が楽器搬入するそうなので、お話ならよそでやってもらえます？」

女子生徒がちょうど一歩ぶん教室内に足を踏み出して、淡々とした口調で立ち退《の》きを要求してきていた。結果、自《おの》ずと俺は、発言者である彼女のことを注視してしまう。

すっきりした顔立ちをしていて、でも、注意しているからか、その表情は険しい。

続けて服装——首元にはチョーカー。ネクタイは緩めに留められ、ワイシャツは着崩さ

れている。両手の爪には黄色のマニキュアまであしらわれていて、なんとも反骨精神溢《あふ》れるファッションに見える。総じて、ギャルっぽい。

そして、何より特筆すべきは、彼女のセミロングほどの長さの黒髪。ヘアゴムでまとめられたサイドテールで、全体にはマニキュアの色と似た——ジャスミンイエローとも呼ぶべき、とにかく、明るい色のハイライトが散らばっている。

……良《い》いよな、この色の入れ方。めっちゃ良い、俺は大好きだし、きっと世の中のオタク諸君も好きなんじゃないだろうか？　メインカラーに差し色として別のカラーを合わせるというキャラデザは、最近の流行だし。というか俺がその流行を後押しするし。今日帰ってから描くオリキャラの髪色も、こういう感じのハイライト入れてみようかな……。

「勝手に使っちゃって、ごめんなさい」「急いで出ますね……ほら、行くわよ」

女子のヘアカラーに着目する俺や、顎の下の黒マスクを顔に戻し、俺の後ろにそそくさと隠れてくる仁愛《にあ》と違って、果澪《かみお》と桐紗《きりさ》はちゃんと頭を下げていた。そうだな、謝罪は大事だ。よし、俺たちの代わりにやっといてくれ（屑《くず》）。

ただ。それで終わりかと思いきや、女子生徒からの注意、もとい小言は続いた。

「それと、原則として中に人がいるのに教室の鍵をかけるというのは禁止されています。何度も注意するのは手間ですし、以後、気を付けるようにしてください」

「なんでだ？」「変なことに使われるの防ぐためじゃないかな」「変なことって何デス？」

「そりゃ男女二人、密室になって……ね、桐紗ちゃん」「あ、あたしに振らないでよっ」

「……はあ」女子生徒は、当てつけのような嘆息をしていた。

「なんでもいいので、とっとと出て行ってください。時間、勿体《もったい》ないので」

お前らには付き合ってられない。言葉でも態度でもそう示されてしまった以上、去るしかないだろう。四人でばつの悪さを共有しながら、そそくさ部屋を後にする。

——廊下に出ると、付近に金管楽器の中ではトップクラスに重いであろうチューバを横に置いた吹部とおぼしき女子生徒が二、三人立っていた。

これぱっかりは、謝るしかなかった。

「つーか、あいつも吹奏楽部なのか？　その割に、やけに説教が板についてたが……」

「……セラは生徒会デス」

廊下をつかつか歩きながらの俺のぼやきに、まさかの仁愛から答えが返ってくる。

セラ。イントネーションが若干気になるが、彼女の名前だろうか？

しかし、生徒会か。なるほど、だからマスターキーで入ってきて注意してきたと。おかしいと思ったんだよな、果澪がちゃんと鍵かけてたのに、普通に引き戸開けてきたし。

……あんだけ派手なファッションで生徒会なんだな。いや文句とかじゃなくて、生徒会なら幾分かは組織のルールで制限されそうだって意味。比奈《ひな》高の規則が緩いにしても、だ。

「仁愛《にあ》は知ってるのか？　あの、黄色ハイライトの女子のこと」

「いえ、同じ学年ってことと、クラスと名前と所属、くらいしか知らないデス」

「結構詳しいな……なんか関わりとか、あったりするのか？」

「はい。セラはA組なので、ニアのB組と合同体育する時にはペアを組んでマス。だからまあ、ちょっとは話したりもしてマスけど」

「お、お前、いつの間にそんな成長してたんだ？」

感動のあまり、涙が出そうになってしまう。

ご覧の通り、仁愛は学校や外出時に黒いマスクを付けることで知らない相手との会話を避けようとするほどの人見知りであり、校内で話せる人間だって俺たちくらいだと認識していたが……もしや、果澪《かみお》の件をきっかけに、少しずつ話せるようになったのか？

「嬉《うれ》しいよ、仁愛。だったら今日は記念に、出前のランクを上げて豪勢に……」

「ちなみに余り者同士でペア組んだだけなので、こっちから誘ったとかじゃないデス」

俺の感動を返せ。

「こないだはお互い黙って、壁に向かってバレーボールのサーブ練習してました」

「せめて普通にラリーはしろよっ」これに関しては仁愛だけじゃなく、セラもおかしい。

……余ってるってことは、あいつもぼっちなんかな。その辺は、わからないけど。

「というかチカ、よく考えてください。クイーンオブ人見知りのニアが同じ学年に、仲睦《むつ》まじいフレンドなんて作れると思いマスか？」

「自慢げに言うな。果澪とは仲良くなれただろ？　その要領でこう、二人目も……」

「カミィは特別デス、ベストフレンドのデスティニーだったんデス！」

言って、仁愛はしゅたしゅた足早に、少し前を歩いていた果澪の背中へダイブした。

……こいつも進歩、してるんだよな？　俺は信じてるからな？　……な？

§

雫凪《しずなぎ》ミオの今後についての意見交換が終わり、時間も流れ、学生なら誰もが待ちわびているであろう夏休みがまた一歩近づいて——その日の夜、二十時頃のことだった。

出前の中華を俺と一緒に食べ終えた仁愛が配信するために自分の部屋に戻り、俺もそろそろイラスト描きますかと思い立ったタイミングで、アパートのインターホンが鳴った。

「亜鳥《あとり》くん、一生のお願いだから助けてっ」

インターホン越し。果澪の焦燥に駆られた声が聞こえてきたことで、ピンポイントに嫌な予感が胸をよぎる——まさか、一ヶ月前の件で何かあったのか？

すぐさま玄関の戸を開けると、そのまま制服姿のままの果澪が、どたりと玄関口に倒れ込んでしまった。どうもこの様子だと、急いでやってきたらしい。

「その様子だと、なんかあったんだな？」「う、うん。実は……」

……俺は良くない知らせに対しての覚悟をしつつ、こうやって頼ってくれたからには協力しようという決意も固めていた。いったい、何があったんだろう……。

「その、学校に忘れ物しちゃって」

「……………………何を？」

「筆箱。ゴマフアザラシのぬいぐるみのやつなんだけど、わかる？」

すぐに思い浮かべる。果澪《かみお》の机の上によく置いてあるやつな？　ああ、はいはい……。

俺は無言でリビングの作業スペースへと踵《きびす》を返した。さ、今日も元気に絵を描こう。

「ま、待ってよ！　ね、友達がこうやって助けを求めにきたんだよ？　だったら、『よし俺がなんとかしてやる！』とか、そういう感じになっても良《い》いんじゃないかなっ？」

座り込んだままの果澪はひしと、俺の足を掴《つか》んでくる。まるで仁愛《にあ》みたいな挙動だ。

「取りに行くの一緒についてきてって、そう言いたいんだろ？」

「そうだけど、って、なにそのやる気無い顔！　一生のお願いまで使ったのにっ」

「こんなしょうもないことに使うな」

「じゃあ一生のお願いは撤回するから、とりあえず一緒に来てよ」

「それはそれでどうなんだ……だいたい、取りに行くなら一人で良いだろ」

「足りないよ、怖いよ、夜の学校だよ？　お化けが出たらどうするのさ」

「お、お化けて……はっ」「鼻で笑わないでよっ」

雫凪《しずなぎ》ミオにとって、唯一無二の苦手なものがホラー系のコンテンツだ。たまに行われるホラゲー配信では普段の清涼感に満ちた声が一変し、彼女の大きな叫び声や震え声なども楽しむことができる。一切の演技抜きで、ミオちゃんはホラーが苦手だった。

だから、ミオちゃんの魂である果澪が夜の学校とかいう、いかにも幽霊などとエンカウントしそうなスポットを嫌がる気持ちは理解できる──まあ、面倒なのは変わらんけど。

「……気持ちはわかるよ。私も、他のものだったら明日取りに行くだけだったし」

「じゃあ、どうして筆箱には拘《こだわ》るんだ？」

聞くと、果澪はどうにも恥ずかしそうな、けれどはっきりとした口調で答えてくる。

「中に、チャンネル登録者百万人記念で桐紗《きりさ》ちゃんから貰《もら》った万年筆が入ってるの」

「渋っ」社会人か、あいつは……いや、仕事してるし、ほとんど社会人みたいなもんか？

「仁愛ちゃんとゲーセンのUFOキャッチャーで取った、キーホルダーも付いてるの」

「た、ただでさえぬいぐるみみたいな筆箱なのに？」余計に重くなるだろ。

渋る俺に向けられた果澪の表情は、さっきまでよりも曇っていた。

あの筆箱には二人との思い出の品も入っているから、一晩でも放置はしておきたくないんだ、ということを言いたいんだろうな……くそ、察しちゃったじゃんか。

「そんなに大切なもんなら、ちゃんと確認しろよな」

「そうだね。放課後、バスケ部の集まりに急いでて、うっかりしてた私が……」

俯《うつむ》いて、両手で目元を押さえてしまう果澪《かみお》。なあ、それずるくね？

「ま、待て、メソつくな。これじゃまるで、俺が泣かせたみたいな……」

「うえーん」なんだよそのいかにもな泣き方、ちょっとうざいし何よりあざとい。

「……あぁもう、わかったわかった！ ついてきゃ良《い》いんだろ、良いよ、行くって」

「うん、ありがと」「やっぱ嘘泣《うそな》きかよっ」

すぐさまケロリとする果澪。続けるだけ時間の無駄だと思った俺は、財布とスマホと家の鍵だけポケットに入れてから、ん！と玄関のドアの方を指差した。

高校生が出歩くにしては夜も遅い。とっとと行って、とっとと帰ろう。

§

「急ぎの忘れ物を取りに来たと。じゃ、帰る前にもう一度ここ寄って、声かけてください」

「……ところで。なんか最近、ここの夜間警備してると廊下から変な声みたいなのが聞こえたりするらしくてね。幽霊出るとか、そういう話聞いたことない？」

比奈《ひな》高の玄関事務所で待機していた警備会社の人に用件を伝えたところ、二人いたうちの片方の人から、いらん雑談を振られてしまった。

最悪だった。よりにもよって、どうして果澪にそんなこと教えるんだろう。

そのせいで――見ろ。このザマだ。

「近いなあ！」「だ、だって……いるかもしれないんだよ？　幽霊が」

倒置法と共に、果澪は隣を歩く俺に引っ付いてきている――俺からすると、幽霊よりも確実に存在する果澪の方に意識が向く。なあ、なんでお前は一日も終わりだってのにそんなに良い匂いするの？　身体《からだ》は香水で出来てるの？　固有結界なの？

「……実際、幽霊の方がマシだろ」スマホのライトをぴかぴか光らせ、異様にくっついてくる果澪に少しだけ緊張しながら、なんとなくそう振ってみる。

「ど、どういうこと？」

「よく考えてみろ。ただの幽霊なら悪霊じゃない可能性もあるが、人だった場合は十中八九ろくでもない。不審者がいたらどうする？　出くわしたら、絶対やられるだろ」

「……」暗さのせいで判断はできなかったが、たぶん果澪は青ざめていた。

実際のところ、比奈高は施設全体が非常に新しく民間の警備会社と契約する程度にはセキュリティ面でもしっかりしているため、噂《うわさ》が流れるほどの長期間、不審者の滞在を許すという事態は考えづらい。どちらかと言えば、幽霊の可能性の方が遥《はる》かに高いだろう。

……どっちにしろ、果澪にとっては全然朗報じゃないけども。黙っとこ。

ゴマフアザラシの筆箱は果澪《かみお》の机の中から、あっさりと見つかった。

万年筆も入っていたようだし、ヒトデだか星だか知らないが、そういう形の紫色で大きめのキーホルダーもしっかりと付いている。ミッションコンプリートというやつ。

後は、果澪を引き連れて学校を出るだけ——そのはずだった。

「……なんか今、こっちから声聞こえなかったか？」

帰りの廊下の道すがら。ふいに俺の耳を、妙な音が撫《な》でていった。

気のせいだろうか？　恐らくは女子の声が……一瞬だけ、聞こえた気がする。

「ねえ、そうやって驚かせようとするのやめてよ。私だって、馬鹿じゃないからね？」

「いや、ガチだって……ほら見ろ、これが嘘《うそ》吐《つ》いてる人間の目に見えるか？」

くわっと目を見開いてやると、果澪は怯《おび》えたヒヨコみたいに縮こまってしまう。

「本当ならもっとダメじゃん！」じゃあどうすりゃ良《い》いんだよ……。

果澪はひとまずほっといて、俺は声が聞こえた方角の教室に寄っていく。

生徒会室だった。壁越しに見えるはずもないのに俺はそちらへ視線を釘付《くぎづ》けにされて、しばらくどうするかを考えてから……最終的に、生徒会室の引き戸に手をかける。

「え、なに、どうするつもり」「気になるから開ける」「死にたいのっ？」

大げさすぎん？　好奇心は猫を殺すって、そう言いたいんだろうか？

「それに、そもそも勝手に入っちゃダメだよ。普通に不法侵入じゃん」

「だったら余計に大丈夫だ。果澪の家に乗り込んだ俺にとって、この程度は造作もない」

「全然自慢にならないよ！」確かに。しかもよく考えたら親父《おやじ》さんから鍵貰《もら》うついでに許可は取ったから不法侵入ではないな。良かった良かった――いや、何が？

「落ち着いて、冷静に考えてみろ。そもそも開く方がおかしいんだ。一般教室と違って、生徒会室みたいな場所って最後に使った生徒が鍵かけてくはずだろ？　なのに……」

添えた手に軽く力を入れただけで、あっさりと戸は開かれてしまった。

「噂《うわさ》通り、なんかいるのかもな」「ひいい……」「ふはっ」「わ、笑い事じゃないよ！」

仰《おっしゃ》る通りで、果澪のビビりっぷりをせせら笑っている場合じゃない。

興味本位で中に入ってみると、円卓形のテーブル、レザーソファ、明らかに一つだけ豪奢《ごうしゃ》な生徒会長席。家具類はすべて夜の青白い闇の下にさらされていて――部屋の奥にあるドアの向こうから、こちらの方へ明らかに違和感ある光が漏れ出していた。

俺と果澪はこっそりと移動していって、ドアに耳をくっつける。

『輝きに……それはまるで……偽りでも構わない……プレシャス……』

「……誰か、いるな」「う、うん。女の子が……歌ってる、のかな？」

幽霊じゃないことに多少は安堵《あんど》したからか、俺の密《ひそ》やかな声音に合わせて果澪も静かな声で返事してくる――同時に、なんとなくドアの向こうの人物が何をしているのかも理解。

ただ歌ってるだけじゃなく、ステップも踏んでいるらしい。とんとんと、軽い振動が向こう側から伝わってきている。まるで、アイドルのレッスンか何かのようだった。

「この娘《こ》、どうしてここにいるんだろうね……」

「やっぱ幽霊なんじゃないのか？　アイドル目指してたけど志半ばで命を失って、自分が死んでいることにも気づかないままにこの場所で、ずっと練習し続けて……」

「ねえなんでそういうこと言うの？　亜鳥《あとり》くんの鬼、脚本家、変態！」

「変態は関係ねえだろっ」というか今の、変態を否定しなくちゃいけない場面だったか？で。ひそひそ喋《しゃべ》っているうちに、こんなことしてる場合ではないのではと気づく。

……これ、人間だろうが幽霊だろうが、ドアの向こうの彼女が自分のやっていることを俺たちに見られたって気づいたら、良《い》い気分にはならないよな。覗《のぞ》かれてるわけだし。

逃げた方が良くない？　バレたら面倒くさいことになるんじゃねえの？

「……さ、帰るか」「ほんと、何のために入ったのさ……」

呆《あき》れた様子の果澪《かみお》を伴って、こっそりとこの場から離れようとして――。

『たとえ――その先が闇でも――構わない――！』「いってえ！」

さながらミュージカルのような、そんな仕草だった。

気持ちの籠もった歌声と共に、顔の見えないアイドルは唐突にドアを開いてきたようで、そのせいでドアの側面が、逃走しようとしていた俺の脇腹を直撃した。

「ぐえあっ………」

鈍い痛みが全身に染み入って、のたうちまわりながらも俺は、視線を上に向ける。

「………は？」

セラだった。声の主は多目的室で、俺たちにふてぶてしい態度で説教してきた彼女。

でも、昼間と雰囲気がまるで違う。

服は俺や果澪が着ている比奈高《ひな》の夏服じゃなく、黒がメインカラーのフリルワンピース。

そして、表情はまるで青空の下に咲く花のように朗らかな笑みを浮かべていて、よっぽど気分良く歌っていたんだろうなということが、ありありと伝わってきてしまった。

「どうして、ここに……」

「そ、それは、その……鍵が、開いてて」

痛みに悶《もだ》える俺の分まで、果澪は怒られた子どものようにぽしょぽしょ言い訳する。

しかし――表情から色が失われるって、こういうことを言うんだろうな。

一瞬だけ見えていたとびっきりの笑顔は消え去り、呆然《ぼうぜん》と突っ立っていたセラの表情はどんどんと無機質なものへと変わっていき――たっぷり三十秒ほどの沈黙。

やがて、その表情変化のグラデーションは、困惑から侮蔑に近いものへと変わった。

「……なんなんですか、あなたたち。鍵開いてたからって、普通入ります？　というかそもそもなんで学校にいるんですか。今、二十一時ですよ？　あり得ないでしょう」

「後半は、あなたにも言えることじゃないかな……？」

「黙ってください、この変態女」

「えっ」突如として不名誉な烙印《らくいん》を押されてしまった果澪《かみお》。ぱちくり瞬《まばた》きしている。

「へんたい……な、なんで？　亜鳥《あとり》くんを差し置いて、どうして？」

「残念だったな、お前も大概だ」振《ふ》り返《かえ》ってみてもやっぱり思うけど、マイクロビキニを学校に着てくる人間は客観的に見れば変態だと思う。誰とは言わんが。

「そして、あなたはもっと最低です。このヤリチン、人間の屑《くず》、下半身直結脳」

「い、言いがかりが過ぎるんだがっ」俺の方が暴言多いし、一発の火力が段違いだった。

「……亜鳥千景《ちかげ》、そして海ヶ瀬《うみがせ》果澪。お二方のことは知っています」

アイドルみたいな格好のセラは、這《は》いつくばる俺に、およそアイドルが見せてはいけないような厳しい表情を作ったまま、その後はゴミを見る目で凄《すご》んでくる。

「し、知ってるの？」

「はい。お二人とも、この学校では有名人ですし——特に亜鳥先輩。あなたは生徒会にも大変な悪名が轟《とどろ》いていますから」

そ、そうなん？　……おいやめろよ、教えてくるなよ。誰々がお前のこと嫌いっつってたよ、みたいな、やってることそれと同じだからな？　一番タチ悪いからな？

「例えば——去年の文化祭では、コンカフェをやらせろとごねたらしいですね。クラスの予算には限りがあるというのに、服飾レンタル代金がどうこうで大変な迷惑をかけたと」

「コンカフェ……ふうん、そんなことしてたんだ」

初耳のようで、果澪もセラと同じような目になってしまう。お、終わった話でしょうが。

「春先には、複数の女子生徒に対してデッサンモデルを強制していたらしいですね」

「違う強制じゃない、ちゃんと許可をだな……」「……」「そ、その話もやめとくか」

果澪がなんとも複雑そうにしていたせいで、言葉が続かない。

画力と想像力向上のため、俺は二年に進級してすぐにリアル女子をモデルにデッサンを敢行していたが、その際、色んな女子の中で果澪だけは無許可でモデルにしてしまった。

忘れられるはずもない、俺の猛省すべき行動の一つであり、少なくとも、今後同じことをしでかすつもりはなかった——つーか、桐紗《きりさ》に禁止されたたし。約束は守らないとな。

「それに、今日の昼には女子を複数人多目的室に連れ込んでいましたし、そして今は、夜の校舎に忍び込み、海ヶ瀬先輩とせっく——」

「ねえ、ちょっとっ」「おいおいおいおいおいおいおいおい」

……今、何回おいって言っただろう？　そんな死ぬほどどうでもいいことはさておき、
俺は自分と海ヶ瀬果澪の名誉のために、しっかりと否定しなくちゃいけなかった。

「大方、AVや同人誌に感化されて、校内での行為に及ぼうとしたんでしょうね。言葉巧みに海ヶ瀬《うみがせ》先輩を騙《だま》くらかし『どしたん話聞こうか？』といった具合に……ま、騙される海ヶ瀬先輩も海ヶ瀬先輩ですし、よって同じ変態ですし、擁護する気にもなりませんが」

「ぜんっぜん違う、俺はそんな軽い男じゃないっ」

「私たち、忘れ物取りに来ただけだから。違うから。それに、亜鳥《あとり》くんは、悪い人じゃないよ？　変わってるし、趣味のことばっかり話すし、色んな女の子に絡みに行くけど……」

「……けど、の先を言ってくれよっ」

桐紗《きりさ》と初めて話した時は庇《かば》ってくれたじゃん！　あの時からいったいどんな心境変化がっ？

そして、どうにも神妙な顔をする果澪《かみお》に被《かぶ》せるように、セラは再び攻めてくる。

「……仮に海ヶ瀬先輩が亜鳥先輩を庇ったとしても飲み込めませんし、それに、この手の長身痩躯《そうく》なセンターパート男は総じてろくでもない人間だと、相場が決まっています」

「なあ、そろそろ泣いていいか？」

「大方、裏では女の子を殴った後に『ごめんね？　痛かったよね？』と囁《ささや》きながら優しくして依存させる手口を取っているんでしょう？　最悪です、近寄らないでください」

「してねえよ偏見やめろ全国の同じ髪型の人間に謝れよっ！」

「……」「おい、果澪も黙ってないで何とか言って……」

果澪は、俺でもセラでもなく、開かれたドアの先――部屋の中に視線をやっていた。

気になった俺もそこでようやく立ち上がり、同じように眺める。

どうもさっきまでセラが一人で歌っていた場所は生徒会室の納戸として使われていたようで、体育祭や文化祭で使うような細々とした物品が大量に置かれていた。

問題はそこからで。小部屋の中心にはノートPCが載った段ボールが置かれていて、画面にはNowTube《ナウチューブ》のウィンドウが三角形を描くような形で三つ、開かれている。

下二つのウィンドウには、大手事務所所属のトップVTuber《ブイチューバー》。

上のウィンドウには――雫凪《しずなぎ》ミオが、映っていた。遠目でもはっきりとわかる。

アトリエの娘が確実に、そのノートPCの画面にいた。

「お前、なんでここで、VTuberの配信なんて……か、片付けんの早っ」

セラは俊敏な素振りで電源の点《つ》いていたPCをイヤホンや配線ケーブルごとまとめて引ったくるようにして、近くに置いてあったトートバッグに丸ごと詰めこんでしまった。迅速に行動を終わらせ、それからギロリとこちらを見る。

「……今日のことで何か余計なことを吹聴《ふいちょう》したら、お二方のことぶっ飛ばしますから」

「いや、ぶっ飛ばすとか、そんなんどうでもいいから、それよりもだな……」

「ではさようなら。もう二度と会話することが無いよう祈っています」

「え、その服のまま帰るの？　帰り道目立つよね、きっと」

「余計なお世話ですっ」

フリルワンピースを翻し、セラは闇に混ざるかのような早さで、あっという間に去っていった。ここにいた理由やVTuber《ブイチューバー》のファンなのかを確認する暇は、一切無い。

「な、なんだったんだ、いったい……」

その後、くるり振り向いてきた果澪《かみお》も、俺と同じように難しい表情だった。

質問にも答えてもらえず、消化不良。そんな態度のまま、質問してくる。

「大丈夫かな」

「……雫凪《しずなぎ》ミオが、セラのノートPCに映ってた件について、か？」

頷《うなず》く果澪。その唇はやんわりと引き結ばれていて、その仕草だけで、俺は理解する。

「心配するな。セラが気づいてたら多少はそういう素振り見せるか、それをダシにここでのこと黙ってろって言ってきてるはず。そうしなかったってことは、お前のことに気づいてないか、気づいてるけど表に出すつもりは無いか、きっとどっちかだ」

「……だよね。声だって、配信の時とはちょっと違うはずだし、うん……」

実際どうなのかはともかく、安心させるためにとりあえず断定したところ、わずかに滲《にじ》ませていた果澪の動揺は、波が引くように治まっていった。

とはいえ——念のため彼女のこと、少しは調べた方が良《い》いかもしれないな。

【＃２】ジャスミンイエローの咲く場所

善は急げということで、この生徒会室での一件の翌日から早速セラについて探りを入れてみたわけだが——どうやら俺は、大いなる勘違いをしていたらしい。

セラ、というのは名前ではなく苗字《みようじ》のことだった。イントネーションも、セラ。変な呼び方しやがって、まったく仁愛《にあ》の奴《やつ》め……。

世良夕莉《せらゆうり》。私立比奈《ひな》高一年Ａ組。特徴的な風貌とどことなく冷めた雰囲気が特徴の彼女は、俺の予想とは裏腹に生徒会役員からの評価が非常に高かった。

「夕莉は良い子だよ。仕事はテキパキちゃんとこなしてくれるし、ちょっと言いづらいこととかも率先して話してくれるし。ぱっと見だと、恐《こわ》そうに見えるけどね」

生徒会副会長をやっている二年の女子からの人物評が、こんな感じ。その後、続けて一年Ａ組所属の何人かにも聞き込みしてみたが、ほとんど同じような印象を返された。

悪い人じゃないとは思うけど、いつも毅然《きぜん》とした雰囲気で視線が鋭いから、少し話しかけにくい、とのこと。

……俺はその辺りで、調査を打ち切った。

未《いま》だ謎は多い。漆黒のアイドル衣装に身を包んだ世良が夜の生徒会室にいた理由も、ＶＴｕｂｅｒの配信を同時に三人まとめて流していた理由も、そして、その中に雫凪ミオがいた理由も知り得ないまま。最後の態度を鑑みても、再度訊《たず》ねる機会は訪れなそう。

だが。俺からすると、一番懸念していたことが確認できただけで満足。

雫凪《しずなぎ》ミオの魂が世良《せら》にバレている、という線は無さそうだった。それはあの場での対応だったり、なんとなくの感触だったり、何より、果澪《かみお》が従来通りバスケ部や学業の合間を縫って問題無く配信ができている状況こそが、一番の証明になっているはず。

よって。俺はあの日のことを忘れようとした。

あの夜の世良の望み通り他人になろうとしたし、必要以上に考えないようにもした。

……こっちとしてはそのつもりだったということは、声を大にして言っておきたい。

§

『知り合いの人の事務所に話聞きに行くなら、私もついていった方が良くない？』

『俺が勝手に言い出したことだから、俺一人で大丈夫だ。だいたい、まだ入るかどうかも決まってないんだし、わざわざ果澪が出向く必要もない。普通にバスケ部出てくれ』

『じゃあ、今日の夜になったら連絡するから、その時にどんな話したか教えて』

「……はあ、暑《あ》っつ」

のんびりスマホなんて見てる気温じゃないなと、額に滲《にじ》む汗を手の甲で拭う。

果澪の筆箱を取りに行った日の夜から日が経《た》ち、金曜の放課後。

俺は仕事《イラスト》関係でもなんでもない用事で、ある場所にやって来ていた。

「さて、ここか……住所、合ってるよな？」

四六時中賑《にぎ》やかで、馬鹿みたいに人と建物と物で溢《あふ》れた土地、渋谷《しぶや》。

駅から出て大通りを二十分ほど歩き、突如として細道に入ってしばらく歩いたところで、目的地に到着。電車じゃなく、その辺でタクシー拾えば良かったな、なんて後悔をしながら俺は、額や首周りの汗を、今度は制汗シートで拭う——洒落《しゃれ》にならない、酷暑すぎる。

眼前には五階建てのビル。そして玄関入口には、立て看板が置いてあった。

『RED EYE《レッドアイ》 CO., LTD.』

赤いネオン文字がぶら下がっている。株式会社レッドアイ。そして、ここはそのオフィスという意味になるが——レッドアイって確か、ビールのトマトジュース割り、だっけな。酒の味こそ知らないけど、とんでもない組み合わせな気がする。ほんとに美味《うま》いのか？

外観をゆるっと眺めてからガラス張りの入口を抜け、エントランスへ。中に入ると、溶けかけの氷に優しく触れたような涼しさが、全身を突き抜けていく。

内装は小洒落《こじゃれ》ていた。オレンジ色の照明に照らされた社内は隠れ家バーのような様相で、きょろきょろ見回しても受付らしき人はいない。フォーマルな私服に身を包んだ大人が数人、丸テーブルの上にノートPCを置いて、画面と睨《にら》めっこしているだけ。

『到着しました。どうすればいいですか?』

『エレベーターで四階まで上がってくれ。出たら左側の通路を突き当たりまで進めば私の部屋があるから、そのまま入ってくれて構わない』

仕事相手に送るような敬語でLime《ライム》を送ると、手短な案内が返ってきた。『了解です』とだけ返し、スマホを持つ右手のテーピングを何度かさする。

久しぶりに、それも自分の都合のために、あの人に会うわけだ。

あくまで頼む立場なのは俺である以上、どうしても気持ちを緩めることができない。

……別に、悪い人ってわけじゃないんだけどな。

傑物でしかも支配的ってだけで、まあ、それだけ——いや、充分か。


指示に従ってビルの四階まで移動し、社長室と書かれた部屋の前に立つ。

いらんと言われたものの一応ノックをしてから中に入ると、目的の人物がいた。

一度見たら忘れられないような風貌をした女性が、L字形のテーブルを挟んだ向こう側。赤色のオフィスチェアに、優雅に足を組んで座っている。

「——やあ、亜鳥《あとり》。こうして顔を合わせるのは、いつ以来だっけな」

女性は紙パックのトマトジュースをずずと啜《すす》りながら、右手を上げてきた。その拍子に、手首に付けられたスイスだかどっかの高級ブランドの時計が目に入る。

「対面ではお久しぶりですね。それと、この前はお世話になりました、寿《ことぶき》――」

微《かす》かにざわと、辺りの空気が震えた気がした。

まずい、普通の社会人相手用の態度が混ざって、うっかり苗字《みようじ》呼びに……。

「おいおい、違う、そうじゃないだろう――花峰《はなみね》さん、だろう？」

「そ、そうでしたね、花峰さん」「グッドだ」

耳ざとく訂正され、下の名前で呼ぶことを余儀なくされた。本人曰《いわ》く、苗字は可愛《かわい》くないからららしい。どの口がと思わなくもないが、きっとこの人なりの美学があるんだろう。

……とにかく。こうして俺は目的の人物であり、相談できる大人であり、なおかつ、以前から親交のあった女性――寿花峰さんとの再会を果たした。

イラストレーターでもなんでも、仕事をしていると否《いや》が応《おう》でも繋《つな》がりは増えるもので。

俺が寿花峰という女性と面識があり、一生忘れられないほどに存在を認知しているのもその賜《たまもの》なわけだが、しかしなんというか、この人に関してはその辺の歩道を歩いている時に偶然すれ違ったとしても、三ヶ月くらいは記憶に残っている気がする。

それほどに、花峰さんという人間は印象的だった。ウルフカットに整えられた黒髪には彼岸花の色に似た赤のメッシュが一筋だけ刻まれていて、ぱりっとした黒のパンツスーツが百七十五センチ近い、女性にしてはかなり長身の身体《からだ》に、あまりに似合いすぎている。それでいて、胸部の膨らみはあの桐紗《きりさ》に負けず劣らずレベルの育ち方をしているから、モデルか何かですと自己紹介されても全然違和感が無い。もっと言えば「実は私、女神でしてね」と言われても「ああそうなんですか？　ってことは異世界転生の導きとかもやってるんですかね？」と、うっかりそう質問してしまいそうなほどに神々しくもあった。

というのも、花峰《はなみね》さんは発するオーラが違う。どことなく支配的でありながらも恐ろしさや押しつけがましさといった負の圧を感じさせない柔和な立ち居振る舞いがセットになっているせいで、カリスマという単語がぴったりの人。その沈着な双眸《そうぼう》に見つめられたら、多くの人間は思わず動けなくなってしまいそう。

……そんな人と二人きりになっているんだ。俺でなくても、きっと緊張する。

「亜鳥《あとり》と初めて会ったのは――私が税理士をやっていた頃だったっけな」

「なんでまた、急にそんな話……でも、懐かしいですね」

駆け出しのアトリエが初めて確定申告を頼んだのが、花峰さんだった。

知り合ったきっかけも、それ。当時は個人税理士事務所に勤める身だったはずの花峰さんは黒髪ポニーテールに眼鏡と就活チックな外見だったものの、この圧倒的な個としての風格は今も昔も不変。だからこそ、税理士と顧客という関係を越えてアトリエという小僧に興味を持ってきた花峰さんの押しに押されて、連絡先を交換させられた。

結局、花峰さんがきっかり一年で税理士を辞めてしまったせいで、仕事を頼んだのはそれ一回だったものの――こうして今でも、繋《つな》がりは続いている。

「二回目に会ったのは、私が夏コミのスタッフをやっていた時だったな」

「あん時は暑かったですね」

そりゃ会場の上に雲できるわってくらいの酷暑だったことは、記憶に新しい。

「最後に会ったのは、私が立ち上げたアプリケーション制作会社を事業譲渡した記念に、こちらから亜鳥を食事に誘った時――」

「あんた会うたびに違うことやりすぎだろっ」

いい加減、思わずツッコんでしまった――事実として、花峰さんは流浪人すぎる。なんなんだそのバイタリティ、まだあんた二十代中盤とかだったよな？　生き急ぐなとは言わないけど、たまにはゆっくりすれば？　くらいは思ってしまう。

とまあ、同じようなことを会うたびに指摘していたこともあってか、花峰さんはニヒルに笑いながらも相変わらずの調子で、ほぼ定型文と化していた言葉を口にしてくる。

「知っているだろう？　私の夢は世界征服だ。それも、私個人が支配するのではなく、私の関与する財や人や組織によっての支配、だと。私が死してなお、形に残るものだと――だからこそ、一つの場所に留《とど》まるわけにはいかない」

ああ、出たよ世界征服。何回聞いたっけ、この話……そもそもスケールがデカすぎる上にあんたなら本当にやっちゃいそうで、なんか怖いんだよ。実業家で名前がウィキペディアに載るくらいには順調に進んでるみたいだから、冗談に聞こえないんだっての。

「税理士勤めもコミケのスタッフもアプリ作るのも、世界征服の礎になると？」

「ああ。他人から見れば笑い話だろうがな。しかし、二十年後三十年後も同じように笑っていられるかと、そう私は問いたい——まあ見ておけ。私が築きあげる塔は万人が思い描くそれを遥《はる》かに上回る高さであり、誰もが頭《こうべ》を垂れるほどに美しいものであるはずだ」

……酔っているわけではなく素面《しらふ》で、常に花峰《はなみね》さんはこんな感じなので、まともに話していると少し疲れる。頭のネジが外れているというよりは、たぶんネジで留まるタイプの設計をしていない。寄せ木細工の秘密箱のように、この人は難解だった。

「とはいえ、急に昔話をしたのは、記憶の整理をしたかったからだ。こうして亜鳥の方から会おうと言ってくるのは、なかなかどうして珍しいはずだからな」

言いながら、花峰さんはゆっくりと立ち上がり、部屋の端っこに置いてあったディスプレイ形の冷蔵庫からブラックコーヒーの缶を取り出して、俺の座るソファの前のテーブルにコトンと置いてくる。どうやらくれるらしい。ありがたく、缶のプルタブを開けた。

「それくらい、俺にとっては大切な話ですからね」

俺がカフェインを摂取している間に、花峰さんは自らの席へと戻っていた。

実際に対面するのが久しぶりなだけで、花峰さんとはＬｉｍｅ《ライム》でちょくちょくやり取りを交わしていたし、友人か何かのように、新しい事業に手を出した時には連絡も来ていた。

だから、今現在花峰さんが取り組んでいる事業のことも、俺は既に知っている。

「まさか、花峰さんが――ＶＴｕｂｅｒに興味があるとは思いませんでしたよ」

応接間の壁に貼られていたロゴを横目に一瞥《いちべつ》してから、俺はしみじみと呟《つぶや》いた。

赤い花弁のマーク。その下に書かれている文字は『Ｂｌｏｏｍ《ブルーム》』。

そう。今の花峰さんはこの渋谷《しぶや》のビルの一階から三階までをアパレルブランドのオフィスとして使いつつ、四階五階はＶＴｕｂｅｒ《ブイチューバー》関連の事業を展開するためのオフィスとして利用している――初めて聞いた時はたまげたし、ここを訪れるに当たってＢｌｏｏｍのＨ《ホーム》Ｐ《ページ》を閲覧した時も、花峰さんの起業ガチ勢っぷりはここまできたかと驚いたくらい。

「率先して、コミケのスタッフまでしていたんだ。私の最先端のサブカルチャーに対するアンテナは、節々で亜鳥《あとり》へ垣間見《かいまみ》せていたと思うがな」

「かもしれませんが、実際に本腰入れて動く人はほとんどいませんよ」

言いながら俺は、花峰さんのデスクの上へ視線を移す。漫画やゲーム機やアニメキャラのフィギュアが載っかっている辺り、趣味に関連する事業を立ち上げたんだと言われれば納得はできるものの……こうして事実として提示されると、一定の衝撃はある。

「思い出話はこの辺にしておこう。なあ、亜鳥。お前が私に直接アポイントメントを取り付けたのは、明確な目的があったからだろ？」

脱線させたのは花峰《はなみね》さんだったものの、話を本筋に戻したのもまた、花峰さんだった。

おかげで俺も、亜鳥千景《あとりちかげ》からアトリエに、思考が切り替わる。

「ええ。概《おおむ》ね、聞きたい内容も事前にＬｉｍｅ《ライム》で送った通りです。実は、花峰さんの運営してるＢｌｏｏｍ《ブルーム》の、ＶＴｕｂｅｒ《ブイチューバー》マネジメント事業について教えてもらいたくて」

顎に手を触れ、働く社会人の顔になった花峰さんへ、俺は続けて用件を告げる。

「要点は三つです。一つ目は、この事務所は既存の個人勢ＶＴｕｂｅｒの拾い上げを行っているか？　二つ目は、マネジメント体制はどうなっているか？　そして三つ目は——」

「所属クリエイターの、プライバシー保護の観点はどうなっているか、だな」

先んじて、花峰さんの方から俺の質問を告げられた。

「前提情報の確認として口頭で説明する。私が代表を務めるＢｌｏｏｍは一般的なＶＴｕｂｅｒ事務所と比較すると新興事務所故に現状は限りなく少数精鋭で、そして、明確に掲げている運営方針は、ただ一つ——タレント・ファースト。ここまではＢｌｏｏｍのＨ《ホーム》Ｐ《ページ》にも載せている以上、亜鳥も既に知っているよな？」

「もちろん事前に確認済みですよ」

＊Ｂｌｏｏｍ《ブルーム》オフィシャルウェブサイト

▼News
二〇二一年十二月一日——一期生オーディションの終了。
二〇二二年二月一日——一期生『金剛《こんごう》ナナセ』のデビューについて。
二〇二二年三月一日——金剛ナナセ、初配信。

その他、沿革なども見ていくと、去年の秋頃の段階でＢｌｏｏｍは興されていて、一期生のオーディションが行われたのが去年の冬にかけて——などといったことが詳しく理解できた。花峰さんが言うように、事務所としての規模が小さいということも事実だろう。

ただ。それがイコールで信頼できないとかって繋《つな》がるわけじゃないし、それに……雫凪《しずなぎ》ミオにとっては、大手かどうか以上に大切な判断基準があるはず。

だからこそ、俺は今日この場、この事務所を選んで、足を運んだんだ。

「ＯＫ。では、スパッと答えてしまおう。順番に、『拾い上げ自体は行っている』。『マネジメント手段は問題無く体系化させている』。『最悪を常に想定している』だ」

それから花峰さんは、羅列した事項それぞれに、注釈を入れていった。

「一点目から。既存のＶＴｕｂｅｒを既存のガワごと拾い上げるという行為は、加入させることで自分たちの会社の利益に繋げたいという、切なる願いがあって初めて実現するものだと考えている。だから、Ｂｌｏｏｍに利があるなら勧誘するし、受け入れもする」

ビジネスライクでわかりやすい回答だった。言うまでもなく、VTuber《ブイチューバー》事務所だって慈善事業じゃない。入りたいから入れてくれが通るなら大手事務所の人数は今よりもっと増えているだろうし、オーディションする必要なんてない。

「……ちょっと気になったんですけど、そういう場合ってイラストレーターやモデラーに相談とかするもんなんですか？　やっぱ権利問題とかあるだろうし」

「権利放棄されていない限り、無断で使うわけにもいかないからな。必然そうなる」

俺や桐紗《きりさ》に関連することを話してくれた後、花峰《はなみね》さんは右の人差し指と中指を立てた。

「二点目。現状のうちの業務はスケジュール管理であったり企業案件の営業・斡旋《あっせん》等が主だが、その点でライバー側と軋轢《あつれき》などは発生していないものと捉えている。加えて、配信内容に極端に口を出すことも、公序良俗に反する内容を強制することもない——もちろんコンプライアンスの研修やその他の事前指導は行うが、それは誰しもが遵守すべき常識、モラルの範囲内での話だ」

「つまり、手を出すところは手を出して、他はちゃんとしてるってことですね」

「時として、健全であるということは、それだけで武器になり得るからな」

「へ、へえ」なんかツッコみづらい話なんですけど……まるで、健全じゃないところがある、みたいな口ぶり。しつこく聞く話でも無さそうだし、サラッとした相槌《あいづち》で流す。

「最後に三つ目。プライバシーに関してだが、この点は極めて気を遣っている。そして亜《あ》鳥《とり》、どうして疎《おろそ》かにしてはいけないのかは、君も詳しいんじゃないか？」

懐に潜り込んで囁《ささや》くような、そんな声音だった。急だったので、たじろいでしまう。

「ど、どういう意味ですか？」

ドキリとさせられながらも返事をすると、花峰さんはくくっと喉を鳴らした。

「――雫凪《しずなぎ》ミオ。彼女のひと月前の件のように、ＶＴｕｂｅｒの魂へ近づくような情報が拡散されることも、可能性だけで言えば考えられるだろう」

……そういうことか。具体例を示されたことで、何を言いたいのかが理解できた。

例に挙げられた件について。雫凪ミオは人気ＶＴｕｂｅｒとして第一線を駆け抜けている最中なわけだが、一度だけ、小火《ぼや》を起こしている。

もちろん、今の雫凪ミオが元気に配信を続けていることからもわかるように、この一件は一応の解決を見たと判断して問題なかったが、本来なら避けるべき事象であることは疑いようもない。まして花峰さんは、ＶＴｕｂｅｒ事務所の代表という立場だ。俺以上に注意を払って然《しか》るべきだろう。

「よって私は、問題が起きないように常に細心の注意を払いつつ、事後のケアも考えている――Ｂｌｏｏｍ《ブルーム》のＨＰ《ホームページ》に記載されているスポンサー欄に、警備会社と法律事務所の名前があっただろう？　あれは私の知り合いが運営しているところでな。その関係で、ボディガードや弁護士は、すぐさま手配できるようになっている」

最悪の事態が発生したとしても、迅速に対応できるように。そう付け足された。

話を聞き終えた俺は、それぞれの内容を噛み砕《くだ》き、理解する。

同時に……ほんの少しだけ、心中で希望が膨らんだ。

果澪《かみお》が事務所への所属やマネージャーを雇うという道を選んだとして、花峰《はなみね》さんのところならば、ちゃんと雫凪《しずなぎ》ミオの受け皿になるかもしれない、と。

これは俺の憶測だが、果澪は事務所の規模や知名度問わず、雫凪ミオを真摯に支えてくれる存在を欲しているのだと思う。俺たちプロジェクトを進めてきた仲間ほど、とまでは言わずとも、少しでも信頼できるかどうか。それが唯一絶対の判断基準だとして、そこを鑑みると――果澪に紹介するだけの価値がこの事務所、Ｂｌｏｏｍ《ブルーム》にはある気がした。

偉そうな言い草だが、それが俺の正直な感想。もちろん現段階で積極的に推しはしないけれど、選択肢の一つとして提示してみるのはアリ、か……？

「以上、何か質問は？」

「ああ、いえ。だいたい聞きたかったことは教えてもらいましたし、雰囲気もなんとなくわかりました。それにありがとうございます、忙しいだろうに時間作ってもらって」

「なに、気にするな……ところで」

組んでいた足を入れ替えた花峰さんは、その不敵な表情を俺に見せ付けてくる。

「亜鳥《あとり》がそこまで子細に聞いてくるのは、雫凪ミオの魂のため、か？」

言われて。俺は先月、花峰さんと交わしたやり取りを思い出してしまう。

「雫凪ミオが小火《ぼや》を起こした際、私にネットパトロールやら個人情報保護法やらについて聞いてきたよな？　あれは彼女の魂と近しい間柄で、助けたかったから、だったりしてな」

親交があるとはいえ、花峰さんになんでもかんでも話しているわけでもない。

雫凪ミオの魂がアトリエの同級生であることだとか、ママを請け負うことにした背景だとか、どうして騒ぎが起きたのかとか、そういったことは何一つ知らないはず。

それなのに、えー……花峰さんの予想は全部当たってます。なんでわかるんだよ。

ただ、蛙《かえる》を睨《にら》んだ蛇のようだった花峰さんの目は、そこで少しだけ優し気になる。

「安心しろ。この件はネット上から仕入れたとか、誰かから聞いたというわけでもない。あくまで私の推察による、かまかけだ——その様子だと、どうも図星のようだがな」

「憶測にしては、精度が高すぎる気はしますが」

……はあ。この人も桐紗《きりさ》と同じだな。小手先のごまかしや嘘《うそ》は、なかなか通じない。

観念した俺は、雫凪ミオの名前を出さないまま、抽象的な表現で答えた。

「ま、そんなものです。ただ勘違いしないでください。俺が——アトリエがここに来たからと言って、雫凪ミオが花峰さんのところにお世話になるとかまでは約束できません。ただ俺が、俺のために、生の現場の情報を仕入れたいがために、勝手にやったことです」

ただ、それだけ。できれば邪推はしないでくれと目で制すと、花峰さんも根掘り葉掘りは聞いてこなかった。この辺の押し引きが流石《さすが》、上手《うま》いんだよな。核心を突きつつ、相手が嫌そうなら引く、みたいな。事業をポコポコ立ち上げてコンスタントに利益を出せるような人は、会話術や顔色を察する能力も自然と育っているのかもしれない。

「亜鳥《あとり》の言いたいことはわかった――そして、ここで話したＢｌｏｏｍ《ブルーム》の事業内容や業界の話を雫凪《しずなぎ》ミオ本人に教えても良《い》い。話しても問題無いことしか口にしていないからな」

……めちゃくちゃ親切なのが、逆に不穏だった。本当に良いんですか？　だったら全部喋《しゃべ》るけど、それって花峰《はなみね》さんにメリットあんのかな？

「……それは会社の利益のため、なんですかね。万が一にでも雫凪ミオが入れば、この事務所も盛り上がるでしょうし……なんせＢｌｏｏｍって所属してるＶＴｕｂｅｒ《ブイチューバー》が……」

喋ってる途中。花峰さんが、腕時計を確認していることに気づいた。

「どうかしました？」「……そろそろ時間だな」

つられて、俺もスマホで時刻を確認する。

ちょうど十八時になろうとしているところだった。

「さて亜鳥。お前に大切な頼みがある。まず第一に、今から、この場で発生するやり取りは全て、この場だけのことにしてほしい」

このタイミングでの真摯な声音。なんだろう、嫌な予感しかしなかった。だいたい今からって、いや、今までもそうだったと思うんですけど……。

そして——そんな俺の予感は、大的中することになった。

「失礼します。花峰さん、それで結局、どんな話…………………」

圧倒的、デジャヴ。リアルな既視感で酔いそうになる。

——世良《せら》だ。スポーティーな私服姿の世良が、突如として、この場に出現した。

なんで？　どうしてここに、お前が？　……こないだの世良も、たぶん同じ事を思っていたんだろうな。そう考えると、ちょっと申し訳ない。

でも、なにこれ意味がわからない。夢？　ちょっと頬《ほお》をつねってみようかな……。

「…………」無言で、何も見なかったというかのように、再びドアに手をかける世良。

その表情は死んでいた。

「待て夕莉《ゆうり》。一瞬で良いから、私の話を聞いていけ」

生徒会室の時と違って、世良は怒りも呆《あき》れもしていない。無を顔に貼り付けている。

「あの、花峰さん？　あんた世良と知り合いなんですか？　どっ……どういう繋《つな》がり？」

頭の中が疑問符で埋め尽くされていた俺に、花峰さんは真面目な表情を向ける。

その一切のおふざけ抜きの素振りが、やけに重かった。

「唐突で申し訳ないが、亜鳥。お前には期間限定で夕莉の——『金剛《こんごう》ナナセ』のマネージャー業をやってほしい」

「…………………………ま、まねえじゃあ？」

花峰《はなみね》さんはテーブルの上に置いてあったタブレットを操作して、俺に渡してくる。

配信アーカイブが開かれていて、そこにはＶＴｕｂｅｒ《ブイチューバー》が映っていた。

腰辺りまで伸びた、鮮やかな金髪。肩と腹部の肌の露出がありつつもすっきり爽やかな女子高生らしさと、ルーズソックスなどから伝わってくる、若干のギャルらしさ。

俺やきりひめと同じ、プロが造り上げたと一目でわかるほどの、可愛《かわい》らしいデザイン。

花峰さんの事務所、Ｂｌｏｏｍ《ブルーム》に現在在籍している唯一のＶＴｕｂｅｒである、彼女。

名前を『金剛《こんごう》ナナセ』と呼ばれた彼女が——画面上の世界に、逞《たくま》しく存在していた。

「……お疲れ様でした」

呆気《あっけ》に取られた世良《せら》が呆然《ぼうぜん》とそう言って、社長室を後にするのを止める術《すべ》は無い。

「あの、花峰さん。俺も、今日は一旦、持ち帰って良《い》いですか？」

なんならむしろ、俺も追随してしまったくらいだった。

「明日また、ここ来るんで……お願いします」

§

帰宅後、夜の二十二時頃。

放課後のＬｉｍｅ《ライム》での予告通り、果澪《かみお》からＤｉｇｃｏｒｄ《ディグコード》でボイチャが飛んできた。

ただ、個別チャットではなく、グループチャットの方で。

残念ながら、今宵《こよい》も元気にＦＰＳ配信中である仁愛《にあ》は入ってこなかったが、イラスト作業中だった桐紗《きりさ》は参加したことで、三人での通話が始まる。

『お疲れ様、亜鳥《あとり》くん。それと、わざわざ行ってくれてありがと』

「感謝しなくて良いってのに、ほんとにまあ、お前は律儀だな」

『話は果澪から、だいたい聞いてたけれど……それで、どうだったの？　Ｂｌｏｏｍの代表の人と話したのよね？　マネジメントのこととか体制の話とか、ちゃんと聞けた？』

「あー……ああ。説明された感じだと、特に問題があるようには思えなかった。それどころか、こっちが気になってる部分を簡潔に説明してくれて、随分わかりやすかったぞ」

説明ついでに、俺がするべき自制もしておく。

「つっても、だからってここに入れ！とは言わないけどな。色んなところから誘われてるんだろうし、選択肢を吟味して決めるべきって意見は変わらない――そうだ。今日俺がＢｌｏｏｍに話聞きに行ったように、果澪も実際のオフィスに足を運んで良いかって聞くのもありだと思うぞ。オフィスの雰囲気って、結構大事だろうし」

とまあ、桐紗の真っ当な質問に対して自分の意見を交えつつも、しっかりと答える。

『……』『……』なのに、二人は一様に静まってしまった。

『亜鳥《あとり》くん、どうかした？　なんだか元気ないみたいだけど』

『完っ全に、千景《ちかげ》が悩んでる時の声だったわね』

全然違うところが引っかかっていたらしい。というより、声だけでカメラも付けてないのに、よくわかるもんだ。そんだけ鋭ければそりゃリアルで俺の違和感に気づくよな。

……さて。実際、不安とか悩みってのは、誰かに話すことで軽減される。俺だって、今日の出来事を洗いざらい喋《しやべ》ってしまいたい気分だったのは、間違いない。

だが、今はダメだ。せめて明日まで、待ってもらわなくちゃならない。

だって最終的に、そういう話に、俺がしてしまったのだから。

「実はその、話聞きに行ったついでに、色々あって……ああでも、雫凪《しずなぎ》ミオ関連じゃないぞ？　そうじゃなくて、もっと別のところで問題が発生したというか……だから、うん。来週になればどんな形でもまとまるだろうから、そん時になってから話させてほしい」

喋りながら内容を考えていたせいで、すげえふわふわした説明になってしまった。

『色々って部分のことは、今は聞いちゃダメなんだね』

「悪い。何一つ確定していない状態で話しても、たぶん意味が無い」

『もしかして、また面倒事に首突っ込んだの？　本当、いい加減にしなさいよね』

「今回は面倒事の方から俺にタックルしてきた、みたいな感じなんだがな……」

俺のふにゃついた返事を聞いた二人は、それぞれの反応を示していた。

……でも、それ以上の糾弾や追及はしてこない。

『あーあ。しょうがないなあ、亜鳥くんは』

『そうやってあたしが許容してきたのが、良くなかったのかしら』

『なんだかんだ言って、桐紗《きりさ》ちゃんは甘いもんね。仁愛《にあ》ちゃんにも、私にもそうだし』

『千景と仁愛には甘いっていうか、もうそういうもんだって割り切ってるだけだって』

聞いた果澪《かみお》はふふと笑って、桐紗は呆《あき》れた声色で。

それから二人はなんてことのない雑談を始めた。本来なら雫凪ミオの話をできていたのかもしれないが、俺の状況を気遣って、なのかもしれない。

女子の雑談を流し聞きながら、ぎぃとチェアの背もたれを傾ける。

家に帰って、夕食を食べて、風呂に入って、液タブとペンに触れる。会話する。

日常的なことをしている時でも、俺は心のどこかで、世良《せら》のことを考えてしまっていた。

マネージャー、なあ。

すこぶる相性の悪そうなあいつと、そんな近しい関係で上手《うま》くやれるのだろうか？

……まったくもって、想像できないな。無理だろ、絶対。

【#3】許容するための取引

【自己紹介】ぴかぴかアイドル生誕配信【金剛《こんごう》ナナセ／Ｂｌｏｏｍ《ブルーム》】

『ダイヤモンドより光輝くアイドル！　Ｂｌｏｏｍ所属の金剛ナナセです！』

『今回が初配信ということで、早速、自己紹介なんかやっていこうと思うんだけど――』

『ね、一個言って良《い》い？　めっちゃビビったんだけど、まだ配信してないのにめっちゃマシュマロ送られてきてたのね？　どんだけ送られてたと思う？　……そう、百五十件。ガチでパンパンすぎて笑っちゃったって……ちなみに全部答えるから、よろしくっ』

【ＶＡＢＯＢＥＮＴ《バボベント》】ＦＰＳに挑戦！　一勝したい！【金剛ナナセ／Ｂｌｏｏｍ】

『えーっと、キーボードのＷとＡとＳとＤで動くんだよね……うわムズっ！　これやりながらマウスも動かさなくちゃいけないの？　いやきっちい～……え、感度っての変えれるの？　ちょっと待って、やってみるから……あ、さっきより動きやすくなったかも……コメントしてくれた人、ありがとね～』

『よっしゃ、二人やったあああっ！　はっ？　今どっから撃たれた……よしよしよしナイス味方！　もうボイチャ使っちゃお……「ナイスですっ」……いやほんと上手《うま》いって！』

【同時視聴】恋愛マスターナナセちゃんと一緒に観《み》よう！【金剛ナナセ／Ｂｌｏｏｍ】

『いやあ、恋愛映画の同時視聴、ずっとやってみたかったんだよね～……さて、ナナタミの皆、コーラとポップコーンの準備はした？　部屋は暗くした？　……うん、良いみたいだね。じゃあ、始めるよ！』

『……………ぐすっ……うわ、これ、めっちゃ良い映画じゃん……てか、だいたいこういう映画って、恋人が亡くなっちゃうって理由で泣かせてくるのに、これは逆に恋人が長生きしすぎちゃうってところで泣かせてくるなんて……ね？　マジ泣けるよね？』

翌日、土曜日の正午頃。

俺のアパートのリビングにはご機嫌な日光が差し込んでいて、ダイニングテーブルの上にはＵｂｏｒ《ウーボー》で注文した二人分の昼食、チーズバーガーセットが置いてある。

「アーカイブ、くっそ多いな……デビューしたの、ミオちゃんのちょっと前だって話じゃなかったか？　どんだけ配信してんだ、あいつ……」

俺は仁愛《にあ》が起きるのを待ちながら、金剛ナナセの過去の配信を見ていた。

……乗り気になっているわけでも、予習しようというわけでもない。見ないで断るのも良くないと思ったから放送を流しているというだけ。か、勘違いしないでよねっ。

「むにゃむにゃ……あーあ、まだ眠いデスね……」

出前が届いて三十分くらい経《た》ってから、起き抜けの仁愛《にあ》がリビングにやってきた。

洗顔後の化粧水で顔がびしゃびしゃになっているが……これも日常茶飯事。隣の部屋に住んでいるからか、仁愛とは夕飯のみならず、土日の昼も一緒に食事することが多い。

「机の上に昼飯あるから、適当に食ってくれ」

「はぁい……んん？　なんかチカ、疲れてマスね」

俺の晴れない顔を見るなり、仁愛はすぐに食いついてきた。

「せっかく来週から夏休みなんだから、もう少しテンション、上げた方良《い》いデスよっ？」

来週金曜、つまり七月二十九日から我らが学《まな》び舎《や》である比奈《ひな》高校は夏休みに突入する運びとなっている。それもあり、仁愛の表情はいつにも増してモチモチ緩みまくっていた。

「なっつやすみ！　なっつやすみ！　さあて、好きなだけゲームできるわけデスし、なんのゲームガチりましょうかねえ……ＶＡＢＯＢＥＮＴ《バボベント》か、スピラトーンか、オーバー……」

出前の紙袋からフライドポテトを取り出し、もしゃもしゃ咀嚼《そしやく》していた仁愛。

「……それ、誰デスか？」

が、俺が見知らぬＶＴｕｂｅｒ《ブイチューバー》の配信を延々と注視していたことが気になったらしく、アトリエの作業スペースの方へ寄ってくる——うむ。聞かれたならば、答えてやろう。

「彼女の名前は金剛《こんごう》ナナセだ。企業勢ＶＴｕｂｅｒで、イラスト担当は、あの『タペータム』先生。モデリングだって、あの『ぽせいどん』さん。好きなものはポメラニアンと甘い物で、将来の夢は３Ｄライブ、らしい」

ちなみにタペータムさんはイラストレーター業界では長きに渡って活躍している大御所だし、ぽせいどんさんは大手事務所所属ＶＴｕｂｅｒのモデリングを担当するほどの実力者。ラインナップで言うと、アトリエときりひめに、勝るとも劣らないほどの陣容だぞ！

「へぇえ……ふーん……ひょわああ」

一通り熱弁を振るってみたものの、仁愛はそんなこと知ったことじゃないと言わんばかりに大欠伸《おおあくび》をかましてくる。人がせっかく説明してやったというのに、これだもんな。

「金剛ナナセとやらが誰なのかはわかりましたけど……だったら、なんで見てるんデスかね……はっ！　ま、まさか……」

突如、仁愛は俺のキーボードの前にねじ込むように身体《からだ》を寄せてきて、そのままＡＬＴ＋Ｆ４キーを同時にタイピング。ショートカットコマンドによって、金剛ナナセについて調べていた検索エンジンは、ぶつんと丸ごと消えてしまった。

「き、貴様！　揚げ物触った手のまま、人のキーボードを触るんじゃない！」

掃除しづらい分、ゲームのコントローラーよりも罪深いんだが？　デコピンすんぞ？

「そんなことよりチカ、まさか推し変えるつもりデスか？　ミオちゃんから、このよくわからないＶＴｕｂｅｒに……そんなこと、ニアは許さないデスよ！　複推しは厳禁！」

仁愛の価値観では、推しは一人に絞ることが美徳とされているらしい。箱推しをしている人間に反論されそうだったし、じゃあ俺はシリウスちゃん推さなくて良《い》いんだな?となるし、あと、早くウェットティッシュを持ってきてほしかった。キーボード拭くから。

「……違う。だいたい俺だって、金剛《こんごう》ナナセのことは昨日、初めて認知したっつの」

「だったら、どうしてわざわざ見てるんデスか? 教えてくださいＰｌｚ《プリーズ》!」

「そ、それは、だな……」

やいのやいのと詰め寄ってくる仁愛《にあ》に、マネージャーの話なんてできるはずもなく。

「じゃ、じゃあ出かけてくる。夜には帰るから、なんかあったらＬｉｍｅ《ライム》してくれ」

俺はダイニングテーブルから自分のぶんのチーズバーガーとアイスコーヒーを持って、早めの逃走を図った……が、ＲＰＧの戦闘のように回り込まれてしまう。う、鬱陶しい。

「どこにエスケープするつもりデスかっ、セツメーセキニンを果たしてください!」

「逃げるんじゃない、大人と約束してんだって……帰りになんか甘いもん買ってきてやるから、今はなんも聞くな、わかったな?」

「え! ……わかりました。じゃあ、ドーナツでお願いしマス! ………」

……ちょろい、ちょろすぎる。仁愛は本当に黙ったし、ドアの前から離れていった仁愛はビーズクッションに小さな全身を預け、ふいーとコーラを吸い始める——俺もこいつも、なんでこの食生活で太らないいんだろう。ハードゲイナー、とかいうやつなんだろうか?

「なあ」「はい、なんデスか?」

出がけ、リビングのドアノブを握りながら、俺は仁愛の方へ顔だけで振《ふ》り返《かえ》る。

「俺って、何か頼みやすそうな顔してるか？　押し付けやすい、というか」

「……いやあ、別にそんなことはないんじゃないデスか？　普通デスよ、普通」

「だよ、な……」

他の誰でもない仁愛に言われたことで、俺はようやく気づいた。

こいつの面倒見ることも、仁愛のダディに頼まれたことじゃないか、と――。

∞

二日連続で花峰《はなみね》さんのオフィスに赴き、エレベーターで昨日よりも一つ上の階層へ。

ライバー保護の観点からか五階のみ、カードキーを使った入場システムが採用されているしい。昨日帰る前に、花峰さんから渡されていた来客者用のものを使って中へ入る。

さらに奥の部屋へと進むと、そこにはソファやテーブル、ホワイトボードやアロマ加湿器やゲーム機、はてはスクリーンなども設置された、広々とした空間が広がっていた。

事務所っぽい内装。そしてライバー用の休憩室としても機能しているようで……。

中央のソファには既に、当事者である世良《せら》が座っていた。

私服で運動した後、みたいな格好。Tシャツの上に着た薄手のパーカーは肘辺りまで折られていて、ぴっちりとしたレギンスが全体的な印象をしなやかにまとめている。

夜の生徒会室でボコボコに言われたりですっかり抜け落ちていたが、世良《せら》は普通に魅力的な女子だ。もしもまだ俺にモデルデッサンの習慣があったなら、頼んでいたかもしれない——特に鎖骨と太腿《ふともも》なんかは良《い》い。エクセレント。華奢《きやしや》な女の子、そのものだ。

「殴って良いですか？」

「な、なにをいきなり物騒な……」

「ねっとりと、しゃぶるような視線が気に食わないからです」

考え得る限り最悪の表現やめろ。

「そもそもそんな見てないし、それはあくまで世良が俺のクリエイター的な部分の琴線に触れるような風貌だったってだけで、極めて美術的な視点に過ぎない。だから断じてエロい見方はしてないし、まったく……寝言は寝て言えな？」

「なるほどつまり、お前のような貧相な身体《からだ》の人間に欲情するわけないだろう、と」

「そこまで言ってない」「思ってるってことですよね」「大きい方が好きではあるけどさ」

世良のなだらかな胸部に視線を落としてから、それ以上の反論をやめた——こいつ、貧乳気にしてるタイプの人間なのか？　なんだか妙に、ネガティブな返しだったけど。

「というか、世良も来てたんだな。花峰《はなみね》さんに呼ばれたのか？」

「はい」

「……昨日の態度見た感じだと、俺以上に嫌がってただろうにな」

はっきり言わせてもらうと、花峰さんの打診は常軌を逸している。いきなり部外者捕まえてマネージャーしろだなんて、どう頭をひねくり回しても意味がわからない。ヘッドハンティングだとしても相手が俺ってのが解せないし、俺本人がそう思うんだから、世良が環境の変化を嫌がって門前払いしても、まったく不自然じゃない。

「オフィスにはほとんど毎日来てるので、その点はおかしくありません」

「そうなのか？」

「ええ。それに――私なりに、考えを改めましたから」

……よくわからないが、これはきっと嫌なことは嫌だと、理詰めで断ろうという決意なんだろう。いくら相手が花峰さんでも、今回は看過も理解もできない申し出だろうし。

で。うろうろ見やっているうちに、件《くだん》の責任者が欠けていることにも気づく。

「なあ、花峰さんは？　昨日帰る前に、今日の十四時で待ち合わせしたんだけど」

もしや、悪戯《いたずら》で隠れているんだろうか？　まったく、困った人だなあ……ネタじゃなく、ガチで。そもそも世良と二人きりって時点で空気が重いんだよ。はよ来てくれよっ。

「花峰さんなら臨時でアパレル関連の打ち合わせが入ったので、しばらく戻りません」

はぁぁあ～？　……視界がモノクロに染まっていく感覚。GAME OVER《ゲームオーバー》。

「じゃ、じゃあ、代わりに他の大人は？　流石《さすが》に花峰さん以外にも働いてる人はいるだろ？　誰でもいいから他の社会人様は？　事態を収束させてくれそうな人はっ？」

「呼んでいません。ある程度調べたならわかっていただけると思いますが、Ｂｌｏｏｍ《ブルーム》はまだまだベンチャー的立ち位置の事務所なので、雇われている社員は少数です。それなのに、私たちの個人的なことに付き合ってもらうというのは、申し訳ありませんから」

「俺は？　誰よりも俺への謝意が欠けてる気がしないかっ？」

　しかしとにかく俺、今から世良《せら》とタイマンってこと？　気まずっ……。

「突っ立ってないで、亜鳥《あとり》せん……アトリエ先生も、座ってください」

「……別に、普通に先輩呼びで良《い》いぞ」

　一人用のリクライナーへと腰を下ろしながら、ついでに呼び方に難儀していたようなので誘導してやった――なんならむしろ、ペンネームで呼ばれることの方が稀《まれ》だ。出版社とか銀行とかでも、普通に亜鳥さん呼びされるし。

「……私が先輩の素性を知っている件について、驚かないんですか？」

「ん？　ああ。花峰《はなみね》さんから教えてもらったんだろうが、その辺の事情とか俺の素性については昨日帰る前に俺の方から、お前に教えておいてやってくれって言ったんだ。あの様子じゃ、俺がどうして花峰さんと知り合いなのかとかも知らなそうだったし」

　いきなり他人連れてきたわけじゃなくて、一応は業界関係者なんだよ、と。

焼け石に水ではありそうだが、丸っきり知らんよりは世良の中でも消化しやすくなるだろうと思ったからこその提案――言わなくて済むならそれが一番だが、イラストレーターだったらVTuber《ブイチューバー》と違って、絶対に身元を隠さなきゃいけないわけじゃないしな。

「驚いたか？」

「多少は。ですが、こちらに関しては、比較的容易に納得できました。私の中でアトリエはまだ直接的な描写をしていないだけのほぼほぼエロ絵師、という認識でしたので、亜鳥先輩のように女体が大好きな方ならば、人物像として非常にしっくり来ます」

「俺が好きな女体は、画面越しの女子たちのものなんだけどな……」

褒められてるんだか貶《けな》されてるんだか微妙なラインだったが、そこまで言ってから世良は咳払《せきばら》いをして、再度口を開く。

「では、亜鳥先輩。例の件について、私の口から正式にお願いします」

「へいへい」ある程度何を言われるかはわかっていたので、そこで冷静に戻った。

――この話は聞かなかったことにして、私のことも忘れてください。

世良のことだ。断られることは確定しているだろうし、後は花峰さんをどうやって説得しようか、というのを二人で相談する流れになるだろうな……。

「金剛《こんごう》ナナセのマネージャー、やっていただけませんか？」

「なんでだよっ！」

あまりに予想外だったので思い切り両膝を叩《たた》いてしまった。パン、と良《い》い音が鳴る。

「……おかしいおかしいおかしい。お前、昨日は話を聞く気すら無かっただろ？　どうして亜鳥《あとり》先輩が私の事務所にいるんです？　最低最悪このストーカー！　みたいな！」

「よくわかりましたね。心でも読めるんですか？」

「読めねえよっ」あと、当たっててもそれはそれで複雑なんだが？

「落ち着いてください、先輩。こっちの理由も事情も、しっかり説明しますから」

味方だと思っていた相手に裏切られたのに、落ち着けって言われても……ただ、ぐだぐだ文句を言ってばかりじゃ始まらないのも事実。俺は自らの口のチャックを閉じる。

「先輩が女好きで軽薄なただの男子高校生なら、私だって容認できません」

寛大な心で黙って聞き流す。勘違いってあるもんだしな。我慢我慢……。

「ですが。あなたがあのアトリエだったら話は別です。雫凪《しずなぎ》ミオをあそこまでの人気者へと押し上げた、陰の立て役者であるはずのあなたなら」

こっちは全然聞き流せなかった。我慢できるわけがないだろ、ふざけるな。

「な、何言ってんだ……？　違う。俺は本当に、ただの神絵師《かみえし》でしかないんだって！」

「誤魔化《ごまか》さなくても良いですよ。そして、雫凪ミオのバズっぷりが、やっと腑《ふ》に落ちました。個人勢にも拘《かかわ》らず売り出し方も完璧でしたし、Ｔｍｉｔｔｅｒ《ツミッター》を確認する限りだと、アトリエは雫凪ミオに対しては異様に愛着があるようでしたし……それもこれも、アトリエのイラスト以外の繋《つな》がりやサポートがあったと考えれば、点と点が線になります」

ぜ、絶妙に最悪な勘違いをされている……何が問題って、まるっきり嘘《うそ》ってわけじゃないのが厄介だ。本職のイラスト以外でミオちゃんに関与していたのは事実だし……。

「花峰《はなみね》さんからも白羽の矢を立てた意図は教えてもらいました。アトリエは雫凪ミオに関与していて、一定の協力はしていただろう、と。だからこそ、マネージャーとして、多方面な支援を期待できるかもしれない、と……よって協力していただこうと思った次第です」

「いや、だからそれは……」

「……もしかして、シリウス・ラヴ・ベリルポッピンやきりひめといった面々《めんめん》に協力を仰げたのもアトリエの尽力だった？　……きりひめはともかく、シリウスはＳＮＳ宣伝なんて滅多《めった》にしていないＶＴｕｂｅｒ《ブイチューバー》ですし、ここまで来ると、あり得る話ですね……」

「よーしわかった、一回ストップ！」

どんどん話が良くない方向に転がっていくので、俺は無理くり話の主導権を握った。

「……先輩と約束だ。その辺は守秘義務だから、これ以上聞くな」

とにかく秘密だと伝えると、世良《せら》は「わかりました」と頷《うなず》いてくる。

企業所属として弁《わきま》えるべき点は理解しているようで、そこは何より。

「……仮に俺が雫凪ミオの人気の後押しをしていたとしても、企業のちゃんとしたマネージャーの仕事の方が絶対しっかりしてるだろ。それに、具体的に何やらせたいんだよ」

面倒くさげに聞く俺に対して、世良《せら》はすぐさま答えてくる。

「書類仕事や対外的な業務は他の社員の方がやってくれますから頼みません。その代わりに……金剛《こんごう》ナナセがどういった配信をすれば人気になれるか。注目されるにはどういった点を努力すれば良《い》いか。それら雫凪《しずなぎ》ミオで少なからず得たであろうノウハウを、私に還元していただきたいです」

要は配信に口を出せ、と……奇《く》しくもそれは、俺らが一番考えなかった点だった。

「その趣旨ならマネージャーって形じゃなく、アドバイザー的な立ち位置で良くね？　質疑応答の日を作って、じゃあそういうことで、みたいな……」

「他にも買い出しや休憩室の掃除などの雑務も適宜やってもらいたいので、無理です——この夏は配信のことだけを考えたかったので、やっていただけると非常に助かります」

「それに関してはただの雑用係じゃねえか！」

「後は……先輩がアトリエだからこそ、頼めることもあるかもしれませんしね」

……ぜんっぜん惹《ひ》かれない業務内容だったせいで、俺は思わず頭を抱えてしまう。

何が悩ましいかって、果澪《かみお》の時と違って、請け負うに値する理由も自信も、まったくもって見当たらないことなんだよな。俺は世良個人に対して露骨な不義理を働いたことはたぶん無いし。そもそも俺はイラストを描くことで飯を食っている人間だから、中間管理職のような仕事の経験も無い。一日の猶予があっても、その認識は変わっていなかった。

　なおかつ最大の問題は、雫凪ミオがあそこまで成長できたのが、俺だけの力じゃないってところ。もちろん俺は俺の全力でガワを描き、人を集め、黒子としてミオちゃんの力になったけれど、でも、それだけじゃない。桐紗《きりさ》や仁愛《にあ》の力があって、視聴者や他の不特定多数の支えがあって、何よりミオちゃん——果澪自身の努力の結晶が、今なんだ。

　それを知っていながら、我が物顔で偉そうに世良を導くのって……どうなんだろう。

「仮に俺がマネージャーとして協力すると決めたとして、具体的な成果目標とか、いつまでやってほしいとかってのは？　まさか、ずっとなんて言わないよな？」

　これもまた、否定する理由を見つけるための質問。

　俺にとっての推しで誰より大切なＶＴｕｂｅｒ《ブイチューバー》は、雫凪ミオだ。それをわかっていながら金剛ナナセのマネージャーをやるというのは、簡単に許容できることじゃない。

　それに……どうせ時間を使うなら、娘のミオちゃんのために使ってやりたいし。

「どっちもありますよ。あれを見てください」

　世良の指差す方向に視線を移すと、そこにはホワイトボードが置かれていた。

『九月一日までにチャンネル登録者数、十万人。絶対に達成する』

　……随分と、わかりやすい抱負だな。

「八月末日がリミットで、以降付き合ってくださいと頼むことは絶対にありませんから」

ハキハキと、まるでカンペを用意してきたかのように語る世良《せら》だった。へえ。ちゃんとあるのな。丸々一ヶ月か、そうか……いや全然へえ、じゃない。来週から夏休みだっつってんの。一日中イラスト描けるってのに、その未来を潰してしまうのはキツすぎる。

「どうして十万人と、九月一日なんだ？　どっちもキリが良《い》いからか？」

「そうです」

ミオちゃんの時と同じ目標だったことが気になってしまったが、考えてみれば十万人ってのはそもそも、配信者としてわかりやすい目安だ。納得できる数字ではある。

「……世良の主張はわかった」

混乱の中でも一通り、優先して確認すべき話は終わった気がする。

だから。最後に俺は、俺が聞きたい問いを、世良に投げかけた。

「じゃあ、これがラスト――お前はどうして、VTuber《ブイチューバー》をやってるんだ？」

「……」逡巡《しゅんじゅん》しそうになる世良へ、俺はたたみかける。

「俺を納得させようとか、そういうことも考えなくていい。正直に言ってくれ」

考え込んでしまう世良を眺めながら、同時に俺は、過去に思いを馳《は》せていた。

果澪《かみお》がVTuberになりたいから俺にママになってほしいと頼んできた時、俺はただ純粋にVTuberになりたい、キャラクターとして配信したい、そういった考えで頼んできたんだと思っていた。だからこそ、雫凪《しずなぎ》ミオのことだけを考えていた。それで充分で、それさえすれば、誰もが無条件に幸せになれると思っていた。

……実際は違った。果澪はVTuberじゃなきゃダメで、VTuberしかダメで、

それになることで自分の満たされなかった何かを得たいと思って、だから願っていた。

もしも世良にも譲れない拘《こだわ》りや野望があるのならば、事前に知りたい。

知れば俺が乗り気になったり、どうこうできたりするような話じゃないのかもしれないが――でも、とにかく今の俺は、果澪の時と同じようなことは繰り返したくなかった。

アトリエではなく亜鳥千景《あとりちかげ》として、今はそこが、どうにも気になってしまっている。

「私」やがて世良は、訥々《とつとつ》と語り始めた。

「……私、元々芸能事務所で活動してて、アイドルを目指してたんです」

「え、マジでっ？」

続けて飛び出そうになる声を押《お》し留《とど》めつつ、世良のビジュアルに再注目。

まじまじ見てもやっぱり普通に可愛《かわい》いし、そういえば、生徒会室でこいつ、そんな感じの衣装着てたっけな……あれ、なんで着てたんだろう。ステップまで踏んで、歌って、客席に投げかけるような笑顔で……レッスンの一環とか？

「ってことは、二刀流か？　VTuberやりつつ、現実のアイドルも目標に？」

「芸能事務所は辞めました」

「……どうして？」

「リアルでは輝けないと、わかってしまったからです」

……挫折、したのか？　嫌なことでも、あったのか？

気になる点は多々あったが、話したんだからここから先にはもう入ってこないでと、鋭い声音と視線で制されたことで、俺の言葉はそれ以上言えずじまいになってしまう。

「だから代わりに、今の私はアイドルＶＴｕｂｅｒ《ブイチューバー》として、頂点を目指しています」

この場にいた世良《せら》は一貫して、それまで俺が抱いていた世良の印象から少しだけ違っていたが、今はより顕著だった。自分の中から割れ物を拾い上げるように、緻密に、慎重に。そんな風に言葉を選んで、遂《つい》には俺へ告げてくる。

「とにかく人気になりたい。それも、誰よりもです。一番にです。圧倒的にです」

貪欲さの象徴とも思える形容が並べられて――それらはすぐ、まとめて打ち消された。

「でも、今のままじゃダメなんです。このままだと金剛《こんごう》ナナセは、世の中の沢山のＶＴｕｂｅｒに埋もれて、薄められて、そのうち消えてしまう。取って代わられます」

埋没。稀釈《きしやく》。消失――代替。そのどれもに、現実味が帯びていた。

雫凪《しずなぎ》ミオ制作プロジェクトの際、いつぞやに桐紗《きりさ》も言っていたが、ＶＴｕｂｅｒ業界は既に激戦区のレッドオーシャンだ。数多くの魅力的なＶＴｕｂｅｒが既に存在する以上、日の当たらないＶＴｕｂｅｒが出てくるのも、それも競争の結果、仕方の無いことだ。

……金剛ナナセのような企業勢でも、苦戦を強いられているのかもしれない。

「だから、俺を利用すると」

「そうです。目的を達成するためなら、私はどんなに独善的な主張だって通します――亜《あ》鳥《とり》先輩が私のことを不快に思っていて、迷惑だと感じていても」

「流石《さすが》に、言いすぎた自覚はある、と」

「はい。その点で謝罪を要求するならば、この場で土下座しますが」

「そ、そんなんさせたら、いよいよお前の想像上の亜鳥千景《ちかげ》に成り下がるだろうが」

俺の切り返しを最後に、部屋は静かになってしまった。説明は終わり、あとはあなたの答えを聞くだけです――アロマ加湿器の蒸気をぼーっと見つめながら、俺はそう判断する。

「……お願いします。今の私には、私以外の何かの力も必要なんです」

膠着《こうちゃく》した空気を破った世良からも、どことなく『世良らしさ』のようなものが伝わってくる。たいした付き合いもないのに、らしさってなんだよと――それは、そうだけど。


さて、どうするか？

誰が聞いても厄介な案件だと判断するはず。積極的に請け負う理由も無い。スケジュールだって、特別暇というわけでもない。考えれば考えるほど、俺にメリットが存在しない。きっと、断っても咎《とが》められない。世良はがっかりして、花峰《はなみね》さんは残念がるかもしれないが、それで終わりだ。良心が痛んだとして、そんな些末《さまつ》な罪悪感はこれから訪れる夏休みを使って生み出されるイラストの完成度が、簡単に洗い流してくれる程度のこと。

俺は神絵師《かみえし》とはいえ極論、ただの商業イラストレーターだし、生放送していた過去もあって、『他人』に積極的な干渉をするのも気が進まない。助け助けられ、そんなことを繰り返していたらキリが無い。だから、区別はしなくちゃならない。

世良《せら》の頼みを受け入れる理由なんて、俺には……。

俺に、とっては。

だったら……他の何かのため、だったら?

金剛《こんごう》ナナセとＢｌｏｏｍ《ブルーム》の手助けをすることを、何かに転じさせられるなら。

特別な存在で、一番に支えてやりたいＶＴｕｂｅｒ《ブイチューバー》——雫凪《しずなぎ》ミオ。

いつまでも、どんなことも、してやれるわけじゃない。だからこそ、彼女が次なるステージに進むための橋渡しのようなことができるなら……Ｂｌｏｏｍという事務所の中に潜り込むことで、情報を得られるなら……ミオちゃんのために、なるならば……。

もしも雫凪ミオが、この事務所に入ったら。

その時、金剛ナナセと雫凪ミオは、いわゆる同僚になる。そして、マネージャーとしての立場に収まれば……金剛ナナセのことを……世良のことを知って……。

懊悩《おうのう》は、そこで終わった。

「――取引だ」

「取引？」

「ああ。これはあくまで仕事上の関係だ。利用して、利用されて、結果的にはお互いの利益をお互いが尊重する。それで構わないな？」

しっくり来ていない様子ではあったものの、そのぶん傾聴してくる世良。

「加えて。協力するとはいえ、それは本業のイラストレーターの仕事に差し支えない範囲で、だ。なんせアトリエはとんでもない神絵師。自己研鑽《けんさん》としてイラストを描き上げたり、他にも急にしなくちゃいけないことや、予定が入ることもあるかもしれない。だから、世良の仕事を優先できない時も当然あるってことは、あらかじめ言っておく」

さっきから神絵師ってワードに全然引っかかってくれないから再び使ったところ――黙って聞いていた世良はやっぱり反応せずに、虚を突かれたような様子になっていた。

「本当に、協力してくれるんですか？」

「マネージャーでもなんでも、してほしいんだろ？」

どうしてこう、どいつもこいつも、自発的に何かしらを頼んでくるくせに一発目は疑うんだろう――世良もまた、手放しに喜びはしない。注意深く、俺を観察している。

「良《い》いんですか？　言っちゃなんですが、亜鳥《あとり》先輩からしたら面倒くさいことでしかないはずです。私が逆の立場なら、絶対断りますよ」

だろうな。そんで、疑いの心を持つこと自体は大切だ。世良《せら》からしたら俺は、アトリエという絵師であるよりも、亜鳥千景《あとりちかげ》という問題児であるイメージの方が先行しているはず。印象や風評からくる偏見をぶつけるほどには、警戒していたわけだし。

「……心配しなくても、取引である以上、今後は俺の利になることだって適宜要求していくつもりだし、お前に質問したりもする。だから、その辺はある程度許容しろ」

「……例えば、なんです？」

気になるらしい。口実を得た俺はありがたく踏み込んだ。

「お前、夜の生徒会室でＶＴｕｂｅｒ《ブイチューバー》の配信見てただろ？　どうしてあそこにいた？」

ぴくと僅かに身体《からだ》ごと反応して、それから世良は答えてくる。

「あそこは私にとっての聖域なんです。気兼ねなく一人になれる場所なので、たまにこっそり残って、他のＶＴｕｂｅｒの研究や……発声練習、などをしていました」

こっちが真剣な顔で聞いたからか、意外にもすんなりと答えてくれた。発声練習というか、ライブとかミュージカルみたいだったけどな。衣装だってちゃんと着てたし。

「よく今まで俺たち以外にバレなかったな」

「事前に一階のどこかの鍵を開けておいたり、警備巡回のルートを把握しておけばなんとかなります。それに、仮に見つかったとしても学校施設に何か悪戯《いたずら》をしたり、といったわけでもありませんから、恐らくは厳重注意程度で済むと、そういった判断もあります」

女子高生に出し抜かれるなよ警備員さん……とは思ったが、今はどうでもいい。

「……じゃあ、俺と海ヶ瀬《うみがせ》は、どうしてあそこにいたと思う？」

今度は逆。なんてことのない雑談の一つに聞こえるよう、さらりと探る。

「校内でセックスするつもりだったんじゃないんですか？」

こいつさあ。

「あの時の話、聞いてなかったのかよ。忘れ物回収だよ、忘れ物！」

「覚えています、冗談です」

「真顔で冗談言うなやっ…………………………」

「……じろじろ見ないでくださいって、さっき言いましたよね？」

世良の表情や仕草や汗が出るかどうかなんかを観察していたら、叱られた。しかも、一切デレた様子が無い、ちゃんとした注意。ご、ごめんなさい……。

でも、わかった。

この様子だと、果澪《かみお》が雫凪《しずなぎ》ミオ、という答えには行き着いていないようだし、そもそも、仮に気づいていたとしても、わざわざ口にはしなそうだ。世良だって馬鹿じゃないはず。雫凪ミオの魂について口にすることに、利が何一つ無いことくらいは理解できるだろう。

……とはいえ、共通項というのは一度浮き彫りになると、連鎖的に目につくもの。

アトリエ＝亜鳥千景。苗字《みようじ》からの繋《つな》がり。

雫凪《しずなぎ》ミオ＝海ヶ瀬果澪《うみがせかみお》。名前の繋《つな》がり、亜鳥千景《あとりちかげ》との繋がり、その他繋がり。

こうしてマネージャーという立場になれば、世良《せら》が気づいたか否かの監視も兼ねられるし、必要であれば今のように、自然な流れで探りを入れることができる。

少なくとも、果澪の素性について、現状はバレちゃダメ。

だから、可能なら答えに至らないようにする。

これが手始めに、俺にとっての――果澪にとっての、メリットになるだろう。

「なんだったんですか、今の質問は……で？　他に何か要求は？」

「今のところ、お前には無い。代表として、全部まとめて花峰《はなみね》さんにおっ被《かぶ》ってもらう」

「……ダメです。何でもいいので、何かしらは頼んでください」

「だから、いいっつってんのに…………えっ、何でもいいのか？」

「何でもいいわけないでしょう、何言ってるんですか？」

「今お前二人いなかった？」だったらそんな言うなよ……。

「常識で許容できる範囲の中での話です。それくらいはわかってください。それに……相手が誰であれ、借りはできるなら作りたくないんです」

「だったら最初から、俺に頼るなっての」

「それは…………すみません」

謝られた……想定していない反応だ。反論してきてくれるものだと思っていたのに、世良はわずかに申し訳なさそうな態度で、視線を外してしまう。いや別にそんな、効かせようと思って言ったわけじゃないぞ？　だからそんな……ガチっぽくなるなよ。

「……じゃあ要求とは違うが、まず一個、俺から宣言しとく」

「はい」

「アトリエは、金剛《こんごう》ナナセのイラストを描かない」

俺の突き放すような発言で、休憩室の温度が一段と下がった感覚に囚《とら》われてしまう。

「十万人を目指すに当たって、神絵師《かみえし》であるアトリエがイラストを描けば相当な宣伝になるだろうな。金剛ナナセのデザインがしっかりキュートでキャラ立ちもしているからこそ、正直確信している――でも、描かない。というより、俺が描きたくない」

「どう――して、ですか？」

「アトリエにとって、雫凪ミオが特別だからだ」

初めてVTuber《ブイチューバー》の担当をしたからとか、リアルでも知り合いだからとか、理由は一つじゃなくて沢山あって、だから、一言で言うなら、これしかない。

「もしもお前にアトリエにイラスト描いてもらいたくて、だから俺のことを許容しようって思惑があったとしたら、ここできっぱり断っておく――どうする？　それでも世良は、俺をマネージャーにしたいか？」

それは世良にとって、根幹を揺るがす拒絶だったかもしれない。

でもダメだ。俺はアトリエのイラストを道具として使いたくない。十万人を達成するためだけのモノで消費するのではなくて、心から描きたいと思える存在のために描きたい。VTuber《ヴィチューバー》のイラストを描く、という行為は、今の俺にとって雫凪《しずなぎ》ミオのためだけのものにしておきたいと、今の俺には人には理解できないであろう想《おも》いがあったから。

……別に、誰かに理解されなくていい。これは俺の、俺だけの感情で構わないから。

「…………………………問題、ないです」

「そうは思えない間の空き方だったけどな」

言うと、世良《せら》は一度だけ首を振ってくる。

なんだか、心の荷が下りたような、そんな安らかさに見えた。

「当然、お願いすることも考えてはいました。アトリエが関係者になるんだから、宣伝施策の一環で描き下ろしイラストを頼もう、と――ですが、同時に悩んでいました」

「描いてもらうための金の工面とか、スケジュール的な話でか？」

「違います。もっと簡単で幼稚なことですから、お気になさらず」

結局世良は教えてくれないまま、代わりに立ち上がって、俺の姿を自らの瞳に映した。

「では……これから八月末まで、よろしくお願いします」

ぺこりと頭を下げてきて、黒と金のサイドテールが自重で揺れる。

強く濃い色を宿した彼女の瞳の中には、確かに俺が映っていた。

「ああ――ま、なんだ。取引分は、きっちりやるさ」

取引で、俺が世良にどんな恩恵を与えられるかはわからないけれど。

果澪《かみお》とミオちゃん。二人のために、世良とBloom《ブルーム》を利用しよう、と。

とにかく――契約書も何も無い、口約束だけの関係が今、始まった。

∞

打ち合わせ帰りの花峰《はなみね》さんが休憩室にやって来たのは、その日の夕方頃。俺がスマホでドーナツショップのメニューを見ながら、仁愛《にあ》への土産を吟味していた時だった。

「すまない。本来なら、私が同席するべきだというのに」

申し訳なさそうな面持ちで言われてしまったので、こっちの文句が引っ込んでしまう。

「……話はまとまったんで、もう良《い》いですよ」

チョコ系にするかストロベリー系にするか、今はそれが問題だ――とか言って、溜飲《りゅういん》を下げた風を装ってみる。つか、両方買ってけば良いか？　仁愛なら全部食うだろうし。

「それで、どうすることにした？」

さしもの花峰さんも気になるようで、俺はスマホの画面を落としてから答える。

「良かったですね。企《たくら》み通り、八月末までマネージャーやることになりました」

「……そうか。ならば参考までに、亜鳥《あとり》がその結論に至った理由も聞いて良《い》いか？」

ま、そこまでセットで説明しないと、花峰《はなみね》さんも解せないだろうな。

「俺にも狙いがあって、マネージャーって立場ならＢｌｏｏｍ《ブルーム》にも世良《せら》にも近い立場で自然にいられて……その距離ならば俺の考えていることも達成できそうだから、ですかね」

聞くと花峰さんは少しだけ考え込んでから答えてくる。

「そうか。どちらにせよ感謝する。そして――報酬として望みを言え。何でも叶《かな》えてやる」

な、何でもだって⁉　……いや、そのくだりはさっき世良とやったたっての。

「そうですね。じゃあ十億円とコスプレが趣味の綺麗《きれい》な女子と、あとは……」

「了解だ」「じょ、冗談ですって、待ってください！」

すぐに休憩室を出ようとした花峰さんを、俺はなんとかかんとか引き留める。

「なんだ、久しぶりにビットコインでも触ろうかと思っていたのに、つまらんな」

「つまるつまらないの話じゃないですよ……それに、二つ目はどうするつもりですか」

「私がやるしかあるまい」

そ、それはそれで見たくはあるけども……なら一キャラくらい、花峰さんみたいにキリッとしてて、スタイルが良くて、かっこいい女性キャラでも見繕って……。

悪魔の囁《ささや》きを振り払いながら、俺はリクライナーから勢いよく立ち上がる。

「……何でもして、なんてことは言いませんよ」

今日ここに来た理由を考えれば、すぐに願いは出てきた。

「昨日言ったように、まだ未定の状況ですが……もしも雫凪《しずなぎ》ミオがこちらの事務所にお世話になるとなった場合、その時は、最大限のサポートを約束してほしいってのが一つ」

「他には？」

「そんで、結局雫凪ミオが他の事務所や組織を選んだとしても……雫凪ミオにプライバシーや誹謗《ひぼう》中傷やそういった問題が発生した場合は、花峰さん個人に協力してほしいです」

保険なんてものは、あればあるだけ良い。それが無償で頼める状況ならば、なおさら。

要は交換条件だ。こっちが世良に協力する代わりに、果澪《かみお》にも協力してくれ。

釣り合いが取れているかは花峰さんの価値観に依《よ》るが……どうだろうか？

「……」「花峰さん？」「……わかった、そのつもりで準備しておく」

俺の予想以上に、すんなりと事が運んだ。

……こんなにも上手《うま》くいくとは、望み通りとはいえ拍子抜けだ。

「にしても、なんだか花峰さんらしくないですね」

休憩室の出入り口付近で壁に寄っかかっている花峰さんに向かって、率直に告げる。

「いきなり誘ったことに、反感はあるだろうな」

「いや、それもまあ、そうなんですけどね？　ただ、俺はそれよりも、常にスマートに正解の選択肢を選ぶ印象の花峰《はなみね》さんがこんな雑な頼み方をしてきたのが、なんだか謎で」

これまで花峰さんが関与した事業の成功ぶりは、インターネットでいくらでも調べることができる——だからこそ、より今回の俺への申し出は異質に感じた。

「手段は強引だが、盤面は私が描いたもの通りに動いている——流麗さと責任感に欠けると言われたら返す言葉も無いし、亜鳥《あとり》からしたら、たまったものじゃないだろうがね」

それに、と。花峰さんは俺じゃなく、休憩室の端の方。

二畳ほどの広さの、白い箱部屋型の防音室。

世良《せら》が今現在、配信を行っている空間へ視線を向けてから、答えてくる。

「私は正解を選んでいるんじゃなくて、不正解を弾《はじ》いているだけだよ」

「……何が違うのか、俺にはさっぱりですが……あ。それと、他にも相談したいことが」

さっきまでの話が通る前提で考えていた申し出を、改めて花峰さんにする。

「金剛《こんごう》ナナセの素性とか俺のマネージャーの話とかは、他人には当然秘密ですよね？」

「ああ。そこはやはり、遵守してほしい」

「わかってます。ですが——他人《ひと》じゃなければ、どうでしょう」

世良や花峰さんが俺に期待しているであろう部分へ協力するには、俺だけでは不足だ。

……あいつらにも力になってほしい場面が、出てくるかもしれない。

「この件について、相談したい奴《やつ》らがいるんです」

【＃4】絡み、絡まり、一夏の始まり

「……失礼します。亜鳥先輩、いらっしゃいますか？」

週明け祝日を挟み、火曜日。俺たちのクラスである2Aの教室へ、世良がやって来た。

「お疲れ様です。今、ちょっと良《い》いですか」

クラスメイトから指差しで俺の居場所を教えてもらったようで、世良はすたすたと俺の席まで歩いてきて、密《ひそ》やかに声をかけてくる。相変わらず低いトーン、沈着な口調だ。

「見ての通りクリエイティブな作業をしている途中だから、手短に頼む」

「……私には、アニメを見ながら昼食をとっているだけに見えるんですが」

俺はBLTサンドを頬張《ほおば》るのをやめ、付けていたワイヤレスイヤホンも外した。

「それ、『十三通りのメインヒロイン』のアニメ版ですよね」

「世良も知ってるのか」

俺の今期一押しのラブコメアニメだったせいで、ついつい語りたくなってしまう。

「話が面白いのもさることながら、キャラデザが神がかってるよな。タイトル通り十三人もメインヒロインいるのに、それぞれ記憶に残るビジュアルだし。そう思わないか？」

雑談代わりに聞いてみると、世良はあっさりと答えてくる。

「キャラデザインについては素人の私も良いとは思いましたが、内容はあまりヒットしませんでしたね。中盤の展開がどうにも間延びしているように見えたのと、時折挟まれるイチャラブシーンが決定的に邪魔で、本筋のストーリーを重んじる私には退屈でした」

「め、めちゃくちゃ言うじゃん……」まるで気難しいソムリエか何かのよう。そんだけ酷評できるほど、世良《せら》自身の目は肥えてるのか？　ラブコメはめちゃくちゃ奥が深いぞ？

「それに、そもそも原作の漫画しか私は見たことないので、アニメ版の脚本が面白いのかどうかも判断できません」

「じゃあ見ろ！　せめて見てから文句言え！　今すぐプライムビデオに加入しろ！」

「というか、ただ単にアニメ見ることを創作活動だと言い張るのも謎ですね」

月々五百円の課金を迫る俺へ、世良はあくまで冷静な応対を続けてくる。

「デッサンをしていたことは知っていますが、校内で描くのはやめたんですか？」

「……ま、色々あってな。でも、こうやって最新のコンテンツに触れることでインスピレーションを得ようとするのも、趣味を仕事にしている人間には大切なことなんだぞ」

ファッションと同じだ。アニメや漫画やゲームにも流行はあり、移り変わるのも早い。乗り遅れないように立ち回るのも、プロとして——神絵師《かみえし》としての務めなんだ。

「さて、先輩のくだらない話はその辺にしていただいて」

「くだらないって言うな」かっこつけたこっちが馬鹿みたいじゃん。

「ところで亜鳥《あとり》先輩、今日の放課後はお暇ですか？」

「は、話が急に変わったな……」

「そうですか。でしたら早速、私に付き合ってください」

「俺まだなんも答えてないんだがっ」何このテンポ感、漫才か何か？

「……協力、していただけるんでしょう？」

そっと耳打ちし、俺に静かな圧をかけてくる世良。お前一応後輩だよね？　本当に？

……しかし、要件は言うまでもなく、金剛《こんごう》ナナセのことだよな。

なら、頼みを受け入れ取引を申し出た以上は、責任を果たさなければいけないだろう。

「わかったよ。無理矢理《むりやり》暇にする」

「感謝します」

言葉のわりに世良は鉄面皮のまま、にこりともしない。ちょっとは喜べよ。

「それと、こういった諸連絡は今後Ｌｉｍｅ《ライム》で行いましょう——スマホ出してください」

連絡先を教えてくれるらしい。俺が胸ポケットからスマホを取り出した一分後にはＬｉｍｅに、ポメラニアンがアイコンの『世良』というユーザーが友達追加された。

『後ほど、ここに詳しい概要を記載します。折を見て確認、よろしくお願いします』

『アイコン可愛《かわい》いな』

『だまれ』

「が、画面越しだともっと辛辣なのか……」

世良《せら》への初チャット。ポメラニアンの子犬の写真に触れることで多少は和んでくれるかと思ったが、俺の選んだ選択肢は誤っていたらしい。全然世良の態度は軟化しない。

「では、そういうことで」

用件が済んだ世良は俺に浅い角度でお辞儀をしてから、教室を去って行った。

「……千景《ちかげ》はまた別の女に唾付けてんのか」「お前いい加減にしないとキレるぞ？」

「さっきの誰だっけ」「世良ちゃんでしょ、生徒会の」「あ、あの恐《こわ》そうな娘《こ》？」

「でも普通に可愛《かわい》いよね」「なんか一年にもう一人ギャルいるよな、黒マスクでピアスの」

世良が去ったことで、昼食をとっていたクラスメイトが集まり出す。野次馬《やじうま》が野次馬を引き連れる、まさに地獄絵図だった。金払うからもう全員どっか行ってほしい。散れ！

「えっ、ちょ……」

急にクラスメイトの群れの中からぐいと腕が伸びてきて、ワイシャツの襟を掴《つか》まれた。

「……ちょっと来なさい」

で、出た〜、不純異性交遊絶許奴〜——桐紗《きりさ》だった。わかりやすく頑とした態度で、そのまま教室の外に俺を連れて行こうとする。く、首が痛いんですけど……。

「……現行犯逮捕だね。話は向こうで聞くから、抵抗しないでくれると嬉《うれ》しいな」

桐紗と一緒に昼食を食べていた果澪《かみお》も、当然のようにその悪行を見逃している——どころか、俺が逃げられないようにがっちりと背中に手を回してきている始末。

「ま、待ってくれ二人とも。せめて昼飯食ってから……」

「こんなの没収よ。ほら、とっとと歩いて」

　食べかけのサンドイッチすらも取り上げられてしまった。た、助けてくれ。今この場で民主主義が侵されようとしているんだぞ？　立ち上がれ民衆たち！　俺を、助けろ！

　野次馬共に無差別にアイコンタクトを送ると、それぞれの反応が返ってくる。

「亜鳥《あとり》容疑者、今の心境は？」「今までありがとうな。ＲＩＰ」「おもろいから動画撮ろ」

　このクラス、終わってるよ。

§

　真っ昼間の音楽室に、『魔王』のおどろおどろしい旋律が拡散していた。

　ピアノでシューベルトを演奏しているのは果澪で、教卓の前で腕組みするのは桐紗。

　俺は教卓の目の前の椅子に、強制的に座らされた——それにしても果澪はなんで物騒な曲弾いてるん？　そんなんされたら萎縮して、喋《しゃべ》れるもんも喋れなくなりますよ？

「さっきの、どういうことよ」

　演奏が終わると魔王——もとい桐紗が、ずいと質問してくる。

「あの子、こないだあたしたちに注意してきた子でしょ？　生徒会の——」

「世良《せら》さんだよね。生徒総会の司会とかやったりしてて、キビキビしてて、何より──」

「可愛《かわい》い子よね」「綺麗《きれい》な人だね」

褒めの言葉が乱れ飛び、それからまずは、桐紗《きりさ》がしみじみ語り始めた。

「……あのね？　千景《ちかげ》が女の子と話したり遊んだりしていたとしても、あたしには関係ないってことはわかってる。だから、勘違いしないで、そこで怒ってるわけじゃないから」

「お、怒ってるのか？」

「怒ってるわよっ……だって今までも、『千景が急に女の子と接触する』って出来事が、厄介事のトリガーになってるんだもの。今日までのこと、振り返《かえ》ってみなさいよ」

そういやコスプレイヤーの女性と揉《も》めた時も、差し入れに盗聴器仕込まれた時も、そもそも俺の方から頼んだり、リプ送ったりしてたんだっけ？　うーん……信憑性《しんぴょうせい》が高まる。

「私の時も、そうだったしね」「その通り、というか、最たる例じゃない」

果澪《かみお》の補足もあって、どんどん俺の立場は弱々しくなってしまう。

「そういう時、いつも誰に助けを求めてたか、忘れたとは言わせないわ」

「……桐紗に泣き付いてたな」

「そうよ。それに、もう聞かなくてもわかるわ。どうせまた訳わかんない理由で世良さんと絡むことになって、背負わなくてもいい重荷を背負って、どうしようもなくなったらあたしを呼ぼうってなるって……だったらもう、最初から言いなさい。ほら、とっとと！」

あまりにも正当性溢《あふ》れる主張だった。しかも背景事情が今はまだ桐紗《きりさ》に助けを求めていないだけでほとんど同じだったし。そりゃそうなるわな。

「連絡先まで、交換してたもんね」

桐紗が焔《ほのお》のような怒りを示しているならば、果澪《かみお》は水面《みなも》の揺らぎのようにしっとりと、それでいて確実に搦《から》め捕るような雰囲気で、俺を問い詰めてくる。

「亜鳥《あとり》くんは、桐紗ちゃんと協力し合うって約束してるんだよね？　……だったら、言える範囲で良ければ相談してほしいって思うのも、自然なんじゃないかな」

言いながら、果澪は俺の座っている席の机を、人差し指の腹で叩《たた》いていた。

桐紗ほどわかりやすくはないものの、気になっている様子。

「それにさ……桐紗ちゃんだけじゃなくて私も、少しでも力になれるんだとしたら、協力したいよ。色々助けてもらって、知り合いの事務所にまで話を聞きに行ってもらってって、私、亜鳥くんに支えられてばかりだもん」

本音を吐露した果澪は、ポケットからグミを差し出してくる。

俺と桐紗にそれぞれ二、三粒ずつ、ラムネ味のグミが分け与えられた。

……本来なら、事務所の話がどうなったかを真っ先に聞きたいだろうに。果澪はそっちを差し置いて、俺のことを気に懸けてくれている。

二人は、加えて仁愛《にあ》は、俺にとって他人じゃなく仲間だ。並々ならぬ信用を抱いている。

そして、今回の件でも完全に無関係というわけじゃない。各々が同じ熱量で雫凪《しずなぎ》ミオに協力していた以上は説明しておくべきだと思ったからこそ、本来はどこかしらの機会に全員を集めて、きっちりと説明したかったけども……ま、こうなったらこうなったで、説明しておいた方が良《い》いだろう。絶対気になってるだろうし。

「……二人とも、ちょっと聞いてくれ」

決意を新たにした俺は、激動のここ一週間の話を、二人に向けて打ち明けていった。

Ｂｌｏｏｍ《ブルーム》という事務所のこと。寿花峰《ことぶきはなみね》という女性のこと。話を聞かせてもらったこと。Ｂｌｏｏｍに唯一在籍しているＶＴｕｂｅｒ《ブイチューバー》、金剛《こんごう》ナナセの魂が世良夕莉《せらゆうり》であること。彼女のマネージャーを頼まれて、最終的に俺は、雫凪ミオのために世良とＢｌｏｏｍを利用させてもらうべく取引をし、その役割を八月末まで担うと決めたこと。

取引することで、果澪や俺たちに利を生めるのではと、そう思ったこと。

「話した内容については、秘密にしてくれ。同じＶＴｕｂｅｒのことだし、頼む」

一通り話し終えたところ……二人とも、なんとも言えない表情を浮かべていた。

「流れでそうなったとはいえ、雫凪ミオのマネージャーを無理だって言っときながら金剛ナナセの手伝いをすることになって、そこは本当にすまん。俺に――アトリエにとってはミオちゃんだけが一番で、大切な存在なのに」

「そ、そんな、謝らないで。私だって、気にしてないからさ」

大げさに、胸の前で片手をぶんぶん振って、自らの気持ちを伝えてくる果澪《かみお》。心なし、どこか恥ずかしがって、もじついているようにも見える。

「機密性の高い話だと思うんだけど、あたしたちに話して大丈夫なの？」

果澪に代わり、桐紗《きりさ》が質問してきた。

「当然、代表の花峰《はなみね》さんからの許可は貰《もら》ってる。ただ、その絡みでミオちゃんがデビュー前、きりひめやシリウスちゃんからもちょくちょくアドバイスを受けてたって感じの、ざっくりとした説明もすることになった。これも事後説明になって、申し訳ない」

「先方を納得させるためなんでしょうから、しょうがないわ。それで世良《せら》さんと、もう色々話はしてるの？　これからどういう風にしてくのか、とか」

「その辺は今日の放課後に相談すると思う。で、俺の連絡先知らんから、それ教えにあいつ、わざわざ教室まで来たんだよ。本当に、そんだけだ」

「……やけに親しげに見えたのは、あたしの気のせいかしらね」

「そればっかりは有り得ないな。世良の奴《やつ》、俺のことすげえ警戒してるし」

「…………そう」

そこまで聞いて、桐紗は重い瞬《まばた》きをした。毎度のことで物も言えないのかもしれない。

「──千景《ちかげ》は純粋に、優しいのよね。果澪にも、世良さんにも、誰にでも」

　でも、桐紗は怒りも説教もしてこなかった。

　優しい、と。以前果澪から言われて、俺が丁重に否定したその言葉を選んでいて。しかも本当に、素直にそう考えているることが伝わってくるから、強く反論するのも難しい。

　穏やかで、何かを慎んでいるような桐紗に、結局は否定できなかった。

「俺は単に、イラスト以外の部分が流されやすいだけな気がするけどな……」

「はいはい。それに、事情はわかったわ。教えてくれて、どうもありがとう」

　……いつの間にか、桐紗は普段の桐紗に戻っていた。腕組みだってしている。

「でも、だったらなおのこと、困ったことがあったらあたしたちに相談しなさい。だって、もうすぐ夏休みだし、少しは時間も作れるだろうし……ほら、そういうことだから」

　雫凪《しずなぎ》ミオのことや他のことでも頼り切っていて、むしろ桐紗の方が俺に、リターンを求めてきても良《い》いはずなのに。俺自身、桐紗からの頼みなら他のことをほっぽり出しても、仕事と並行することになっても全然問題無いのに。

　結局、今回の件でも桐紗は、協力的な立場を見せてくれている。

　……いつになれば、俺は桐紗に、これまでの借りを返しきることができるんだろうな。

「ああ。良ければちょくちょく相談させてもらうつもりだし、なんかあった時にはまた、力を借してもらいたい。そんで、いっつも頼ってばかりで、ごめ……」

「謝るんじゃなくて、ありがとうって言って。そっちの方が、嬉《うれ》しいから」

「桐紗《きりさ》ちゃんの言うとおり。それに、私も仁愛《にあ》ちゃんも、できることがあればするから」

「……ありがとう。お前らには、感謝しかないよ」

諸々《もろもろ》の説明が終わる頃には、果澪《かみお》も桐紗も満足そうな表情を作っていた。

俺がこの距離感で接することができる相手は多くない。それに、こうやって話ができたおかげで、気にかかっていた心の重りが、だいぶ軽くなった。

良《い》い奴《やつ》らだ。それこそ――俺には、勿体《もったい》ないほどに。

「ところで、仁愛ちゃんにはこのこと、説明したの？」

「いや、まだだな。今週中――できれば今日の放課後に三人集めて言うつもりだった」

「雫凪《しずなぎ》ミオに協力した仲間って点で言えば、あの子にも教えなくちゃいけないわよね」

「ああ、そのつもりだ……ま、夕食の時、俺の口から説明しとく」

「そっか。それじゃ、何かあったらＤｉｇｃｏｒｄ《ディグコード》で教えてね」

「……きっと、仁愛が一番驚くでしょうね。同学年で、隣のクラスなんだし」

確かに。さて、どう言ったもんか……。

∞

放課後になり、てっきりＢｌｏｏｍ《ブルーム》のオフィスに連行されるんだろうなと思っていたが、世良《せら》が会議場所として選んだのは意外にも、チェーン店のファミレスだった。

ただし、会議内容は大方の予想通りで。

『夜まで徹底討論　～金剛《こんごう》ナナセが十万人達成するには、どうすれば良いか～』

俺のマネージャーとしての初仕事は、今後の方針を共有する、というものだった。

「――だから、自分の好きな何かを表現したり、特技を披露したり、そういう自分も楽しめる配信を続けていくってのをそもそもの軸として据えて、それに沿った活動を続けていけば自《おの》ずとチャンネル登録者数、十万人ってのは到達できると思うんだが」

ミオちゃんの歌。きりひめのイラスト作業配信や朗読。シリウスちゃんのゲーム。他にも既に著名なＶＴｕｂｅｒ《ブイチューバー》の『〇〇といえば〇〇』。とにかく、やりたいことをやれば良いじゃんという趣旨の話を、初手でぶちかましていたところ……。

「亜鳥《あとり》先輩、事前に一つ言っておきます」

テーブルの反対側に座って俺の主張を聞いた世良は、そこで待ったをかけてきた。

「私は雫凪ミオではありません。金剛ナナセです。わかっていますか？」

「そんなん、見りゃわかるが……なにそれ、哲学？」

「わかりました、言葉のオブラート外しますね――そんな馬鹿正直な理想論じゃ、十万人なんて絶対無理です。無理無理無理の無理です。終わっています。考えを改めてください」

「……お前が言葉をオブラートに包んだところ、聞いたこと無いけどな」

「常に敬語、使ってるじゃないですか」

「敬語は美しき日本語表現であって、断じて毒舌に対してのオブラートじゃないっ」

何にせよお気に召さなかったらしい。それから世良《せら》は、机の上の自分のノートPC——会社からの支給品らしいが、それをぶおんと起動してから、画面を見るよう促してくる。

【Bloom《ブルーム》非公式Wiki　金剛《こんごう》ナナセのプロフィール】
年齢：17歳　血液型：A型　誕生日と星座：9月18日・天秤座《てんびんざ》　身長：160センチ
デザイン：タペータム　モデリング：ぽせいどん
リスナーの呼称：ナナタミ（ナナセの民）　推しマーク：7☆
カラーコード：#e6b422（金色）　活動場所：NowTube《ナウチューブ》
特に好きなもの：ポメラニアン、ゲーム、甘い物、恋愛作品を見ること
公式サイトの紹介文：高校生アイドルVTuber《ブイチューバー》としててっぺんを目指し、夢を与えられるように日夜配信しています。将来の夢は大きな箱での3Dライブ！

■チャンネル登録者推移
・二〇二二年三月一日、十八時きっかりに初配信。同時視聴者数一万五千人を突破。

・二〇二二年三月十三日。祝・収益化。また、チャンネル登録者数が一万人を超える。
・二〇二二年三月三十日。チャンネル登録者数が二万人を超える。
・二〇二二年四月二十九日～五月八日。ＧＷ中は『金剛ナナセのダイヤモンドウィーク』と題し、ゲームや雑談、歌枠などで毎日配信を行う。また、最終日にはチャンネル登録者数が三万人を超える。
・二〇二二年六月二十一日。チャンネル登録者数が四万人を超える。
・二〇二二年七月十九日。チャンネル登録者数が五万人を超える。
☆七月二十五日現在時点の金剛ナナセのチャンネル登録者数：五万七千人☆

「……事後確認にはなりますが、金剛ナナセの配信は見てくれましたか？」

「ああ、ぽつぽつアーカイブは追っかけた」

俺の返事を聞いた世良は頷《うなず》き、非公式Ｗｉｋｉを閉じると、別タブをクリックする。

金剛ナナセのチャンネルが開かれて、中でも、総再生時間や登録者数増減などのデータが細かく閲覧できる『チャンネルアナリティクス』というものが画面に表示されていた。

「雫凪《しずなぎ》ミオを知っている亜鳥《あとり》先輩からしたら、十万人程度なら手堅く達成できると認識しているのかもしれませんが……ここ、見てください。金剛ナナセは今年の三月一日に配信活動を始めたわけですが、一番伸びたのは配信始めの一ヶ月。で、五月に入ってからはがくんとチャンネル登録者数の伸びは減少し、そこからは緩やかになってしまっています」

世良《せら》の分析の通り、表示されていた折れ線グラフは最初の方がピークで、以降は下降気味に推移していた。忌憚《きたん》なく言うならば、スタートダッシュの勢いは弱まりつつある。

「ってことは、五月に何かあったのか？　……あっ」

俺なりに記憶を順々になぞっていくうちに、その疑問は瞬く間に氷解した。

「ええ。お察しの通り、雫凪《しずなぎ》ミオの影響でしょう。五月の中頃に雫凪ミオが個人勢VTuber《ブイチューバー》として脚光を浴びて以降、明らかに金剛《こんごう》ナナセの登録者数の伸びは悪くなりました」

金剛ナナセの三月一日のデビューからの遅れること、五月十五日。

雫凪ミオはその日初配信を行ってから一躍スターダムを駆け上り、それ以降もチャンネル登録者数は伸び続けているものの——その陰には、金剛ナナセのように割を食ったVTuberがいたのかもしれない。可視化されて、初めて理解できる事実だった。

「そう考えると、なんか悪かったな」

しわ寄せがいってしまったことを軽く謝ると、世良は首を横に振ってくる。

「VTuberも実力勝負の世界ですし、私も彼女が全ての原因である、なんてこと言うつもりはないです。ただ、事実としては間違いないですし、パイだって限られています」

パイ——今回で言うと、業界全体の視聴者数を指しているわけか。

「特定の推しを作らず複数の人を推している視聴者だって、何十人ものVTuberを同時に追いかけられるわけじゃありません。だから、その中で埋もれないように企画だったり、配信者としての立ち回りで差を付けていかなくちゃならないんです」

「なんとなくやるんじゃなくて、狙いは明確に。他のＶＴｕｂｅｒと差別化して目立っていったり、事前に伸びるためのビジョンを描いておこう、ってことだな？」

「はい。何も考えず、惰性のような配信をするだけで無条件に伸びる。そんなことはトップＶＴｕｂｅｒのような恵まれた人間にしか不可能ですし、だからこそ、私はこうして地道に分析したり、他のＶＴｕｂｅｒの配信から学べることはないかと探っています」

「……生徒会室の倉庫の中で配信流してたのは、その一環ってことか？」

「ええ——とはいえ、参考にならないことも多いですが。今伸びてるＶＴｕｂｅｒで、私が特別面白い配信をしているなと思うＶＴｕｂｅｒはいません。かろうじて数人、それこそ雫凪ミオなんかは音楽分野で類《たぐ》い稀《まれ》なる才覚を発揮していますが、他は何が面白いのか理解できません——私が理解できないからと言って、否定はしませんが」

……うーん。どうにも引っかかる言い方だ。俺がミオちゃんやきりひめやシリウスちゃんを知っているからか、ちょろっとだけ窘《たしな》めたくなってしまう。

「他の人には負けないぞって気持ちは大切だけどな。でも、人気ある奴《やつ》だって他人に見えないところで努力したり、我慢したり、抱えてるものがあると思うぞ？　惰性だとか恵まれてるとか、そうやって一概に決めつけるのも、なんだかな」

「それは……そんなこと、わかってますよ」

反抗的な態度を見せる世良《せら》。でも珍しく、それ以上の文句は言ってこない。

「……すみません、言いすぎました。先輩は雫凪《しずなぎ》ミオとも、繋《つな》がりがあるんですよね」

むしろ受け入れて、理解しようとする素振りすら見せてくる。それから世良はコップに入ったオレンジジュースをストローで啜《すす》ってから、黙ってしまった。

早速ウザがられてしまっただろうか。説教する先輩って、ダルそうだもんな……。

反省しよう。不必要な持論とか感性を押し付けるのは基本×で、思うだけに留《とど》める。

……どうせ、たった一ヶ月だけのマネージャーなんだ。干渉も程々にすべきだろう。

「せ、世良は勉強熱心で、色々計算してやるタイプなんだな」

これ以上株を落とすのも今後の展開に差し障ると思って、持ち上げ気味に話を振った。

「……ええ、そうですね」

「ってことは……金剛《こんごう》ナナセのキャラも、全部計算ってことか？」

言って、俺は世良のノートPCで、金剛ナナセの配信アーカイブを開いた。

【雑談】平日夜！　お話しよう～【金剛ナナセ／Ｂｌｏｏｍ《ブルーム》】

『ねえねえ、あのさ～……ナナセ、この間もドッグカフェに遊びに行ったんだけど、なんかポメラニアンの新しい子がお店にいてさ～、テンションめっちゃ上がったのね？　マジめちゃくちゃ可愛《かわい》くて、しかも柴犬《しばいぬ》みたいなカットされてて～……』

『……飼いたいかって？　マジで飼いたいっ、めっちゃ飼いたい……でも、あれ。住んでるところのルール的にダメだし、パパとかママとかにも負担になっちゃうかもだし……』

『でも、いつか絶対飼う、名前ももう決めてるんよ？　名前は……』


これほど巧みに人は仮面を被《かぶ》れるのかと、俺は驚いていた。

例えば、果澪《かみお》や桐紗《きりさ》、仁愛《にあ》だって、配信している時と普段とでは、声の高さや振る舞いに若干の差異はある。だからこそ、世良は雫凪ミオの魂を知り得ていないんだろうし。

だが。あの三人と比較しても、世良は一、二段階以上にレベルが違うと思った。声にしろ口調にしろ会話の展開の仕方にしろ、世良と金剛ナナセとでは、まったく一致しない。

冷めていて、歯《は》に衣着《きぬき》せぬ物言いが多くて、刺々《とげとげ》しい女子高生といった印象の世良夕莉《ゆうり》。

金色に輝くアイドルを目指すパッション系で、総じて明るい印象の金剛ナナセ。

モニターやスマホの画面で隔てられている二人は、別人だった。

「金剛ナナセの配信を初めて見た時は、相当驚いたぞ。これが、世良？　って」

感心する俺と違って、自身の雑談配信を見る世良の顔はやっぱり、金剛ナナセとは似ても似つかぬ憮然《ぶぜん》とした表情を浮かべている。きりひめの配信を見られた時の桐紗のように恥ずかしがることもなく淡々と、それでいて粛々と、返事をしてくる。

「計算している部分はもちろんありますし、何より、彼女と私は別人です。可愛《かわい》らしく、女子高生らしく、アイドルらしいのが金剛《こんごう》ナナセで――私とは、次元も何も違います」

「良《い》いのか、それで？」

聞くとめちゃくちゃ怪訝《けげん》な顔をされた。わかる、意味不明なこと言うなってんだろ？

ただ、それじゃ良くない奴《やつ》が、ちょっと前まではいたんだよ。

「私はプロですし、アイドルＶＴｕｂｅｒ《ブイチューバー》の金剛ナナセを見せたくて……いえ、見せるべく振る舞っているんです。別人のようだと思っていただけたなら、むしろ望ましいですね」

ため息交じりに結論づけていたのが、余計に本当っぽい。

「そか。じゃ……ちょっと趣向を変えるが、世良《せら》はどうして生徒会入ったんだ？」

「……それ、金剛ナナセの話に関係あります？」

「無いけど、まあ別に良いじゃん。んで？」

世良はわかりやすい困惑の素振りを見せ、それでも答えてくれた。

「まったく社会との繋《つな》がりが無いと、雑談に使えるようなエピソードも仕入れられませんし、金剛ナナセらしい社交性も鍛えられません。しかし、毎日忙しそうな部活は配信に差し障って本末転倒なので、消去法で生徒会に入ることにしました」

「その割には、サボらずに取り組んでるみたいだがな。役員連中からの評判も良いし」

「どうしてそこまで知ってるんですか？」

……やばい、ぺらぺら喋《しゃべ》ってたら墓穴を掘ってしまった。世良について調べてたことが知れたら、これまでとは比にならないほどの罵倒に襲われるよな？　まずいまずい……。

取り繕おうとする俺に、世良はぐっと、眉根に皺《しわ》を寄せながら言い放つ。

「……私、全体的に亜鳥《あとり》先輩はタイプじゃないので無理です、すみません」

「マジで意味がわからないんだけど俺どういう感情になればいい？」

「いえ、なんだか妙に私のことを詳しく聞いてくるので、一応振りました」

「なんだその『皿にレモンあったから唐揚げにかけちゃいました』みたいなノリは……」

「レモンにしろマヨネーズにしろ、無断で何かかけられたら私は怒ります」

「知らねえよっ。違う、そんなんじゃない。マネージャーとして、金剛ナナセだけじゃなく世良夕莉《ゆうり》のことも教えてもらいたいって思ったから、だから色々聞いてたんだよ」

それに、知っとけば──仮に果澪《かみお》がＢｌｏｏｍ《ブルーム》に入ったとして、事前情報として俺からサラッと教えておくことで円滑に関係の構築ができるかもしれないし。こんだけ近い距離にいるのに聞かないのは勿体《もったい》ないし。気難しそうな世良だからこそ、余計にそう思う。

「……でしたら、改めて言っておきます。お互いの関係はフラットに、間違っても一線は越えてこないよう、お願いします」

世良は片手間に言いつつ、ファミレスの注文タブレットで何か注文していた。

「安心しろ。お前が俺のこと嫌いなのは知ってるし、そんな気には絶対にならないから」

「……別に、嫌いではないですが」

「えっ？」なんか、世良《せら》から聞こえてくるはずが無い言葉が口にされた気がする。

「以前は問題児ということもあり苦手でしたけど、今はこうして私の取引相手として動くことを決めてくれましたし……だから別に、先輩だけ特別に注意しているわけじゃありません。私はプロとして、間違っても恋愛関係が生じないようにしたいだけなんです」

……ああ、なるほど。丁寧に言葉にされて、ようやく理解する。

「『ガチ恋』だとか『リアコ』だとか、そういう人も、世の中にはいるもんな」

ＶＴｕｂｅｒ《ブイチューバー》に限った話ではなく、人前で仕事をする職業には、恋愛感情を抱くファンというものが付きもの。ガチ恋やらリアコというのは、そういった人々を示す単語だ。

「はい。くれぐれも、金剛《こんごう》ナナセの足を私が引っ張らないよう、関係性が生じないように注意を払っています。よって先輩への対応も、その一環というだけで、他意はないです」

納得。そしてそれは、俺を慰めるためでなくて、自らのための理論武装のような。

「了解。それに、俺もお前をどうこうしたいなんて、絶対思わんし」

と、そうこうしてると、ロボット配膳機くんが、パンケーキとパフェと白玉あんみつなどのスイーツを運んできた——さっき世良が注文したの、これ全部？　く、食いすぎだろ。

「なんだ、この見てるだけで甘ったるいラインナップは……量多いし」

「どれか食べますか？」

「いや、いい……」必要無いと伝えると、世良はもぐもぐと、パフェから食べ始めた。

どうやら、世良は甘い物が相当好きらしい。表情は固いままだけど、それはわかった。

ファミレス隅っこの席で、俺と世良はアイデアを出しまくった。二十四時間配信、ASMR配信、などなど——ちなみに俺の一押しはカラオケで百点取れるまで頑張ってみよう配信だったが、却下された。ブレインストーミングじゃないん？とは思ったものの、喉へのダメージのことを考えろと言われたら、納得せざるを得ない。ごもっとも。

とまあ、そうこうしてるうちにいつの間にやら時刻は十八時頃になり。そろそろオフィスに帰って配信したいと世良が言い出したことで、本日の討論はお開きの流れに。

「もう一個だけ、提案がある」

店の外に出て、夏のぬるい夕風に吹かれながら俺は、世良へ踏み込んだ。

「他のVTuberとコラボするってのはどうだ？　例えば、自分より人気な……」

「嫌です」「どうしてだ」即答。そしてダメじゃなくて嫌、という部分が引っかかる。

「私に残った、最後のプライドだからです」

ころころと、歩く俺たちの前に小さな石が転がっていった。世良が蹴ったものだ。

「例えば、ですよ？　もしも金剛ナナセが雫凪《しずなぎ》ミオとコラボしたら、間違いなく登録者数は増えます。十万人だって、その一回の配信で到達するかもしれません——私の実力云々《うんぬん》ではなく、それだけ雫凪《しずなぎ》ミオという存在が規格外で、人を集められるから」

「だったら尚更《なおさら》、誰かとコラボするべきじゃないか？　貪欲に人気を求めるなら見つけてもらうってハードルをコラボで解消して、そこから実力でのし上がっていけば良《い》い話だ」

「それは私の実力じゃなくて、コラボ先の誰かのお零《こぼ》れに過ぎないじゃないですか」

立ち止まって、低く芯まで響くような声で、そう訴えてくる。

「……私が先輩に金剛《こんごう》ナナセを描かないと言われた時も、最初は残念でした。でも、ああ、やっぱりそれで良かったな、と、段々とそう思えたのも事実です。だって、それで十万人いったとしても、私の実力で掴《つか》み取ったとは言えない気がしたから」

俺はそこでようやく、世良《せら》の心境を完全に理解した。

「自分の魅力で、自分の持てる力だけで高みを目指したい。そんな世良にとって、コラボは視聴者を自分の力で振り向かせたとは言えないから、したくない……ってことか」

「……幼稚な矜持《きようじ》なんて捨てれば良いと、私自身そう思います。それに、コラボ配信で人を集めようということも、当たり前ですが悪いことじゃないです。でも……」

「いや、お前の気持ちはわかったし、ごめんな。軽々しく言っちゃって」

謝ると、世良の複雑な表情が、さっきまでの精悍《せいかん》なものに戻った。

「いえ。むしろ先輩も真剣に考えてくれていることがわかったので、それはそれでありがたいです。今後とも、よろしくお願いします」

「……ああ。取引だからな。できる限り協力するよ」

歩き出した世良に並ぶようにして、俺もスニーカーの底を鳴らした。

駅に向かう俺たち二人の影が、道路に伸びている。

……この夏限りの光景だと思えば、これもまた、貴重な経験なのかもしれないな。

§

「えええええええ！　せ、セラもＶＴｕｂｅｒ《ブイチユーバー》やってんデスか？」

「ああ。こないだ見てた、金剛ナナセってやつの魂だ」

その日の夜になり。食事を終え、ビーズソファで配信前の休息を取っていた仁愛《にあ》に事の顛末《てんまつ》を伝えたが――この様子だと、いたく衝撃を受けたようだ。

それから。ひとしきり驚いた後で、むっと唇を尖《とが》らせてくる。

「というかチカ、酷《ひど》いデス！　アトリエはミオちゃんのママなんだから、ミオちゃんのことを最優先に考えなきゃデスよ？　マネージャーのことだって、断ってたのに！」

……耳が痛いとは微塵《みじん》も思わなくて、むしろ俺にとっては嬉《うれ》しい叱責だった。

「ありがとな、仁愛。叱ってくれて、ちょっと救われた」

茨《いばら》のようにちくりと残っていた罪悪感が、多少は除かれたから。

「？　……よくわかんないデスけど、良くないことしたらちゃんと怒られないとダメデスよ。ニアが、チカとキリサにいっつもやられてるみたいに」

不思議がっていた仁愛《にあ》はさらに一言二言文句の言葉を重ねて、でも、それが終わると手に持っていたタブレットを開いて、アプリで漫画を見始めていた。

しかし——一日目にして、収穫は多かった。

金剛《こんごう》ナナセの目指しているものや、達成するための方策の擦り合わせ。世良《せら》という人間の性格やプライド、そして、趣味嗜好《しこう》の一端。加味して今後のことを考えると……。

「思ったより、状況が込み入っている……」

果澪《かみお》が八月中にＢｌｏｏｍ《ブルーム》に加入して金剛ナナセとコラボすることで、世良は十万人を達成。ミオちゃんは事務所のサポートを受けられるようになって、果澪が抱えていた負担も解消される——過程や事情を抜きにして考えれば、これが解決のための最短ルート。

でも、世良と話してみて再確認したが、そんなん絶対無理だ。自分の実力で十万人を達成したいと考えている人間が、雫凪《しずなぎ》ミオの同事務所への加入を歓迎するわけない。

というかこれ、普通に暗雲モクモク案件なのでは？　果澪がＢｌｏｏｍに入る可能性を考慮してマネージャーを請け負うことにしたわけだけど、そもそもから危うくない？

「……じゃあ、夏休み中はずっと、セラと一緒にいるんデスか？」

タブレットと睨《にら》めっこしていた仁愛が、急にそう質問してきた。

「午前中から昼にかけてイラストの作業。そんで終わったら事務所のオフィスに顔出したりリモートで世良に頼まれたことの報告して、夜にもっかい作業って予定ではいるが」

ちなみに――世良から事前に説明されていたマネージャーとしての仕事内容として、チャンネルアナリティクスの分析やTmitter《ツミッター》巡回（視聴者の反応のチェック）などは勿論《もちろん》、買い出しや休憩室内の清掃、その他、世良が配信に専念するための雑務なども頼まれていた。後は切り抜きチャンネルみたいなものもやってみたいって言ってたから、配信中で面白いシーンとか、見栄えするシーンのピックアップとかもしなくちゃいけないんかな？　……とにかくまとめると、こんなところ。

「つっても、基本がこれなだけで、他に外せない用事ができたらそっち優先させてもらうつもりだ。アトリエのイラストレーターとしての部分は当然、譲歩してもらってるから」

「じゃあじゃあ……ニアが遊びに行きたいデスってなったら、ついてきてくれマス？」

おい話聞いてたか？　外せない用事ができたらって、そう言いましたよね……？

「……」「……」「……一応、夏休みだしな。一日くらいは付き合ってやらんこともない」

「わあい！」結局、俺の方が折れてしまった。

夏休み。休めるかどうかは甚だ疑問だが、とにかく。人生に一度しか無い高校二年の夏休みがいよいよ目前。まさかの突入の仕方だったが――一つ二つくらい、普段はできないことができれば良《い》いなと、その程度の期待は抱いても構わないだろうか？

「それにしても……セラがVTuber《ブイチユーバー》なんて、それも、あんな配信してて！」

「仁愛《にあ》も知ってたのか？」

「はい。チカが流してたの気になって、実はこっそり見たんデス。完全にオタクに優しいギャル属性で、声も話し方も雰囲気も全然違くて明るくて、ゲームも結構上手で……」

散々褒めた後、最後に仁愛は、ぐでんとした喋《しゃべ》り方になる。

「魂が、セラじゃなかったらなぁ〜」

「体育でペア組んでるのに、お前ら仲悪いのか？」

「良くはないデス。具合悪くないなら体育の時はマスク外せってしつこいデスし」

あまりに世良《せら》がド正論すぎる。運動してる時も付けてたら、息苦しいだろうが。

「別に、ニアは嫌いじゃないデスけど。でも、なんだか、喩《たと》えるならそうデスねぇ……チカとキリサを足して二で割って、静かにした感じデス」

「俺と桐紗《きりさ》って、そんなに仁愛に口悪いか？」

「チカはたまにストレートに叱ってきますし、キリサに至っては相当ファッキンなこと言ってましたよっ！　……あれ。でもそう考えるとセラは別に、口は悪くないデスね」

どうにも聞き捨てならない言葉が、仁愛の口から飛び出してきた。

あいつ、普段はまともなのかよ……。

【#5】線引きと唯一無二

ファミレスで行った初回の打ち合わせの中で、即刻採用された案が一つだけあった。

題して、金剛《こんごう》ナナセのサマーバケーション――要約すると、八月は毎日配信しようぜ大作戦。シンプルだが、だからこそ実行しやすく、リターンもそれなりに期待できるはず。

というのも、媒体問わず様々なエンターテインメントが溢《あふ》れ返り、個人がいくらでもコンテンツを取捨選択して楽しめるような時代において、『接触機会』は重要だから。

……昔のアトリエもそうだった。神絵師《かみえし》の今は純粋に自分のイラストを表現し、自らの描く女子の美しさやえちえちさを更なるレベルに押し上げるための研鑽《けんさん》として、描いたイラストをＳＮＳや各種プラットフォームに毎日投稿しているけれど、まだまだ知名度が低かった頃はどちらかと言えば、自分を見つけてもらうための手段としてそうしていたはず。

素人のイラストレーターなんて、いくらでもいる。その中で見出《みいだ》してもらうために、俺は描いて描き続けてサイトの新着順やランキングに載って、結果――努力が実った。

アトリエと金剛ナナセを単純比較はできないだろうが、ＶＴｕｂｅｒはイラストレーターよりも遥《はる》かに人気商売だ。だからこそ、未来の視聴者に推してもらうための努力として、人目につく回数を増やすというアイデアは実行するべきだろう、と、そういう話だ。

【VABOBENT《バボベント》】プラチナの景色、ナナタミに見せたげる【金剛《こんごう》ナナセ／Bloom《ブルーム》】


『……というわけで、ナナタミのみんなには遅くまで付き合ってもらって、マジでありがとねえ～……まさか、あと一勝から負けて一勝一敗が三回も続くなんて思わんくて……めっちゃ疲れた、もう目がしょぼしょぼすんよ、ほんと……』

『あっ、卯月《うづき》さん、赤スパありがと～「ずっと見てたけど、FPS初心者なのに三ヶ月でプラチナまでいけるなんて凄《すご》いです！」えっ、ほんと？　嬉《うれ》しいよ～』

『皆、メンバーシップギフトとかスパチャとかありがとね。ちょっと疲れちゃって読み切れないから、今度の雑談の時にまとめて読むね……それじゃ、おつナナ～』


「最大視聴者数が二千五百人で、配信中に増加したチャンネル登録者数が……ふむ」

オフィスの休憩室。

テーブルの上に置かれたノートPCを、世良《せら》は仕事人の険しい顔で見つめている。

「初っ端《しょぱな》の配信にしては上々だろ。アナリティクス見た感じだと、今までのVABOBENTの配信よりも目標達成の瞬間が見れるって感じで、かなりの人が集まってたし」

「……そうですね。登録者自体も六万人を超えましたし、計画通りではあります」

すると、世良はすぐに付箋まみれの使い込まれたノートを取り出し、シャーペンでがりがり何かを書き始める――メモはアナログ派、らしい。買い出しでスイーツや飲み物と一緒に、付箋やらシャー芯やらの文房具を頼まれることも多かった。

「Ｔｍｉｔｔｅｒ《ツミッター》も巡回したけど、感触良さげだったぞ。ナナタミも――金剛ナナセの視聴者もお疲れ様ツイートしたり、おもろかったって言ってたり、上々だ」

事前に世良から頼まれていたマネージャーとしての報告を終えて、俺はソファにどっかりと腰を下ろした。すると、ちょうどテーブルの上の小さなカレンダーが目に入る。

既にぬるりと夏休みに突入していて、今日は八月一日。毎日配信、一日目――その日の配信は、金剛ナナセがかねてから取り組んでいたＦＰＳの、ランクマッチ配信だった。

ＶＡＢＯＢＥＮＴ。五対五のタクティカルＦＰＳであり、連携やチーム戦術などが重視されることから、競技性の高さが売りとなっている、大人気ゲームでもある。

……金剛ナナセにとっては、この『ゲームそのものの人気』という部分が大切な要素になるはずだ。何故《なぜ》なら、知名度あるタイトルをプレイする方が『金剛ナナセに興味はなくとも、そのゲームには興味がある層』を取り込むことができる。普段の配信を行いつつ、効率的に新規視聴者を開拓する広告とも捉えられるんだから、上々の策だと言える。

数字を伸ばすための思考。努力。固執。ミオちゃんの時にはそんなんまったく考えなかったけれど……こっちの方が、本来のＶＴｕｂｅｒ《ブイチューバー》っぽい考えなのかもしれない。

「ＦＰＳに限らずＶＴｕｂｅｒになる前からゲームとかって、やってたのか？」

一区切り付いたのを見計らい、今日もまた、世良《せら》のことを聞いてみる。

「……いいえ。据え置きゲームは家にありませんでしたし、PCゲームに至っては、金剛《こんごう》ナナセとしての活動を始めてから、そういったジャンルがあることを知りました」

またですかと、うんざり気味の気配を見せつつも、なんだかんだ答えてくれた。

「へえ。だったら……なかなかの才能の持ち主なんじゃないのか？」

俺もFPSは暇潰しに何タイトルか触っただけだし、そもそもゲームが得意な方じゃない。そんな素人だからこそ、同じスタートラインだった世良が短期間である程度まで戦えているというのは、尊敬に値するものだった。

「しかもアーカイブ漁《あさ》った感じだと、ただゲームするだけじゃなくて、どうすれば上達するか考えながら頑張ってるみたいだったし……前々から思っていたが、やっぱり世良はストイックなんだな」

ごまを擂《す》りたい思惑はなくて、素直にそう思った。だって、俺がそうだったから（自画自賛）。努力で道を切り開こうとしている点は、以前のアトリエと同じだもんな。

「……いくら頑張っていても、最終的に結果が伴わなくちゃ意味ないですよ」

だが、涼しげに切り捨てる世良からは、喜びや甘えなどは一切見受けられない。

「十万人まで、道のりは長いです。油断せず気を引き締めて配信活動に取り組んでいかなきゃいけませんし、マネージャーとして、先輩にも同じ心構えでいてほしいものですね」

あまりにも謙虚。意識と目標の高い世良にとっては、まだまだのようだ。

「自分を褒めてやるところは、褒めてやらないとダメだと思うけどなあ」

ぼそり、呟《つぶや》いてしまう。どうも世良は俺や他人に厳しい以上に、自分に厳しい傾向がある気がする。そもそもからして、期日を決めて目標を達成しようとしているわけだし。

というか。

これ、ダメだった時は、どうなるんだろう？

九月一日までに、十万人いかなかったら、その時は──。

「……花峰《はなみね》さんと、同じこと言うんですね」

どうにもよろしくないことを考えている俺に、意味深な言葉が返された。

ダメだったら、そりゃ、達成できずに残念でした。それで終わり。そんなわかりきったこと考えるだけ無駄だし、俺が考えるべきはもしもの時のリスクヘッジじゃなくて、頼まれたことを俺なりに手伝うだけ。巡り巡って雫凪《しずなぎ》ミオのためになるように、今だけは金剛ナナセに近づいているだけだ。

それに、そんなことよりも──花峰さんと、世良。二人の関係。

俺としては、こっちの方が今は気がかりだった。

小規模事務所のＢｌｏｏｍ《ブルーム》とはいえ、数人は運営に携わる社員の人たちがいる。

社内経理担当の渋木《しぶき》さん。渉外部門を一手に担う柳田《やなぎた》さん。ＨＰ《ホームページ》作成や機材周りのトラブルに対応してくれる真壁《まかべ》さんに、新卒で色々と勉強中の薬袋《みない》さん。計、四人の社員。

彼ら彼女ら大人たちとはそれぞれ自己紹介する機会があり、ちょくちょく休憩室に差し入れや雑談しに来たりしていたため、既に全員の顔が頭に入るくらいには覚えていた。

でも、肝心の花峰《はなみね》さんは——世良《せら》がいる時、一度もここに来ていない。

まるで、お互いが避けているかのように。

「ちょろっと聞かせてもらったんだが。俺が来る前は金剛《こんごう》ナナセのこと、ほとんど全部あの人が面倒見てたらしいな。所属ＶＴｕｂｅｒ《ブイチューバー》が一人だけだからこそ手が回ってたのかは知らんが……あの人がそこまでやるなんて、きっと珍しいぞ」

花峰さんは上に立つ人間だ。計画立案、組織運営、資金調達。そういったことをするにしても、自らの足で直接動くより、部下を指示して動かす機会の方が圧倒的に多いはず。

そんな人が、今の俺と同じマネージャーとして、小さなことから大きなことまで現場の人間と意見交換を行い、成功を目指していたなんて——意外だった。

「すげえ人だよな。いきなりわけわかんないこと言い出したり、かと思えば、心見えるのかってくらいの精度でこっちの考え当ててきたり、まったくもう、困ったもんで……」

「そうですね」小さな同意、その後。「……だから私とは、合いませんでした」

文庫本に栞《しおり》を挟むような自然さで、するりと言ってのける世良。そのままトートバッグに自分の荷物をぽいぽいと詰め込んでいって、帰り支度を進めてしまう。

「先輩は？」

「そこは私じゃなく、本人に聞いてください――もう帰りますけど、先輩は？」

既に時刻は二十時を回っていた。本来は数時間程度で終わる予定だったが、思ったよりも長時間配信になってしまった関係で、外は完全に蒸し暑い夏の夜に変わっていた。

「いつも電車なのか」「先輩みたいに裕福じゃないので」「じゃ、俺も今日は電車で帰る」

自分のバックパックを手に取ってから、エアコンやら部屋の電気やらを落とす。

二人の間に何かあったらしいのは明白。

ただ、知るべきかそれとも伏せたままでいるべきか……俺は、後者を選んだ。

現状で、既に取引として成立するくらいには世良に協力している。気になるってだけで裏事情を踏み荒らすような真似《まね》は控えるべきだろう。

「もう出ますよ？」「あ、ああ。わかった」

充分に俺は、役目を果たしている――だったら、良《い》いだろうと。充分だ、と。

俺は自制しつつ、真っ暗になった休憩室を後にした。

§

世良の毎日配信が数日続き、八月五日。

俺はその日の昼下がり、比奈《ひな》高の自販機コーナーに向かって歩いていた。

「……亜鳥《あとり》くん？」

体育館の前の道を通ったところで、なんとも聞き慣れた声に呼び止められる。

果澪《かみお》だ。部活動中らしく黒とオレンジがメインカラーのバスケットユニフォームを着ていて、首には青いタオルを巻いている。なんとも健康的な感じで、非常に良《い》い。

「やっぱ、似合ってるな」

「そ、そうかな……」

「ああ。これで首筋に一筋の汗でも流れていてくれたら余計にイラストへのインスピレーションとして捗《はかど》るというか、スポーティーさの中に仄《ほの》めく扇情的……」

「一言多いから」

ぺし、と優しく肩をはたかれた。褒めたのに。

「それで、休みなのに学校に来て、どうしたの？」

俺が部活に入ってないことや、補習を食らうような成績じゃないことを知ってるからこそ、果澪は不思議がっていたんだろう。

「うちの生徒会、盆前に生徒会室を綺麗《きれい》にする風習があるらしくてな。でも世良《せら》は配信に集中したいから、代わりに今日だけ、生徒会を手伝いに行ってほしいって頼まれたんだ」

「そ、それも仕事なの？　……というか、生徒会の人に変な風に思われない？」

「最初はまあアウェーだったが、真面目に作業してたら最終的には認められたよ……それに、今日は別にオフィス来なくて良いって言われてるしな。なんなら普段より楽だ」

「……なあんだ」

説明を聞いた果澪は残念そうな顔をしてくる。なんかまずいこと言ったか？

「残念。てっきり、私たちの部活に交ざりに来たのかなってと思ったのに」

「子どもの鬼ごっこじゃあるまいし、飛び入り参加なんかできないだろ」

第一、俺が女バスに混ざるのもおかしい――生徒会に混ざるのは、もっとおかしいが。

「それじゃ、マネージャーでも良いよ？　裏方やってくれるなら、大歓迎」

「あー、これ以上俺にその単語を聞かせないでくれ。頭が痛くなるから」

額を押さえてみせると、果澪は自らの冗談に、控えめに笑っていた。

……ちょうど良いし、果澪に口頭でも進捗報告しとくか。

「Ｄｉｇｃｏｒｄ《ディグコード》のグループチャットにも書いといたが。Ｂｌｏｏｍ《ブルーム》がライバーにどういうサポートをしてるのかとか、事務所の実情とか、その辺については金剛《こんごう》ナナセって存在を通すことで、もっと詳しくなったぞ」

小声で、果澪にだけ聞かせるように、そう告げる。

「結構、良い感じなんだ？」

「配信に必要な機材は頼めば提供してくれるらしいし、企業案件の対応もやってくれる人がいる。そういう社員の中には経理専門の人もいるから、税金とか確定申告もその人に頼めば全く問題無い——社内の雰囲気も悪くないな」

「運営してる社員の人とも、話したりしたんだ？」

「ああ。聞きたいことの説明以外は、顔合わせ雑談くらいだけどな。でもなんとなく、仕事ができるってだけじゃなくて、人間性がちゃんとしてる人たちの集まりな気はした」

まだ一週間ほどしかいないから俺の印象に依《よ》るところは大きいけど、と。

ある程度の情報を教えた後で、今度は果澪《かみお》の方の状況を聞いてみる。

「メールくれた事務所とかと、やり取りしてるんだってな。どんなもんだ？」

「あ、それなんだけど……なんか、あれれ？ってなるところが出てきて」

果澪は控えめに、事情を教えてくる。

収益分配の話ばかり話してきて、その他のこちらからの質問には微妙な反応な事務所。

配信内容や配信時間を事細かに指定してくる企業。

向こうから打診してきたのに、そもそもメールが返ってこなくなった組織。

……俺と同じように、どうも果澪の方も、一筋縄ではいっていないらしい。

「まとめて報告しようと思って、まだＤｉｇｃｏｒｄ《ディグコード》には書いてなかったんだけど……ところで、Ｂｌｏｏｍ《ブルーム》は良《い》い感じなんだよね？」

「全面的に、とまでは言えないけどな——例えば経営状態とかは気になる。まだ所属ライバーが一人しかいないってことは、マネタイズできる人材も限られてるってことだし」

ただ、花峰《はなみね》さんならなんとかしているんだろうし、世良《せら》が収益どうこうと愚痴を言うようなこともなかった。他に気になることも、聞けばきっと説明してくれるだろう。

時間が経《た》てば経つほど、Ｂｌｏｏｍという選択肢が強く、太くなっている。

けど、果澪が世良と上手《うま》くやれるかという点は不安なまま……そもそも、ここまで俺が気にするのは、過保護なんだろうか？　段々と、そんな風にすら思えてくる。

……ま、どう転ぶにせよ、今回俺が世良に協力することで、花峰さんにはかなりの要求が通せるようになっただろうし。悩むのは後、今は取引の遂行だけを考えよう。

「あ。でも、しっかりしてそうなところとか、気になってるところはあるから、そういうところのことは、もうちょっと調べてみようかなって感じかな」

悶々《もんもん》としていた俺を余所《よそ》に、果澪はまだ、結論を決めかねているようだった。

「わかった。でも、困ったことあったらそん時は、Ｄｉｇｃｏｒｄとかで言ってくれよ」

「おっけー……ね、もしかして、自販機に用？」

「ああ。今日も暑いし、飲み物買ってから帰ろうとしてた」

「じゃ、一緒に行こうよ」

どうやら果澪も自販機に用があったらしい。二人で向かうことに。

「……ね。マネージャー、どんな感じ？　楽しい？」

「特別楽しいとかは無いな。なんだかんだ、イラスト描きたいって思うし」

「そっか。じゃあ、世良《せら》さんとは上手《うま》くやれてる？」

「んー……世良も一癖あるタイプの奴《やつ》だからな。なんとも言えない」

「そうなんだ。亜鳥《あとり》くんって喋《しゃべ》るの上手だから、なんか意外だな」

「果澪《かみお》からそういう評価を下される方が、俺的には意外だな」

ぽんぽんと返される会話が、どことなく心地良《い》い。

自販機前に到着して——果澪が何を買おうか考えているのを見ながら、俺は訊《たず》ねた。

「なあ」「うん」「VTuber《ブイチューバー》が人気になるために必要な資質って、なんだと思う？」

夏ということで珍しくサイダーなんか買ったりしつつ、首をぶんぶん振って、自販機付近の休憩所に誰もいないのを確認しつつ。再び声量を下げ、果澪に聞いてみた。

……それは、イラスト作業の休憩中や、風呂に入ってる時とか、暇なタイミングでずっと考えていたことだ。何かわかりやすいものがあれば、世良も活動しやすいだろうし。

「ミオちゃんの時にそういう見方したことなかったから、わからないんだよな」

「むむ……」むんと考え込んでから、果澪はふにゃと脱力する。

「私もよくわかんないや……運だと身も蓋もないし、努力なら、誰でもしてるだろうし」

「才能、とかだと救いがないしな」

「うん。私も……なんかそれは、嫌だな」

そもそも果澪《かみお》だって、それなりの人気は求めていたものの、ここまでの爆発的なバズは予想していなかったはず。結果として大手個人勢VTuber《ブイチューバー》にはなったものの、じゃあ過程や結果に至るまでを言語化しろと言われたら、すっと出てこないのも当然だろう。

「あー……でも、自分にとって、特別なものがあるか、みたいなことは大事かも」

それでも一生懸命考えてくれたようで、最終的に果澪はそう結論づける。

「果澪で言うと、それは……音楽か？」

「うん。歌ったりギター弾いたり、ピアノの鍵盤を叩《たた》いたり――そういうのやってる時は、嫌なこととか忘れられたから。だからきっと、私にとっては特別で、大切なことだよ」

……背景を知った今聞くと、どうにも考えさせられる言葉だ。

自分にとって、特別なこと。唯一無二なこと。他人が真似《まね》できないようなこと。

ミオちゃんだけじゃなくて、きりひめやシリウスちゃんにも、きっとあるはず。

だったら。金剛《こんごう》ナナセは、どうだろう。

彼女にだって、何か一つでも……かけがえのないものがあるかもしれない。

「ありがとな。なんか、参考になった気がする」「それなら良かったよ」

その後、自販機エリアから体育館まで戻ってきたところで、別れの挨拶をする。

「じゃ、そういうことで。部活、頑張れよ」

「うん。亜鳥《あとり》君も、体調には気を付けて――あ、待って」

引き留められて、振《ふ》り返《かえ》る。

「仕事だけじゃなくて、たまには遊んだりした方が良《い》いよ。その、やってる事的に、時間作るのは難しいかもだけど……せっかくの夏休みだし、少しくらいは、ねっ？」

俺の答えを待たずに、果澪は体育館のコートに向かって走って行った。

すぐに扇谷《おうぎや》や他のバスケ部の面々《めんめん》と談笑が始まっていた辺り、部員の一員として打ち解けているようだ――本人も、それまでより積極的に、周りと仲良くやるようにしてるみたいだし。それが影響してか、２Ａの教室でも殿上人扱いは徐々にされなくなっていったし。

自然な笑みを浮かべられるくらいには、果澪の周りは良い変化をしていた。

「さ、帰るか」

お互いに悩み事はあるのかもしれないが、果澪にも俺にも、頼れる仲間がいる。

だったら……ま、なんだかんだ、なんとかなるだろう。

既に炭酸が抜け始めたペットボトルを掴《つか》みながら、俺は玄関へと向かった。

【#6】フラストレーション・バケーション

時として、仁愛《にあ》はその翠玉色《すいぎょくいろ》の瞳をピタッと何か一つのみにマークすることがあって、それが仁愛にとって断固として譲れないことだと、デスマス言って一歩も引かない。良く言えば自分の世界に入るのが上手《うま》く、悪く言えば頑固で人の話を聞かないというのが説明として的確だろう。一年近く隣人として……どころかほぼ居候として一緒に過ごしてきて食事も共にしてきたから、そういった仁愛の性格は、ある程度把握していた。

というわけで、その矛先が俺自身に向いたこと自体には、それほど驚きはない。強いて言うなら、仁愛の奴《やつ》、よくこんなに早起きできたなってのと、後は、果澪《かみお》から言われていた気分転換の機会が、こんなにも早く訪れるなんて——そうは思った。

翌日、八月六日の朝。

眠気にふやかされた意識の中、肩口を掴《つか》まれ、揺さぶられている感覚が伝わってくる。

「チカ、起きてください」

「んん……な、なんだよ……べふっ」

いきなり顔面に水をぶっかけられたことで、飛び起きざるを得なかった。しかもピンポイントで鼻に入ったせいで、すげえ苦しい——なんか、こういう拷問あったよな。布で口覆って水垂らすやつ。こいつ、いきなりなんてことしてくれてんだ。

「グッドモーニング、チカ。ほら、話がありマスから、早くっ」

瞬《まばた》きをしながらベッドの横を見やると、やはりというか他にこんなんする奴いないというか、犯人の仁愛が、腰に手を当ててふんぞり返っていた。

そのまま、寝起きの俺の手をぐいと引っ張ってくる。わかったよ、起きるって。

……これが俺と仁愛じゃなかったら、もう少しムーディーな感じになっていたんだろうか？　女子に起こされるというシチュエーションなのに、ひどく家庭的だった。子どもに遊園地行こうとせがまれる世の中の父親は、こんな気分なのかもしれない。

「しょんで？」

望み通りにリビングに移動し、歯磨きを開始しながら俺は、仁愛に用件を聞いた。

「今日一日、ニアに付き合ってくださいっ」

「……なるほろ、そうひはは」

しゃこしゃこ口から音を鳴らしつつ、余った方の手で目を擦《こす》る。室内を眺める。

時刻は六時。朝日差し込むリビングで突っ立っているニアは、外出用の装いをしていた。

MLBチームのキャップ。プリントTシャツ。ショートパンツ。そして、黒マスク。

今にも外へ遊びに行かんといった格好だが……俺はうがいをしてから、返事をする。

「今日じゃないとダメなのか？」

「ダメデス。それに、チカの今日はニアのものって、もう決めちゃいましたから！」

ワールドイズマインめいた口ぶりだったが、仁愛《にあ》なりに交渉材料はあるようで。

「それにこないだ、遊びに付き合ってくれるって言ったじゃないデスかっ」

……あー、言った気がする。だったら反故《ほご》にはするなと、そう言いたいのか。

「それに、いつも家でスケベなイラスト描いて、ニヤついて、キモい顔してて、遊びに行きたいって言っても連れてってくれないし……夏休みくらい、良《い》いじゃないデスか！」

前半いる？　悪いかよニヤニヤして。いいじゃないキモくて、人間だもの（ちかげ）。

「とにかくお願いデス。今日はセラのところに――いや、別の女のところに行かないでください。今日だけは、ニアに付き合ってください～」

「わざわざ角が立つような言い方するな」

最後にはひしと引っ付いてきて、駄々《だだ》を捏《こ》ね出す仁愛。結局これかよ。

ただ……。

なんとなく、だが。今回に限っては、ただ遊んでほしいだけというわけではなさそうに思えた。じっと仁愛のことを見やると、いつもみたいにぎゃあぎゃあ喚《わめ》くだけじゃなくて、仁愛もまた俺のことを同様に見返してくる。さながら、一歩も引かないといった様子。

今日も日中に仕事用イラストの作業をキリの良いところまで進めてから、オフィスに顔出そうと思ってたが……約束するようなことを言ってしまった手前、しょうがない。

「わかった。支度するから、一時間くらい時間潰しててくれ」

「さっすがチカ、ありがとうございマス！」

セットする前の前髪を持ち上げながら言ってやると、仁愛は両手を挙げて喜んだ。

……イラストと関係無いことで遊ぶのは若干世良《せら》に申し訳ないが、あいつも、用事があるならそっち優先して良いっつってたしな。だったら今日は、仁愛に付き合うか。

「よし。なら、世良に今日は行かないって連絡して、それから……」

欠伸《あくび》をしつつ、バックパックに財布とタブレットと純正ペンを放り込む。準備終了。

「まさか、またいつもみたいにタブレット持ってくんデスか？」

「写真撮ったり、咄嗟《とっさ》の暇潰しになるからな」

「……はあ。こんなキュートなニアとのデートなのに、これだからチカは」

「子守の間違いだろうが、まったく……」

見直されたり、呆《あき》れられたり。

その忙《せわ》しなさはまるで、今日一日をどことなく暗示しているかのようだった。

§

一人暮らしを始めると、俗世間に対してのアンテナというか、多方面の情報に対する感度が、どうしても落ちてしまう気がする。実家にいるとテレビのニュースだったり、家族からの益体も無い話だったりで、へえ、今はこういうことが話題なんだなと僅かにでも理解できるだろうが、そういった情報源が断たれると本当に、自分の興味ある分野のみの話題しか入ってこない。それこそＴｍｉｔｔｅｒ《ツミッター》のトレンドで、かろうじて知るくらい。

だから――三時間半近く、新幹線と電車での移動で辿《たど》り着《つ》いた先。

甲子園《こうしえん》を前にしてようやく、夏の風物詩が今日から開幕するんだと知った。

ギラギラと、ある種暴力的なまでの太陽が、辺り一面に照りつけている。

制服を着た高校生、ユニフォーム姿の球児、老若男女問わず観戦に来た人々。

俺と、仁愛《にあ》。この暑さと熱さは、誰の周りにも平等に降り注いでいた。

「おーおー、おおおーおおおーおおおー……」

「どっちの応援してるんだ？」

「どっちもデス。プロ野球と違って、贔屓《ひいき》があるわけじゃないデスからねっ」

甲子園球場の内野席。俺の隣でアフリカン・シンフォニーを歌っていた仁愛は、この炎天下の中でも、あまりにも元気だった。とてもじゃないが、昨日も日中から夜にかけて九時間近く配信していたとは思えないほどのはしゃぎっぷり――お前のその体力はどこから出てんの？　ちょっと俺にも分けてほしい。

「初日から大阪《おおさか》代表対神奈川《かながわ》代表の名門対決……はあ、最高デスねぇ……」

「熱中症になるから、こまめに水分補給はするんだぞ」

「はいっ」黒マスクを顎に引っかけて、球児の一挙手一投足を見て感動していた仁愛は俺の小言を聞くと、とくとく麦茶を喉に流して、ぷはあと気持ちよさそうにしていた。

配信とゲームばかりやっている仁愛だが、実は外出も好きで、アウトドアな趣味も多い。PCデバイスを見に秋葉原《あきはばら》へ足繁《あししげ》く通ったり、プロ野球の試合を見に行ったり、キャンプしたいと急に言い出したり。外に出て新しい趣味を始めることにも、抵抗は無い。

人見知りだけど——それと同じくらい、趣味に対するのめり込みが強いのが仁愛だった。

「それにしてもお前、遂《つい》に高校野球にまで手を出し始めたんだな」

「おおっと、にわか扱いはしないでくださいよ？　去年からずっと現地で見てみたいって思ってましたし、高校野球雑誌だって買ってましたし、ドラフトだって見てましたから」

こうやって、一聞けば十も百も返ってくる。熱量が凄《すご》い、どんだけ野球好きなんだろう。

というか、甲子園に来たいなら来たいで、もっと前に言ってほしかった。まさかこんな遠出するなんて思ってなかったし、チケット買ってたなら連絡できただろうし。

……まあ、でも。隣で騒ぐ仁愛はすげえ楽しそうで、細かいことなんて気にするのも野《や》暮《ぼ》だなと思ってしまうほどに、晴れやかな笑顔で。その様を見ているうち、俺は——。

持ってきたタブレットを両手に持って、シャッターを切った。

「む。いきなり撮らないでください、ドントフィルムミー！」

「お前のダディに送る用の写真だっつの……いい加減慣れろ」

ぱしゃぱしゃと数回撮ってから、俺は仁愛《にあ》のダディのＬｉｍｅ《ライム》にまとめて写真を送った。

『急遽《きゅうきょ》、高校野球を見に来ました。ご覧の通り、仁愛は元気です』

同時に簡易的なメッセージも送る。

……面倒を見つつ、定期的に仁愛の元気な様子を伝える。俺のアパートの家賃が減免されているのは、こういった日常風景の切り取りが、感謝されているからなのかもしれない。

試合展開は拮抗《きっこう》していた。先攻の大阪《おおさか》代表が一点を取れば、後攻の神奈川《かながわ》代表がすぐさま二点を返すシーソーゲーム。どうやらどちらも強豪で有名な高校らしく、両校のネームバリューも重なってか、球場全体のボルテージが上がっているのが肌で伝わってくる。

「仁愛って、いつぐらいから野球が好きになったんだっけ」

五回裏のグラウンド整備が始まり、一瞬だけ場内の熱気が落ち着いた辺りで、俺は仁愛に聞いてみた。前に聞いたことがあったような気はするが……もう、忘れてしまった。

「ニアが子どもの時からずっと、アメリカに居た時からデスよ。テレビで見るのも好きデスけど、こうやって生で見るのは、もっと好きデスねっ」

本場のベースボールに惹《ひ》かれて見るようになった、とのこと。うろ覚えだった記憶の中から、そういやそうだったなと、記憶が巻き戻っていく。

そのまま、輝く視線をグラウンドに向けながら、仁愛は溌剌《はつらつ》とした声で語り続けた。

「それに……野球選手って、頑張ってるじゃないデスか」

「なんだそりゃ」

好きな理由を話しているにしては、よくわからん理屈だ。頑張ってるのは、別に野球選手だけと限らないだろうに。サラリーマンだって小学生だって、神絵師《かみえし》だってVTuber《ブイチューバー》だって、日々を楽しく生きるために頑張っているという点では、変わらないだろうに。

お前の座右の銘で言うなら、そいつら皆、生きてるだけで偉いんじゃないのか？

「試合に勝つために毎日練習して、勉強して、面倒くさいことも我慢して。そうやって、皆で勝とうとしてるんデス。そういうとこが最高にクールだなって、そう思うんデス」

説明が追加されたことで、引っかかっていた謎が多少は明らかになる。つまりは仁愛にとってのその象徴としてわかりやすいのが、野球をやってる奴《やつ》ということ、らしい。

「──そういうとこ、ニアとは全然違いマスから」

最後にぽしょりと付け足された言葉が、妙に耳に残った。

「ニアは、やなこと続けられないデス。めんどっちくなって、途中で投げちゃいマス」

……どうしたんだろう。仁愛が自嘲するだなんて、明日は槍《やり》でも降りそうだ。

「FPSはずっとやってるじゃないか。負ける時とか、ダルい時だってあるだろうに。たまにキレてFワード言ってるくらい、フラストレーションだって溜《た》まるんだろう？」

　ちょこっとだけ庇《かば》いつつ、シリウスちゃんのお口の悪さに触れつつ。

　すると仁愛《にあ》は、すぐさま返事をしてきた。

「それはほら、そもそもが好きなことだからデスよ。誰だって、好きなことはいくらでも続けられマスし、誰かにやれって言われなくても、自分から勝手にやりマス――でも、ちょっとでも好きじゃないことが混じっちゃうと、ニアは我慢できなくって」

　えへへ……仁愛はそう、照れくさそうに笑っていた。

　辺りの熱気のせいか、遠くの方には陽炎《かげろう》が立ち上っている。

　――仁愛には、才能がある。

　本人が言うように、ゲームやVTuber《ブイチューバー》としての配信とかの自分の好きなことならいくらでもできるし、才能が発揮できる分野ならば、無類の能力を引き出せる。それ一本で食べていけるほどの図抜けた能力は、誰もが得られるものではないだろう。

　それに何より――なんとなく、周囲に愛される。そういう星の下に生まれていると思えるほどに仁愛は好かれる。可愛《かわい》がられ、甘やかされる。本人の人見知りという気質のせいで認知されにくいが、俺や、桐紗《きりさ》や果澪《かみお》もきっと、その事実に気づいていた。

　そういった仁愛の良《い》いところが反映されているからこそ、シリウスちゃんはVTuberとしてトップを走り続けていられるんだろうな、とも思う。配信には視聴者が詰めかけて、シリウスちゃんとその視聴者でしか作り得ない、独特の雰囲気が作られて。

仁愛ならずっと、永遠に続けられるのではと、思ってしまいそうになる。

それができるなら一番良いなんてことも、口にしなくてもわかっている。

……そういうのが全部、希望的観測に過ぎないのと同じように。

「おっ、再開するみたいデスね！」

グラウンド整備が終わったらしい。選手が集まってきて、試合が再開される。

それを仁愛は、相変わらずキラキラとした目で追いかけていた。

自分には無い何かへの憧れをぶつけているかのように――真《ま》っ直《す》ぐな眼差《まなざ》しだった。


その日の日程上の、最後の試合が終了した後。

球場を出て何を思ったのか仁愛は、どんどんと甲子園《こうしえん》の最寄り駅から歩き、遠ざかり、コンビニに寄って、それから、その辺の路肩に止めてあったタクシーをいきなり拾った。

「おい、帰らないのか？」

「はい。まだ、ちょっと」

ちょっと……なんだろう。

しかも、運転手に聞いたこともない住所を伝えていたので、余計に俺は驚く。

「それにしても、いやあ、めちゃめちゃ楽しかったデスっ！　特に二試合目の最終回、スクイズ失敗からサヨナラ決めるなんて、甲子園《こうしえん》にはモンスターが住んでるんデスねえ～」

「モンスターがいるかいないかはさておき、お前、俺をどこに連れてくつもりだよ」

「それは……まあまあ、なんでもいいじゃないデスかっ」

どうにも心躍らないサプライズだった。このままだとたぶん家に帰る頃には夜遅くになるだろうし、もっと言えば、今日帰れるのかも怪しくなってきた。

仁愛《にあ》が宿の準備をしているとも思えないので、俺はスマホでざっくりと、この辺のビジホや民宿を調べてみる——最近になってようやく、自分がいかに恵まれてたかがわかった。毎日イラスト描けるって、それだけで幸せなことなんだよな。

宿が並んだサイトを見ながら、俺はふっとため息を零《こぼ》す。仁愛に一日あげると決めた以上、しょうがない。スマホから目を切り、時速四、五十キロで置き去りにされていく見知らぬ街の情景をぼんやりと眺めた。

外はもう街灯が付き始めていて、生まれて初めて訪れる場所にも人が住んでいるんだなあと、その当たり前のことがやけに新鮮に思えて。

俺はタブレットを開き、ペンでさらさらと、白いキャンバス画面に落書きを始めた。どんなに忙しかろうが、一切描かない日は作らない。それがアトリエの美学、その二だ——そういや一、なんだったっけ。ま、なんでもいいや。

——そうして三十分ほど、揺られただろうか？

ちょうど白黒のラフ画で一キャラ描き終わったところで、タクシーが止まった。

「……あ、ありがとうございマスデス」「ありがとうございました」

降りるらしい。運転手にぎこちない感謝を告げる仁愛。重ねるように礼を言う俺。

そんで？ さて、ここはいったい、どこなんでしょうね……。

「さ、さあ、行きマスよっ」

「いよいよ外が真っ暗になってきたな……」

催促され、国道横の騒がしい道路を歩く。車の往来が激しいせいで、耳が痛い。

俺の前を歩く仁愛も、とてとてと軽やかに歩く。歩く。歩く。歩く——。

「……待てっ」「わっぷ！」

無言で十五分ほど歩いた後で、とうとうしびれを切らした俺は仁愛の両肩を掴《つか》んだ。

「もういい加減、どこに向かっているか説明しろ。別に付き合ってやるのは全然構わないが、目的地が謎のままってのは、こっちとしても不安なんだよ」

後は一応、仁愛の保護者らしきことをしてるからこそ、危険そうな場所には連れて行きたくないし……未知の場所ではぐれた、なんて事態になったら、仁愛のダディに申し開きが立たない。そんなの、俺がとんでもないことに巻き込まれるよりも遥《はる》かに絶望的だ。

「ま、まだ秘密デス」

「じゃあ、ヒントだけでもいいから出せ。十秒以内」

「え、それは……その……あの……」

「言わないなら、ここで強制帰宅だ」

「ま、待ってください～」

わかりやすく目を泳がせて、あたふたし始める仁愛《にあ》。

「だいたい、タクシー降りた意味もわからんし。どっか行きたい場所があるならそこまで送ってもらえば良かったじゃないか。何を今さら交通費ケチって」「……無いデス」

あまりにも小さい声だった。

「ヒント無しじゃ、絶対わからないって。もういい加減、我慢できないんだっつの」

「違いマス……だから、その……」

一向に要領を得ないまま、仁愛はもじつきながらもようやく答えてくる。

「どこに向かうか、決めてないんデス」

§

遠くには、煌々《こうこう》と光る街並みが見えていた。神戸《こうべ》の夜景は綺麗《きれい》だと知識としては知っていたが——まさか、こんな突発的に来ることになるとは思いもしなかったな。

「……そんで？　お前は今日一日、何がしたかったんだ？」

夜景が一望できる展望台。そこのカフェテラスの席に陣取った俺は、目の前でこぢんまりと、どことなく申し訳なさそうな顔で座っていた仁愛に声をかけた。

とりあえず、歩き続けるのは不毛だなと思い、再度タクシーを拾って名所っぽいここまで送ってもらったわけだが——なんだここ、空気も景色も綺麗すぎる。ナイス判断だった。

「うーん。何がしたかったって聞かれたら、遊びたかったんデスけど……」

言ったきり、仁愛は黙ってしまった。

……しょうがないので、俺はタブレットで夜景をバックに、仁愛を再び撮る。

『展望台に来ました。ただ、思いの外、帰るの遅れそうです。もしも泊まりになった場合は泊まっている宿泊施設の住所を送りますし、はぐれないように見ておきます』

写真と一緒に、再度メッセージを仁愛のダディへ。

『一泊二日のバケーションかい？　なかなか楽しそうだね』

どうも今は返信できるようで、すぐにＬｉｍｅ《ライム》で反応された。

『ところで。見ておくってことは、同じ部屋に泊まるのかい？』

……あー……どうしよう。そこ考えてなかった。いくら俺のこと信頼してくれてるとはいえ、流石《さすが》にそこは、仁愛のダディ的にも不安だよな……どうやって返事しよう。

『……チカゲくん。一応、男サイドのできる準備はしておいてね。男と男の約束……』

『俺を信頼してくれてるなら、それは絶対に有り得ないということも理解してください』

……なんかもう一気に面倒くさくなってしまった。

代わりに俺は、再び仁愛《にあ》に話を振る。

「甲子園《こうしえん》で野球見に来て、そっからはノープランで……単に気分転換がしたかっただけってんなら、それならそれで、別に構わないけどさ」

「その……ニアも、よくわかんないデス。なんか急に、遠出したくなっちゃって」

「……………そうか。だったらまあ、それでも良《い》い」

仁愛は驚いたように身体《からだ》を跳ねさせて、でも、何も言わなかった。

もう一年以上の付き合いだ。仁愛が本当に悩んでいるかどうかくらいは、判断できる。

今はたぶん、仁愛が自分の中で話をまとめるまで、待ってやった方が良いだろう。

「その……」「ん」「こないだ、久しぶりにマミィから連絡があったんデス」

すると、仁愛はぽしょぽしょと語り始めた。

「『元気? 調子はどう? 配信見てるよ、すごく頑張ってて偉いね、年末になったらお兄ちゃんと一緒に日本に行くから、会うのが楽しみ』デスって……」

——仁愛は四人家族だ。仁愛のダディと仁愛が現在日本に暮らしていて、仁愛のマミィと兄がアメリカのシアトルで生活しているらしい。俺は仁愛のダディにしか会ったことないのでわからないが、聞くところによると、家族全員がどうやら多忙のよう。

ただ、この様子だと仲は良いみたいだ。それが何よりだよな。

「良い話じゃないか、それで？」

「その時に、進路の話もしたんデス。ほら。夏休み前に一回、進路希望届を出せって言われるじゃないデスか。それで……ニア、やりたいことがなくて、結局出せなかったんデス」

「え、あれって出さなくても良いとかあるのか？」

「ううん。書けないデスって言ったら、じゃあ一旦進学って書いとこうって言われて」

おい、良いのかそれで。仁愛の担任って誰だっけ……でも、折衷案としてしょうがないのかもな。仁愛の場合、まだ一年生だし。高校入ってまだ半年も経《た》ってないのに将来のことどうするって迫られても、すんなり決められる奴《やつ》の方が少ないだろうし。

「それで、マミィにそのこと、相談したら……『ニアのやりたいことをやりなさい。ダディもマミィもお兄ちゃんも、ニアのこと応援するから』って……」

「……」「……」「え、終わりか？」「はい……」

なんとも幸せな家族の一コマが語られて、話が区切られた。

少なくとも、わかりやすい問題はなさそうだったが……。

「それで、じゃあ言われた通りにニアのやりたいことやろう！　って思って、夏休み入ってから、ず――っと、ゲームやってたんデス……おかげで、触ってたFPSもTPSも、軒並み最高ランクまでいけました」

「そりゃ凄《すご》いな。なら……VABOBENT《バボベント》は？」

「久しぶりに、世界ランク百位までに入りました」

……圧倒的なまでの隔たりを感じた。金剛《こんごう》ナナセももちろん凄《すご》いとは思うが、それすらも追い越す衝撃。他のゲーマーが努力でこの差を埋めるのは、途方もなく難しいだろう。

「でも、急に思ったんデス。このままで良《い》いんデスかねって……」

俺と同じように、仁愛《にあ》も夜景に向かって視線を送った。

「ニアはずっと、好きなことだけやって生きていければ良いって思ってました。好きな人とだけ一緒にいて、周りには好きなことと、モノと、人だけ。でも……カミィと初めて会った時の言葉で、それじゃダメで、ちょっとは頑張ろうって思ったんデス」

『──自分を大切に思ってくれる人たちの言葉は──才座《さいざ》さんにも大切にしてほしいな』

かつて果澪《かみお》が振り絞るようにして送ったその言葉は、仁愛に確かに響いていたようだ。

「実際頑張ってると思うぞ。遅刻しなくなったし、期末試験で赤点も取らなかっただろ？」

褒めたら素直に喜ぶのが仁愛だったが、今は大人しい。

「はい……でも、それってほんとに、ちょっとだけで、全然上手《うま》くできないことばかりで、なんかやってるうちに面倒くさくなっちゃって、今のままで良いのかなって……」

甲子園《こうしえん》の熱気の中で語っていた内容の、一歩先の話を、今の仁愛は語っていた。

「そういうこと、考えたくないんデス。だって、面倒くさいデスから。昔は聞き流して、ゲームやって、あっという間に忘れちゃってました」

「……ま、面倒くさいってのは、誰でもそうだろうな」

「はい。でも、なんか今回はずっと頭に残っちゃって、ゲームとかやってる時も、配信終わった時も、たまに思い出しちゃって、もやもやして。なんだか外に出たくなっちゃって……どこでも良いから遠くに行きたくなって……甲子園見るついでに、もっと行ったことないところまで行っちゃおうって決めて、チカにもついてきてほしくて、チケットだって二枚買って……」

ここじゃない、どこか。今じゃない、何か。

「……せっかくなら、あそこまで飛んでいきたいくらいデスっ」

最後に仁愛は夜景の上の、もっと上。星々に向かって、人差し指を突き立てていた。

「要するに。ポエミーでセンチになった末に、俺を連れ回した、と……」

「そ、そういうことになるんデスかね？」

眉を曲げて、弱々しい笑みをにへらと浮かべる仁愛。

こいつなりに、色々考えているんだな、と。言いにくいことを、俺に教えてくれたんだってわかったから、俺もまた、ちゃんと仁愛の立たされている状況を考えてみる。

「……仁愛の気持ちとか、言いたいことは伝わったよ」

「ほんとデスかっ？　じゃあ、その……なんかくださいよ、アドバイスとか」

「そうだなあ……じゃ、まずは飯でも食うか」

「いや、答えてくださいよっ」

「さっきお前、腹鳴らしたろ。いいから、ほら」

言って、俺は二人分のカレーを注文した。

ラストオーダーも近いし……何より、腹が減ってはなんとやらって言うしな。

§

食事と夜景を楽しんで。

結局、今日は神戸《こうべ》市内のビジネスホテルにツインで宿を取り、例によってタクシーでそこまで移動することにしたが——仁愛《にあ》が歩きながら星を見たいとか言い出したことで、あえてホテルから二キロ近く離れた場所で降りざるを得なくなってしまった。

いやまあ、そこまではいい。それよりも問題は……。

「お前には、俺が貧弱非力系男子だってことを、少しは理解してほしいもんだな……」

「ね、ほら、あれ見てください。雲も無いデスし、夏の大三角が綺麗《きれい》に見れマスよっ」

「指差されても、よくわかんないっつの」

俺の背中におぶさりながら、仁愛はごちゃごちゃと夜空を指差して、星についての知識を披露してくる。あの星が北極星で、あの星がヘラクレスで、あれが——。

「シリウスは、今は見えないデス。冬だと今くらいの時間帯に見れるんデスけどね」

自らの由来となった星について触れてから、仁愛はぺたんと頭を俺の肩に乗せた。

「……野球は忘れてたけど、星を好きになった理由は覚えてるぞ。同じスクールの子と喋《しゃべ》るのが苦手で、そん時に隅っこでずっと、宇宙の本読んでたからだろ」

「その通りデス。しかも、そういうの見てるうちに宇宙飛行士になりたいとか、そういうことも昔は思っちゃって……今なら無理デスね。絶対面倒くさいデス」

面倒くさいかは主観だが、大変っぽいってとこは同意できる。宇宙飛行士が題材の漫画とか見た限りだと、知能や運動能力の他にも、克服しなくちゃいけない恐怖みたいなものもあるみたいだし。創作でもそれなら、現実はもっと厳しそうだ。

「ずっと……そうやって」「なんだ」

仁愛の小さなその声が、俺に向けて寄せられる。

「ちょっとずつ、逃げてって……嫌なこと、やんなくなって……そういうのが積もっていっちゃったから、頑張れなくなったんデスかね……？」

心臓に直接話しかけているような、そんな風に聞こえた。四十キロ近い重さと、三十六度近くの体温が背中越しに伝わってきて、感情を共有しているような感覚にすら陥る。

「……はっ。そうデス、アドバイスデス。お腹《なか》いっぱいになったから忘れてましたけど」

「バレたか」

「ニアはそんな忘れっぽくないデスよっ」

ぷんすこと、一瞬の静けさが嘘《うそ》のように、仁愛《にあ》の声は張り上げられていた。

……それが仁愛にとって大切なことなら、ちゃんと答えてやらなくちゃダメだろうな。

「そんじゃ、さっきの話の続きだが……そこ気づけたのも、一つの進歩なんじゃないか？」

前を向きながら、俺は背中におぶった仁愛に、俺なりの感想を話した。

「果澪《かみお》と会う前の仁愛なら、今も無心でゲームばっかりやってたと思うぞ」

だって、それで生活できてしまうから。生々しいから直接聞いてはいないが、シリウスちゃんの活動で入ってきている収入は恐らく目玉が飛び出る程に多額で、しかもその活動が苦痛じゃなく自分にとって楽しいことだって話なんだ。言うなれば天職。

「……今のままじゃダメ、デスか？」

「いや、好きなことに熱中できるのは、仁愛の良《い》いところだ――だいたい、俺にも似たようなところあるしな。イラストのことが、何より一番って具合で」

「で、でも……」

「そうじゃない。ゲームとか配信するのが悪いんじゃなくて、それ以外のことができなくなっちゃう、ってところを、直してかなくちゃいけない」

それ『だけ』しかなかったら。それができなくなった時、どうするのか？

その時のためにも、他にも選べる道を作っておく、というのは大切なことだ。学生であれば勉強とか運動とか、あるいは友達付き合いも——それらに含まれるのかもしれない。

だから、本人が今の生活に違和感を抱いて、今よりも嫌なことに挑戦していこうと、そう思えたとしたら、それこそが、仁愛の成長だ。

「なあ。もしさ。来週から毎日野菜とか魚とか、健康的なものだけ食べろって言われて、ついでにお菓子とかジャンクフードも禁止だって言われたら、仁愛はどうする？」

「泣きマス」

「か、感情の話じゃなくて、もっと前向きに考えてみろよ」

想像したら辛《つら》くなってしまったのか、仁愛はうんうん唸《うな》っていた。

「だったら、今日から一品ずつ野菜にしようってならないか？　急に今日から全部変えるってのは無理でも、ちょっとずつ、一歩ずつなら頑張れる気、しないか？」

「……する、かもデス」

「だろ？　今の仁愛は、それと同じだ。急に何もかもを完璧にしたり、変えようって思う必要は無い。そんなん誰だって無理だ。だから……ほんの少し、自分の中でわずかでも変わったなって実感できることがあるなら、仁愛は頑張れてるよ」

「……ほんと？」

「ああ。そんで、もしも今日みたいに気分転換したくなったり、へこたれたりしたら、その時は——誰かを頼れば良い。頼ることができるってのも、大切なことだ」

そして——それができる環境ってのは、それだけでもう、幸せだから。

「……」聞いていた仁愛《にあ》は無言で、両腕に、それまでよりもさらに力を入れてくる。

ぎゅっと、離れないようにしているみたいだった。

「だったら、ちょっとずつ頑張ってみマス。その、できるか今はまだ、わからないデスけど……いえ、もう別にできなくて良《い》いやって気持ちで、逆に考えてみマスよっ」

「ああ、その意気だ」

俺の言葉ですんなりと、全ての不安が取り除かれたわけじゃないとは思う。

それでも、幾分かでも前を向くためのエネルギーになったなら、俺としては嬉《うれ》しい。

「……ねえ、チカ」

なんて考えていたら、背中の仁愛は再び声をかけてきた。

「ニア——チカのこと、家族と同じくらい大好きデスっ」

恥ずかしさなんておくびにも出さずに、仁愛は感情の赴くままに、そう言ってきた。

「ありがとうございマス。チカが居てくれて……本当に良かったデス！」

あまりにもストレートな愛情表現に、言葉が詰まる。

俺も、同じだ。

面倒かけさせられて、わちゃわちゃさせられて、一緒に飯食って、楽しく過ごさせてもらって。仁愛《にあ》がいなかったら俺のリビングはイラスト描きながら独り言を言うだけの何かが足りない空間になっていたと思うし、その部屋の俺はきっと、寂しさと同居していた。

……今からじゃ、まったく想像できないよな。

思いながら、俺はその日、十数回目の夜空を眺めるために、頭をもたげた。

手も塞がっているし、そうでなくても、タブレットは引っ張り出さない。

星々の膨大さと、瞬く光。

これればかりは写真に収めるよりも目に焼き付けたいと――そう思ってしまったから。

「つーわけで……明日からちょっとずつ、出前でも健康的なもの注文するからな。サラダとか、糖質カットされた定食とか、最近は美味《うま》いものだってあるみたいだし」

「えっ……ええ～？　まさかさっきの話は、この前振りに使うつもりだったんデスか？」

「いや、話してるうちになんとなく思いついた……い、痛いっつの」

ぽかぽかと背中を叩《たた》かれても、俺の決意は変わらない。

食生活の改善――我が家の夏の、目標にしよう。

§

「天日干しでもされました？」

翌日、八月七日。夕方頃に東京へ戻ってきて、そのままオフィスに顔を出した俺を見て世良《せら》が言い放った第一声が、それだった。

鏡に映る俺の顔は、取れたての新鮮トマトくらい真っ赤になっている。

「干物や布団じゃあるまいし。日焼け止め塗り忘れた結果が、これだよ……ほら」

生憎《あいにく》お土産については詳しく調べなかったので、適当に兵庫で人気のあるものを大量に買ってきた。ゴーフル、瓶プリン、神戸《こうべ》牛ジャーキー、などなど……。

渡されたそれらをまとめて受け取りつつも、世良は無色透明な視線を向けてくる。

「……何遊びに行ってんだよって顔をしてるな。いや、その気持ちはわかる」

「別に、先輩にも予定や事情があるんでしょうし、そうは言いませんが……そんなことよりもこれ、食べても良《い》いですか？」

「あ、ああ。社員の人たちには別の買ってるから、なんなら持って帰ってくれ」

わかりやすい皮肉じゃないのが、なんとも反応に困る。世良は、私は配信してるのに良いご身分ですね、的な素振りを見せることなく、瓶プリンの包装を剥《は》がし始めた。

……しかし、休憩時間ならちょうど良い。

一昨日に果澪《かみお》から教えてもらった『特別なもの』について、世良に聞いてみよう。

「なあ。世良《せら》には特別なものとかないのか？」

「……特別なもの？」

「ああ。わかりづらいなら、唯一無二の武器って言い換えても良い。これは私が一番好きだ！とか、これなら誰にも負けない！みたいなやつ。ぱっと見た感じ、金剛《こんごう》ナナセは色んな分野の配信で要領が良いから、きっと何かしらはあると思うんだが……」

「そんなもの、ないですよ」

世良はキッチンにスプーンを取りに行きながら、当たり前のように、そう口にした。

あまりにあっけらかんと言うから、俺は思わず黙ってしまう。

「その、普段やってるゲームとか、雑談とかでも？」

「はい。ご存じの通り金剛ナナセのゲームセンスはそこそこ上手《うま》いだけで図抜けてはいませんし、雑談でするトークだって特別上手くありません。なるたけ可愛《かわい》らしい存在として意識的に振る舞って、画面上にしか存在しない虚飾のアイドルを作り上げているだけです」

「ま、待て待て」あんまりにも卑下が続くので、流石《さすが》に口を挟みたくなってしまった。

「いや、さ……実際そうかもわからんし、仮に事実だったとしても、お前はもうちょっと自分に自信を持った方が良いと思うぞ。世良のためにも、金剛ナナセのことを応援してくれる視聴者のためにも、さ」

「また説教ですか」

「説教ってか、気の持ちようというか……いや、悪い。なんでもない」

ファミレスの時に反省したはずなのに、またしても余計なことを言ってしまった。

だから、そういうのは俺の領分じゃないんだっつの……。

「どうも勘違いされているようですが、私はただ、身の程を弁《わきま》えているだけですよ」

一方の世良はプリンを口に運びつつ、すんとしたまま合間合間で俺に語りかけてくる。

「例えば——先輩は、誰か見知らぬ人に私を紹介する時、なんと言いますか？」

「え。そうだな……黄色のハイライトの女子高生、とか」

なんとも当たり障りの無い説明だが、要点はちゃんと押さえてるはずだ。

「だったら……花峰《はなみね》さんなら、どう言いますか？」

打って変わって、楽勝な質問だった。

「ああ、だったら簡単だ。変わってて、けど話したらすぐにカリスマってわかって、有り得ないくらいに美人で、社会人なのにわけわかんない言動多くて……」

もう充分ですと、そう言ってから世良は、決定的な言葉を口にした。

「花峰さんのこと、赤いメッシュが入っている大人、とは言わないでしょう？」

言葉に詰まる。そして、ああ俺は今、失言したんだなと思い知る。

「同じように、金剛《こんごう》ナナセと誰か——それこそ雫凪《しずなぎ》ミオ辺りが適任でしょう。この両者を比べた時に、はっきりと特徴が伝えられて、エピソードを交えたりなんかして、そういう風に説明しやすいのは前者と後者、果たしてどちらでしょうね？」

ここからは何を言っても世良《せら》が傷つくと思えてしまって、だから黙ってしまう。

「もっと主語を大きくしてみましょうか。雫凪ミオのモデリングを担当したきりひめや、現状、彼女と唯一親交のあるＶＴｕｂｅｒ《ブイチューバー》であるシリウス。その他、事務所個人問わず有名どころのＶＴｕｂｅｒと比較して……金剛ナナセが勝るビジョンは見えますか？」

いつの間にか勝ち負けの話になっていて、けど、その方が尚更《なおさら》、理解しやすかった。

「私は、私のことをそれなりに評価はしています。頑張れば大抵のことはできるようになりますし、顔だって、学校で二、三番目くらいには整っていると思います——金剛ナナセも同じです。声は可愛《かわい》くて雰囲気は明るくて、配信内容だってファンを楽しませられるくらいには面白いという自負はあります——でも、突出してはいません」

……客観的に見て、目の前の薄手のパーカーを羽織り、ストレートパンツの裾を揺らす世良は間違いなくビジュアルに恵まれた、魅力的な女子高生だ。

金剛ナナセの配信を見ていて、負の感情を抱いたこともない。言葉選びや雑談内容はちゃんと面白いし、ガワも声も可愛らしいし、配信の雰囲気だって俺は嫌いじゃない。

普通に。普通に可愛いし、普通に優れていると、そう思う。

九月一日までに
チャンネル登録者数十万
絶対に達成する。

……けど、世良《せら》が聞きたいのはきっと、そういうことじゃないんだろう。

果澪《かみお》や桐紗《きりさ》のような、その美しさが眩《まぶ》しいと、尊さすら抱くほどに突出した美貌か？

シリウスちゃんのようにＶＴｕｂｅｒ《ヴイチユーバー》として圧倒的な存在なのか？　花峰《はなみね》さんのように記憶に残る存在なのか？　才能や特技は？　比肩する存在がいないと言い切れるか？

誰よりも、じゃない。一番、じゃない。圧倒的に、じゃない。

……劣等感。誰しもが抱き得るコンプレックスが、今の世良にも渦巻いていた。

「つまるところ、私には決定的に『華』が無いんです。ここは『Ｂｌｏｏｍ《ブルーム》』なのにね」

わざと選んだように聞こえたその言葉遊びは、全然笑えない。

「ごめん、世良」

「……雫凪《しずなぎ》ミオと金剛《こんごう》ナナセの実力差を説明した時にも思いましたが、こういう時は謝られる方が腹立たしく、惨めになるものですよ？」

自らの不注意さを後悔する俺に、世良は世良で自分の考えを伝えてくる。

「言ったでしょう？　それなりに評価している、と——今さら亜鳥《あとり》先輩にごちゃごちゃ言われて傷つくような、そんな精神構造はしていません。だから、気にしないでください」

どうも本当にそうらしい。世良は俺に対して文句を言ったり不服さを露《あら》わにしたりするようなことはせず、落ち着いた様子でペットボトルの水を持ち、防音室に向かっていく。

プリンはいつの間にか食べ終えていて、そろそろ今日の金剛ナナセの配信時間だった。

「それに」振《ふ》り返《かえ》らないまま、それでも世良は喋《しゃべ》る。

「だからといって、負け続けるとは限りません。凡庸な者が勝つ物語だって、あっていいでしょう？　……だったら、私がその主人公になればいい。それだけの話ですから」

力強い言葉。

俺を慰めるというよりは自らを奮い立たせるかのような、そんな風に聞こえて。

その後、ばたんと防音室のドアが閉まる音と共に、世良の姿は見えなくなった。

「……どうしてこう、俺は人の地雷を踏むのが上手《うま》いんだろうな」

最悪な特技だ。ぼやきつつ俺は、ホワイトボードの方に寄っていく。

『チャンネル登録者数、十万人——絶対に達成する』

世良の字で書かれたその檄《げき》を見てから、スマホで金剛ナナセのチャンネルを確認。
☆八月七日現在時点の金剛ナナセのチャンネル登録者数：六万八千人☆
ゆっくりだが、確実に成功へと進んでいる。世良の努力は形になっている。

だが——それでもなお、憂慮すべき問題がこの瞬間にもあるとするならば。

それは世良の能力とか方針とか、そういったものじゃない気がした。

「……このプリン、美味《うま》いな」

自分で買ってきたものを一つだけ貰《もら》ったが、甘すぎなくて美味《おい》しい、というやつだった。

お土産には、是非。

【Interlude Streaming】 #SLB #雫凪《しずなぎ》ミオ #オフコラボ

【雑談したり、遊んだり】ミオちゃんと初めてオフコラボするぞ！【SLB】

『……だから、教科書で出てくる表現と実際の会話で使う表現って、結構違うんだ。ほら、なんか聞き返す時とか、Pardon?《パードゥン》って表現、授業で教えてもらっただろ？　あれ、頻繁に使うとキレられるから、言いたいんだったらWould you mind saying that again?《ウージューマインドセイイングザットアゲイン》みたいな丁寧な言い回しすんのが良《い》いと思うぞ』

『ふむふむ……了解、メモしとこ……』

『ねえねえ。シリウスちゃんって、昔は日本に居なかったんだよね？』

『ああ、そうだが』

『じゃあ、どうして日本に来たかってのは……配信で言える？』

『ふむ、そうだな……簡単に言うなら、妾《わらわ》がこの国に興味があったから、だから無理くりやってきたってのが、正しいな』

『へえ……やっぱり吸血姫《きゅうけつき》だから、翼でこう、飛んできたの？』

『いや、飛行機で来たが』

『あ、そこは普通に乗るんだね……』

『なんだ、急にどうして触ってくる？』

『いや、ちょっと手が目に入って、触りたくなっちゃって』

『……こんなちっこいのにＦＰＳ上手《うま》いなんて、凄《すご》いなってか？　ふっ……実は妾のキーボードは特注でな。市販のモノより、かなり小さいんだ！』

『可愛《かわい》いなあ、ふふ……』

『お、おい、妾の話聴いてる？　というか、いい加減くすぐったいんだが……』

『あ、ほら、てぇてぇって流れてるよ。良かったね』

『またそうやって……お前のせいで、妾のキャラがどんどんガキっぽくなってるんだぞ！　百合《ゆり》営業とかそういうのだって、やるつもりなかったのに！』

『まあでも、確かにそういうのじゃないよね。普通に仲良しってだけで』

『…………』

『シリウスちゃん？　もしかして、照れてる？』

『……ちょ、トイレ行ってきマ……行ってくっから！　もう、しょうがないな……』

【#7】海ヶ瀬《うみがせ》家との三者面談

仁愛《にあ》と一泊の旅行から帰り、さらには、世良《せら》の地雷を踏んだ日から三日が経《た》ち。

その間も金剛《こんごう》ナナセは地道に毎日配信を続けていて、俺は俺でイラストを描きつつオフィスに赴き、世良から頼まれる雑務や、アナリティクス分析を進めていて――結果。
☆八月十日現在時点の金剛ナナセのチャンネル登録者数：七万二千人☆
掲げられていた目標まで、残り三万人を切っていた。

毎日配信することによる単純接触機会の増加。人気のゲームをプレイしたり、単発で誰の目にもわかりやすい企画配信を行うことによる新規視聴者層の開拓。公式切り抜きチャンネルの設置や、ショート動画の配信。その他、都度都度で思いついた方策の即時実施。

とにかく、明確に意図を持ったチャンネル運営を行ったことで、七月までの停滞していた時期と比較すると今はコンスタントに、それでいて確実に、金剛ナナセの人気は高まっていた――チャンネル登録者数は多い時だと一日千～二千人ほどの規模で増えていて、配信を見に来るリアルタイム平均視聴者数も微増を続けている。

軌道に乗りつつある。俺が役に立っているかはともかく、世良は結果を出している。

……それ故に、俺の中で引っかかるものがあって。

知らない振りを続けるのは難しい程に、その綻びは目立ち始めていた。

「おはよう、亜鳥《あとり》」「……おはようごぜーます」

朝一でオフィスにやって来たが、その日は世良の代わりに、花峰《はなみね》さんが休憩室のソファに横たわっていた。クールビズなのか、スーツの上は着ずにワイシャツ姿のままだ。

「もういるんですか？　まだ、朝の七時なのに」

「最寄りのジムが臨時休業らしくてな。日課の運動ができないぶん、出勤時間を早めた」

全身をゆっくりと起こしていた花峰さんは、相変わらずの不敵な表情――どうやら今も筋トレの習慣は続いているらしい。見える部分の腕の筋肉とか首筋とかが力強く引き締まっていることからもより、伝わってくる。

「だいたい、もういるのか、というのは私が言いたい台詞《せりふ》だが、ふむ……」

愛飲している無塩のトマトジュースにストローを刺しつつ、花峰さんは考え込む。

「徹夜をした結果、今から深く寝たら夜まで起きれない気がした。よって、いっそオフィスに来てしまって、ここで寝て夕莉《ゆうり》が来るのを待とうと、そういう魂胆だな」

「な、なんでわかったんですか？」

「顔色と声音から漂う疲労感が一番の理由だ。仕事は忙しいか？」

推理の正しさをひけらかすこともしない花峰さん。なんだこの人、もはや怖いぞ。

「単に仕事だけのスケジュールで言うなら、だいぶ楽ですよ」

問題は趣味絵とか、その他のことなんだよな――答えて、もはや俺のための席と化していたリクライナーに、どすんと身体《からだ》を落とした。

「――アトリエにとっての第一理念は『イラストを描く』ということだよな？」

瞼《まぶた》を閉じて休んでいると、再びの質問。とんとんと革靴の鳴る音が聞こえてきて、すぐに目を開けると花峰《はなみね》さんは、ホワイトボードの前に立っていた。

「なのに、私の頼んだ夕莉《ゆうり》のマネージャー業を行ってくれている。矛盾とまでは言わないにしろ、その理念を差し置いてでも行う理由がある、と考えるのが自然――だから、私はその答えを考えた。それはどうしてなのか、と」

自らの顎に触れる花峰さん。この人の、考える時の癖だ。

「恐らくすべては、雫凪《しずなぎ》ミオのためだろう？」

最初からわかっていたようにも思える、そんなアンサーだった。

「今日に至るまでの図を描くならば――あっという間に大人気VTuber《ブイチューバー》となった雫凪ミオ。彼女とイラストレーターとしてだけでなく実生活でも近しい関係だった亜鳥《あとり》は、彼女の次なるステップとして事務所に力を借りるべきなのでは、と考えた」

水性マジックがホワイトボードの上を動き回り、俺や雫凪ミオの周辺図があっという間に描かれていく――この人、絵も上手《うま》いんだよな。可愛《かわい》らしくデフォルメされた雫凪ミオの顔や俺の顔は、それなりに絵心がある人間でしか描けないクオリティをしている。

「結果、ここに行き着いた。私個人と知り合いということもあり誘いやすかったんだろうが、一番の理由は——所属ＶＴｕｂｅｒが、金剛《こんごう》ナナセ一人だったという点だろうな」

ホワイトボード上の相関図に、金剛ナナセも差し挟まれた。

「Ｂｌｏｏｍ《ブルーム》は大手事務所と違い、ライバー同士の人間関係に軋轢《あつれき》が生まれる可能性も低い。なぜなら所属ライバーはまだ一人、金剛ナナセと上手くやれば良《い》いだけだから」

デフォルメで描かれた雫凪ミオと金剛ナナセの間に矢印が引かれ、間にハートマークが刻まれた。まだ俺がどうなるとも、こうなるとも話していないのに。

「というわけで、今の亜鳥がＢｌｏｏｍに対して抱いている狙いは二つ。一つは、場合によっては雫凪ミオを世話させようということ。そしてもう一つが——金剛ナナセの魂。つまり、世良《せら》夕莉という人間をマネージャー業を通じて知ることで、推し量ること。仮にそうなった場合、雫凪ミオと上手くやっていけるかどうかを確認するためにな」

「……よくそんな、上から俯瞰《ふかん》したみたいな感じで、完璧に理解できますね」

「与えられた情報から推察するのは、私の得意とするところだからな」

言いながら、花峰さんはホワイトボード上の相関図をイレーザーで丁寧に消していった。

後に残ったのは、目標十万人と書かれた文言だけ。

それを見つめてから、花峰さんは俺の方を見てきた。

「なあ、亜鳥。今日までで何か、夕莉に関して気づいたことはあるか？」

金剛《こんごう》ナナセではなくて、あくまで主語は世良夕莉《せらゆうり》。

同時に、些細《ささい》な違和感をも覚える。

何事もはっきりと口にする花峰《はなみね》さんにしては、こちらに委ねるような、そんな話の振り方だったけれど……ただ、答えにくい質問というわけでもない。

「これ、本人には言わないでくださいよ？」念押しすると、花峰さんは肩を竦《すく》めてきた。

「……世良は、数字とか結果を、絶対的なものだと思い込みすぎている気がするんです」

例えば、これがノルマや〆切《しめきり》が定められたイラストの仕事だったなら、登録者数や視聴者数を気にするのも理解できる。仕事である以上、プロである以上は期日までに納品しないとなと、プレッシャーを感じるのも当然だろう。

でも、別に世良はそうじゃない。花峰さんやBloom《ブルーム》サイドから「おい、九月一日までに死ぬ気で視聴者増やせ！」とか言われてるわけでもないだろうに、自分から期日を設定し、一生懸命に取り組んでいる。配信に真摯に向き合って、それだけに専念している。

喜ばず、油断せず、甘えない。

その在り方が俺には——病的なまでに鋭く尖《とが》っていると、そう思えた。

「……オーディション、なんで世良しか受からなかったんですか？」

そこから連想して。ずっと気になっていたことに、こっちから触れてみた。

「新規事務所とはいえ、そこそこ応募は来ていたはずでしょう？　選考基準とかって？」

「言うまでもなくそれは、夕莉だけが合格に値すると判断したからだ」

……うーん、言える範囲での回答。その辺は、やっぱり秘密らしい。

「そして夕莉ならば、ビジネスパートナーとしてだけでなく、私の夢を託す相手として相応《ふさわ》しいと思った。無条件で協力してやりたいと——最初からずっと、そう信じている」

紛《まぎ》れもなく、親身な言葉だった。だから余計、俺の口は回る。

「だったらそういうの、本人に直接言ってやってくださいよ。じゃないとあいつ、いつまで経《た》っても満足できないだろうし……てか、二人って喧嘩《けんか》してますよね？」

「ふむ、どうしてだ？」

「だって、世良と花峰さんがまともに話してるところ、一回も見たことないですし」

世良本人が、花峰さんとは合わないって言ってたし。本人に聞けって、言ってたし。

「わかってると思いますが、俺がここにいるのは八月末までです。そっからは前みたいに二人で——いや、他に俺みたいなのよりもっとちゃんとしたマネージャー雇うのかはわかんないですし、他にも運営社員の方はいますけど、二人が協力してやってかなくちゃいけないのは変わんないでしょう？　だから……」

「……」「……すみません。やっぱなんでもないです、忘れてください」

いい加減、自制を覚えなくちゃならない。あくまで俺は雫凪《しずなぎ》ミオのための取引をしているだけで、金剛ナナセや花峰さんにまでごちゃごちゃ口を出すのは越権行為だ。

「なあ亜鳥《あとり》。やはりお前を巻き込んで正解だったと、私は今、そう思っているよ」

けど。怒られるどころか評価されてしまって、それはやっぱり意味がわからなくて。

「どういうことです？」

花峰《はなみね》さんは、飲み終えたトマトジュースのパックを空中に放り投げた。

「……お前というピースは、夕莉《ゆうり》を成長させられる。成長の気づきを与えられる」

放物線を描いて、ばこん、と、それはダイレクトにゴミ箱に入る。

「それは——私には、してやれなかったことだ」


意味深な言葉を残してから、花峰さんは去って行って。

世良《せら》が来るのを待ちながら、俺は今一度、じっくりと自らの振る舞いを顧みた。

俺はここまで、他人の事情にどかどか首を突っ込むような人間だったっけ、と。

そんなわけない——というか、むしろ逆だ。俺は極力他人の厄介事には当たり障りのない言葉を返すことで、間接的に自己解決を促す方策を進んで選択していた。

かつて、生配信をしていた頃のアトリエのように。

もしくは、無責任な第三者のように。相手の立場を理解しないままに適当なことを言ってその人の人生に関与するのが嫌だったから、だから俺は桐紗《きりさ》や仁愛《にあ》のように、限られた相手にだけ積極的に口を出すようにしていた。なのに、どうして……。

……理由を探しているうちに、果澪《かみお》のことが思い浮かんだ。

海ヶ瀬《うみがせ》果澪——彼女との一件は明らかに鮮烈で、記憶に残るものだったから。

もしかしたら、俺の価値観に変化が生じたのかもしれない。

……なんて。そんなことを、ふと思った。

§

『私と一緒に、お父さんと会ってほしい』

八月十二日の夜中、果澪からなんとも反応に困るメッセージが届いた——あまりにも余談だが、俺たち四人の間ではいつだったか、プライベートなやり取りはＬｉｍｅ《ライム》、仕事関係のやり取りはＤｉｇｃｏｒｄ《ディグコード》で切り分けようという意思統一が為《な》されたため、こういった内容はＬｉｍｅを通じて送られてくるようになった。

タンブラーの中のアイスコーヒーを啜《すす》ってから返信する。

『結婚報告かよ』

『違うってそんなそう見えるかもしれないけどその辺は亜鳥くんの方で文脈を読んでほしいというかいきなりこんなこと送ったこっちにも問題はあるかもだけどちょっと』

句読点が一個も無いから、読みづらいことこの上なかった。くそしょうもない一般論小ボケを挟んだ俺も問題だが、脊髄反射で文章を送ってくるそちらもどうかと思います。

『比べるのもなんだが、筆箱よりも重そうな話だな』

そう送ると、果澪《かみお》はぽんぽんとメッセージで、立て続けに話の流れを語ってくる。

『急に、お父さんから時間作れないかって連絡来て』

『気が進まないなあって思ってたんだけど、アトリエ君とも話したいって言われて』

『亜鳥《あとり》くんと一緒なら、まあ、って思って』

何がまあなのかはわからないが、多少なりとも気の重さが軽減されるんかもな、とは思った。当人のメンタルが安定するならグミでもゴマフアザラシのぬいぐるみでも俺のような大きめの置物でも、あった方が良《い》いだろう。

俺はメッセージをしっかりと読み切ってから、返信する。

『いやなんで俺呼ばれたっ？』

意味がわからない。いや、果澪は悪くないのはわかる。問題は果澪の親父《おやじ》さんだ。なんで父と娘の対話に、第三者をぶち込もうとするのか？　その場合の俺のポジション、百合《ゆり》の間に挟まる男くらい邪魔だと思うんだけど――それとアトリエ君って呼ぶのやめろ。

ただ。考えているうちにじわじわと、嫌な汗が全身に流れ始めた。

そういや俺、あの人のところに押しかけたんだよな。娘さんと話したいから、家の鍵をください。早く行かないと、あいつ、間に合わないから――。

……漠然と、ぶっ殺されるかもしれない、とだけ思った。果澪の家の事情は極めて複雑で他人が触れるには重い話題であり、一般的な父親と娘という括《くく》りをして良いものか悩む案件ではあるわけだが、とはいえ、前後関係を無視して事実だけを並べるならば果澪の父親視点、俺はよくわからんけど娘と関係のある謎の男子高校生と映るわけで……。

『やっぱり、気は進まないよね？』

事実をこねくり回して既読だけ付けていた俺に、果澪はそう送ってきた。

ごちゃつく頭を整理して、ちゃんと考えてみる。

もしも俺が、断ったなら——亜鳥くんもこう言っていることだし、会わないから。

こういった流れになることが、容易に予想できる。なんなら果澪からすると、断る口実として、そうなってくれて構わない、くらいに思っているのかもしれない。

でも、良いんだろうか？

こう聞いてくるってことは、果澪も会うかどうか迷うくらいには、親父さんとの時間を作ろうかなと、そう思ってるんじゃないのか？　ハナからやり取りするつもりが無いならば、俺に訊《たず》ねる必要もなく、黙って断ればいい。揺れ動いているのかもしれない。

そこまでわかっていて、断ってしまうのか？

果澪と果澪の親父さんとの仲が、少しでも好転するかもしれないのに？

事務所についての話をするにしても、良い機会かもしれないのに？

……文面を考えてから、果澪《かみお》へ送り返した。

『何時に、どこ行けばいい？』

気分がどうとか都合がどうとかは一切書かずに、俺は簡潔にそれだけを送った。

『場所はここで夜の十八時からなんだけど、それより先に、待ち合わせない？　それと、帰りのタクシーとか食事のお金とかは全部お父さんが出してくれるから、心配しないで』

個室焼肉店のＵＲＬが貼られ、待ち合わせ場所はハチ公前、とのこと。

『わかった、よろしく』

『うん。ありがとう』

感謝の言葉とゴマフアザラシのスタンプを最後に、果澪とのやり取りは終わった。

……他のことならともかく、果澪の例の件でのことだろうしな。

だったら最後まで、どんなことになろうが関与するのが、責任というもんだろう。

§

二日後。約束の日の、夕方十七時頃。

夜から金剛《こんごう》ナナセのホラーゲーム配信が予定されていたが、外せない用事があるということで、今日はオフィスから早めに退散させてもらった。

それから待ち合わせ場所に向かうと——果澪はスマホを弄《いじ》りながら、既に立っていた。

「あ。亜鳥《あとり》くん、お疲れ様っ」

黒のトップスにダメージデニムという装いの果澪は、俺を見るなりこっちに駆け出してくる——それと、なんかめちゃくちゃ周りから視線を感じるんだけど、なんだこれ。

「じゃ、行こっか！」

「おい、なんでそんなテンション高いんだ」

今から一悶着《ひともんちゃく》ある父親に会いに行くとは思えない態度だったので、早速訊《たず》ねる。

「……さっきから凄《すご》い声かけられるから、ちょっと仲良《い》い感じに見せて」

明るい表情は変わらないまま、平坦《へいたん》な声でそう言われた。

「りょ、了解」さっきのは俺の自意識過剰ではなかったらしい。果澪は目立つもんな。こんなところに突っ立ってたらナンパなりなんなりされても、まったくおかしくない。

「よ、よし、それじゃあ早速、遊びにでも行くかあ～」

「……めちゃ不自然なんだけど」

世の中のカップルの男側を演じたつもりだったが、全然似合っていなかったらしい。

果澪はくすりと少しだけ笑ってから、先導を始めた。

十五分ほど歩いたところで、指定された店に到着した。

「し、失礼します……」

店員に案内され、案内された部屋に二人でそろりと入る。

既に親父《おやじ》さんは俺たちのことを待っていた。

果澪《かみお》の親父さん――海ヶ瀬《うみがせ》彰文《あきふみ》さんはプロ野球選手などという珍しい職業のため、ネットで調べると、細々とした情報が山ほど出てくる。経歴、通算成績、特筆事項、などなど。

ただ、そんなのは結局文字上の話であって、実際の海ヶ瀬選手の人柄や性格などを網羅してるわけもなくて。二回目にこうして会っても、最初に出る感想は一つで……身体《からだ》がデカすぎる。年齢で言うと四十過ぎの大ベテランのはずなのに、まったくくたびれた風を感じさせないどころか、逆に老獪《ろうかい》な屈強さすら垣間《かいま》見《み》える。スポーツ選手、恐るべし。

「……こんばんは、アトリエ君」

俺が言うより先に、果澪の親父さんから挨拶された。しかも、席を立ってまで。

「ああはい、こんばんはでございます……」

だからアトリエじゃないですって！　……と、軽くツッコミを入れられるような相手でもなければ状況でもないことはわかりきっているので、挨拶を返してから丁重に訂正する。

「それと、俺、本名『亜鳥《あとり》』なんで、できればそっちで呼んでくれればなーって」

「……なるほど、了解した」

厳《おごそ》かな低音ボイスで返事された——もうね、圧が凄《すご》い。そそくさと座らされたのが親父さんの前だったから対面の形になってるけど、プレッシャーで吹き飛ばされそうだもん。

「ほ、ほら、海ヶ瀬もなんか喋《しゃべ》ること……」

座っていた果澪は聞くなりガタンと、椅子ごと持ち上げてこっちに寄ってくる。

「なんで苗字《みょうじ》で呼んだの？」

「だって、父親の前で娘のこと名前呼びしたら、普通ぶっ飛ばされるだろ」

「ぶっ飛ばされないし気にしなくて良《い》いから、もう止《や》めてね……約束だからね？」

「は、はい」

平坦《へいたん》な声音と変わらない表情のまま、なのに果澪は俺へ、底知れない不穏さを漂わせていた——こういう圧のかけ方がいっちゃん怖いんだから。桐紗《きりさ》や世良《せら》みたいに頻発するタイプと違って、果澪は滅多《めった》に、こんなことしないだろうし……。

で。そのまま俺のすぐ隣ですまし顔をする果澪に、親父さんは声をかけてくる。

「……部活、どうだ？」「お盆もあるし、明日から休み」「そうか……」「……」「……」

気まずい。え、葬式？　冠婚葬祭？　なんなら今までの人生で最もいたたまれない空間かもわからない。果澪の親父さんはそれきり黙ってるし、果澪は下向いてメニュー見るふりして我関せずみたいな感じだし、これ、どうすんだよ。

「そ、そういや今日って、試合無いんですね。今ってまだ、シーズン中ですよね？」

しょうがない。状況を打破すべく、俺は親父《おやじ》さんにフレンドリーな質問をしてみた――

ああ、俺ってなんて良い奴《いやつ》なんだろう、亜鳥《あとり》株はぐんぐん上がっているに違いない。

「試合はある」「？」「二週間前に関節炎を発症して、全治一ヶ月の治療中だ」

……誰でもいいから俺を詰《なじ》ってほしい。株、大下落。世界恐慌も真っ青だ。

「だからこうやって、時間を作れた」

「そ、そうなんですね……」

裏目に出たことに恥じ入っていると、親父さんは急に立ち上がった。

「……すまなかった、亜鳥くん」

「へっ？」

「家庭の事情に他人の君を――君たちを巻き込む形になってしまったこと。今さら謝ったところでどうしようもないが、せめてもの気持ちとして、させてくれ」

そう言って、百九十センチ近い巨人のような身体《からだ》を前に傾けようとする親父さん。さっきみたいな挨拶ではなく、明確に謝罪をしようとしていて――俺も起立してしまう。

「ちょ、いや、全然気にしなくて良いですって！」

「それもこれも、私が、果澪《かみお》と向き合わなかったことが原因だ。果澪に、あんなことさせてしまって――」

このおじさん全然俺の話を聞いてくれない。

そのせいで、きっちりと、その言葉の意味と感情の終着点まで受け止めてしまう。その根本は自分にあると、させてしまって——果澪《かみお》の自作自演による魂バレ騒動のきっかけ。あんなこと、させてしまって——果澪《かみお》の自作自演による魂バレ騒動のきっかけ。

「あまつさえ、その解決を亜鳥《あとり》君たちにお願いしてしまって……申し訳なかった」

結局謝られてしまった。

……巻き込まれたという言い方は、ちょっとおかしい。どちらかと言えば俺は巻き込まれに行ったというのが正しくて、さらに大本を辿《たど》れば、俺だって原因になっていた。

果澪が過去のアトリエの生配信でコメントして、それに俺が軽々しく言葉を贈って、それを果澪は心の礎としてしまった。だから、ＶＴｕｂｅｒ《ブイチユーバー》を利用して、何かを犠牲にすることで何かを得ようとした。

立場としては同じで、だからこそ、俺が海ヶ瀬《うみがせ》の親父さんを非難なんてできるわけない。

「その……俺は全然気にしてないというか、とにかく、そんな謝らないでください」

そこまで言ってやっと、親父《おやじ》さんは頭を上げてくれる。

沈痛な面持ちだった。責任を背負い込んでいるような、そんな風でもある。

「こうして時間を作るまでに期間は空いてしまったが、けじめとしてお呼び立てさせてもらった。君もイラストレーターの仕事があるだろうに、来てくれて感謝しかない」

どう考えても、スポーツ選手のスケジュールの方が忙しいでしょうって。

しかし……親父さんからしたら、きちんと筋を通したかったのかもしれない。

そんで、一応これで、用件は済んだことになるが――よし。

「マネージャーの件の話とか、してるのか？」

「……まだ、してないよ」

「じゃあ、良《い》い機会だ。ある程度こっちから説明させてもらっても良いか？」

こくりと、首を縦に振る果澪。ようやっと、俺のターンに入れそう。

「ええと、実は果澪さんの――雫凪《しずなぎ》ミオのことで、説明したいことがあるんですけど」

俺は果澪の悩みや花峰《はなみね》さんから聞いてきた情報を織り交ぜつつ、説明していった。

雫凪ミオの人気に対して現状ではサポートが足りていないのではというところから始まり、ＶＴｕｂｅｒとして事務所に入ったりマネージャーを雇ったりすることのメリットとデメリット。さらには、Ｂｌｏｏｍ《ブルーム》や他の事務所を例に出し、現在、親父さんがやっている煩雑な手続きや果澪の負担が軽減されたりもするのでは？　といった内容を話して。

最終的に俺も果澪も、他の仲間――桐紗《きりさ》も仁愛《にあ》も、前向きに検討してるよ、と。

それら全てを語り終えると、親父さんはなんとも不思議そうな顔をしてくる。

「全部亜鳥君が調べてくれたのか？」

「考えたのは俺だけじゃないですし、教えてもらえたのもコネに頼っただけですけどね」

「だが……どうして君は、そこまで尽くしてくれるんだ？」

──どうしてだろう。いざ言語化しろと言われると、どうにも困る。

なんとなくだが、相手が雫凪《しずなぎ》ミオじゃなかったら、俺はここまで何かをやろうとは思わなかった気がする。イラスト描いて、人気出るようにサポートして、最終的には親父《おやじ》さんに事務所の説明までして。いざ冷静になってみると、あまりに手厚いサポートだ。

続けて理由を拾い上げようとしてみたけれど、どうにも芯を食っていないものばかりが思い浮かぶ。自分に得があるから？　ＶＴｕｂｅｒ《ブイチューバー》に特別興味があるから？　暇だから？

全部違うし、ちゃんと大きな答えはあるはず──でも、なかなか出てこない。

「……いや、すまない。野暮《やぼ》な質問だった」

俺が難儀しているのがわかったようで、親父さんは首を軽く横に振った。

「内容は理解した。そのうえで……事務所の件やマネージャーの件は、果澪《かみお》と相談してほしい。私は果澪の結論を聞いて、私に必要とされる手続きを行うだけだ」

……マジか。なんなら質問攻めにされる覚悟もしていたので、拍子抜けしてしまう。

将来のことならセカンドキャリアがどうとか、今だったら学業との両立とか、今回みたいな問題がまた起こらないかの心配とか、聞きたいこと、まったくないんです？　俺が答えられるとは限らないけど、聞くだけ聞いてみなくてもいいんですかね？

「君の考えていることは、なんとなくわかる。しかし、素人である私よりも果澪の方がしっかりとした判断が下せるだろうし何より──果澪の道を決める権利は、もう私にはない」

いやいや、親だからこそ心配しなくちゃ……とは、言わなかった。言えなかった。

果澪と親父さん、二人の間にどれくらいの溝があって、どれほどの関係なのか。

そこもやっぱり、他人の俺が気安く触れていいことじゃない気がしたから。

「……果澪、後はよろしくな」「……うん」

本日二度目の親子の会話で、それが最後の会話だった。

返事を聞いた親父さんは去り際にもう一度俺にお辞儀をして、個室を出て行った。

……なんだかなあ。律儀でしっかりしてるところは、似てるんだよな。


果澪の親父さんが早々に去ったことで、個室内には俺と果澪だけになった。

こうなると、二人して隣に座っているのもなんだかおかしい。

俺は、さっきまで親父さんが座っていた方に移動して、果澪と向き合うように座った。

「感じ、悪かったよね」

「まあ、果澪の新たな一面を見た感じはするな」

「あんまり良いところじゃない気はするけどね。あはは……はぁ」

落ち込むというよりかは、どうすれば良かったんだろうと悩んでいるようだった。

……事前に言われたように、支払いは気にしなくても良いらしい。

俺は網に注文したタンを置きながら、それとなく果澪の様子も観察した。

「親父《おやじ》さんとは、今はどんな感じなんだ？」

ここまで来たんだから、流石《さすが》にこれくらいは踏み込ませてほしい。

「わかんない」

大雑把《おおざっぱ》に示された心情とは裏腹に、果澪《かみお》の言葉は滞らなかった。

「その……亜鳥《あとり》くんから私がやったこと聞いたはずなのに、お父さん、一度も怒らなかったの。電話でも家に帰ってきても謝ってばっかり……どう考えたって、悪いの私なのに」

聞きながら、俺は焼けたタンを、お互いの取り皿に半分ずつ分けていった。

「やっぱり、積極的に話したいわけじゃない。家に帰ってくることだって少ないし、ずっとお互いに関わらないようにしてきたし、急に謝られても、それは変わらないし……」

もぐもぐと肉を食べる俺と違って、果澪の視線はずっと、網に向けられていた。

「でも、今はその……感謝もしてる。私がこうやってＶＴｕｂｅｒ《ブイチユーバー》として活動できてるのも、亜鳥くんにイラストのお金を払えたのも、生活できてるのも、お父さんのおかげだから……配信してるうちに、そういうことも気づいたから」

子に不自由なく暮らさせるのは、生んだ親の義務のようなものなのかもしれない。

でも、子どもだってある程度大人になれば、それがどれだけありがたくて大変なことなのかということも、少しくらいは理解できるようになる。収益を管理しなくちゃいけない立場になったからこそ、果澪もそう思うようになったのかもしれない。

「だから、その……私、どうすれば良《い》いのかわからないんだ……お父さんのこと、嫌いなところもあるけど、でも、感謝してるところとか、嫌いになれないところもあって……」

果澪はまだ一口も、何も食べていない。

本当に難しい話だった。果澪と果澪の親父さんの間には簡単には埋められないくらいの心の距離があって、だから果澪は、二人で話すのを嫌った。俺を呼ぶことでワンクッション挟もうとしていたし、もしかしたら、親父さんもそうだったのかもしれない。

でも、果澪もたぶん、気づいている。

嫌いになりきれなくて、できれば——好きになりたいんだ、ということを。

今ここに無い感情を求めて、つまりは、親父さんとの和解を望む自分がいる。

「……好きなものと、嫌いなものがあるとして」

「うん」

「俺は、好きなものが多い毎日の方が、絶対に楽しいと思う」

心とか感情とか、そういうのは目に見えないけれど。マイナスに引きずられるよりも、プラスを拾い集められる方が幸せなはずだから、と。

その単純なことが何より難しいとわかっていても、俺はそう言ってのける。

「だから、お前が親父さんとこういう機会を持ちたいって思った気持ちはわかる。嫌いなものを嫌いであり続けるのもエネルギー使うし、何より、決定的に修復不可能になってからじゃ、たぶん遅いから」

袂《たもと》を分かった母親のことを考えているのか、果澪《かみお》は自分の箸に視線を送っていた。

「どうして亜鳥《あとり》君は……そこまで考えてくれるの？」

親父《おやじ》さんと同じとこに行き着いたらしい。目線を上げ、俺をじっと見てくる。

「あのさ。亜鳥君はこういう時、いっつも私が一番欲しい言葉をくれるから……そのせいで嬉《うれ》しくなったり、考え込んじゃったり、たまに泣きそうになるんだよ」

「……あ、謝った方が良《い》いか？」

「ううん。でも代わりに、私には答えてほしい」

それはつまり……さっき親父さんの時には出せなかった答えを明かして、と。

サンチュでタンを巻きながら、自分の中から適切な形容を探す。

……果澪と二人の今だからか、驚くほどすんなりとそれに、思い至った。

「お前が海ケ瀬《うみがせ》果澪で、雫凪《しずなぎ》ミオだからだよ。他の奴《やつ》だったら、こうは思えなかった」

説明になっていないと言われればそうだけど。

でもそれは、説明をする必要も無いほどの、強い気持ちの表れでもある。

「それって……特別、ってこと？」

「ああ。一番に助けたり、守ってやりたいって、そんくらいにはな」

「……………」

「……なあ。適当に色んな肉頼んで良いか？　支払い、大丈夫なんだよな？」

昔のロボットみたいなぎこちなさで、ぶんぶんと首を縦に振ってくる果澪。

やけに顔が赤いけど、火で火照ったんだろうか？　それからしばらくは喋《しゃべ》らないまま、俺が取り皿に溜《た》めておいた肉をもぐもぐと控えめに食べるだけだった。

……さて。今だったら、声を大にして言える。

人の金で食う肉は、最高だ――。


食事がある程度済んだ辺りで、俺は果澪に訊《たず》ねた。

「事務所とかマネージャー周りについて、考えはまとまったか？」

「その件なんだけど――他のとこは断って、Ｂｌｏｏｍ《ブルーム》にしようかなって」

決断したと教えてくれる果澪。相当に重い選択だが……本当に？

「いやさ。ガチで俺が推してるとかマネージャーやってるとか抜きで、他にここに入りたいってのがあるなら全然優先して良いぞ？　仮にそっち入ったとしても、俺が一ヶ月で知った業界についての情報とかは役に立つかもしれないし」

そうじゃなくても、花峰《はなみね》さんに、雫凪ミオに今後何かあった時は協力してって約束、取り付けられたたし。

でも、果澪は本当に、俺が最初に思い描いていた最低限のリターンは、既に得ていた。

「ううん。だって亜鳥《あとり》くん、Ｂｌｏｏｍ《ブルーム》のダメなところがあるなら、ダメって絶対言うでしょ？　だって、私のことを一番に考えてくれてるんだもんね？」

……確かに。問題があったなら、絶対教えてるな。

「ってことは良《い》い事務所なんだよ。だから、良ければお世話になりたいなって……」

柚《ゆず》のシャーベットをスプーンで口に運ぶ果澪《かみお》。俺もまた、バニラアイスで舌を冷やす。

「……わかった。それじゃ、俺からもやんわり入りたいって言ってた、みたいな話を代表の花峰《はなみね》さんに伝えておくから、雫凪《しずなぎ》ミオのメールアドレスでも連絡送っといてくれ……まあ断られないだろうから、今後は事務所に入った後のことを考えといた方が良いかもな」

「うん。今日からはそうするよ――それと、Ｂｌｏｏｍに決めたよって、グループチャットで桐紗《きりさ》ちゃんと仁愛《にあ》ちゃんにも教えておくね」

「ああ、了解だ」

お互いにやるべきことの整理と共有を行っているうちに、アイスもシャーベットも食べ終わってしまった。

それじゃ帰る前に、最後に例の件を確認して……。

「ところでさ。世良《せら》さんって、どんな人？」

そこで急に世良の名前を出されたから、少し固まってしまう。

「今の亜鳥くんは金剛《こんごう》ナナセちゃんのマネージャーなんだし、ってことは、ずっと一緒にいるんでしょ？　だから、どういう人なのかはわかってるんじゃないかなあって」

「……つまり。未来の同僚になるから、知っておきたいってことだよな？」

念のため、俺が抱えていた懸念が果澪の考えと同じであることを確認しようとする。

「それもあるけど……もしかしたら、それだけじゃないかも」

釈然としない物言い。それ以外に、なんかあるか……？

「どんな人って言ったら、あれだ。歯《は》に衣着《きぬき》せない言い方ではっきりしてて、配信してる時としてない時の差が凄《すご》くて、ポメラニアンと恋愛モノと、スイーツが好きな奴《やつ》だ」

「なるほどなるほど……」

「あと、俺はそもそもタイプじゃないらしい。告白もしてないのに流れでフラれた」

「……ふふ。何それ、変なのっ」

今日一の笑顔を見せる果澪。人の失恋を笑うな――まあ、始まるわけがない恋だけど。

「そんで――めちゃくちゃ努力家だぞ」

それまでと比べて強調するように、俺は最後にそう言った。

「プロ意識が凄くて、ストイックで、視聴者に楽しんでもらいながら、もっとでっかくなるために頑張ってる。金剛ナナセが八月は毎日配信してるの、知ってるか？」

「……うん。亜鳥くんがマネージャーしてるって聞いて、気になって配信は見たよ」

「なら、驚いたろ。完全に別人、金剛ナナセってキャラクターに入り込んでるんだ」

「そこも凄《すご》いと思ったけど……ちゃんと配信スケジュールみたいなのも視聴者の——あの、なんだっけ」「ナナタミだ」

「そう、ナナタミの人たちにもちゃんと教えてあげてるし、企画配信とかも凄《すご》い考えてやってるんだなあってのが、伝わってくるし……私も、見習わなくちゃいけないところ、沢山ありそうだったよ」

この場に世良《せら》がいるわけでもないし、そもそも果澪《かみお》はおだてるような世辞を言わない。正真正銘、心の底から雫凪《しずなぎ》ミオは、金剛《こんごう》ナナセのことを賞賛している。

「ちょっとだけ、相談がある」

そうして。話してるうちに、俺はいよいよ思い立った。

「……ミオちゃんがＢｌｏｏｍ《ブルーム》に入るとして。ほんの少しだけ、待ってくれないか？」

「？　私は大丈夫だけど、それってどういうこと？」

「それは……ちょっと、複雑な事情があってだな」

俺と世良は、あくまで取引によって結ばれた関係。そして、何もかもは雫凪ミオのためというところから始まっていることもまた、事実。今もそれは、揺らいでいない。

だが。金剛ナナセの裏ガワの、世良夕莉《ゆうり》という人間の傍《そば》にいるうちに、こんなにも頑張っている人間がここにいるってことを知ってしまった。この八月だけは彼女に協力しても良《い》いと思ってしまって、だから——。

雫凪ミオが今、Ｂｌｏｏｍに入ったら、金剛ナナセの――世良のプライドとか、そういうものが傷付けられるんじゃないか、と。そこまで考えてしまって。

「順当に行けば、俺のマネージャーとしての役割が終わる夏休み明けには解決するはず。だから、そこまで待ってほしい。その後だったらミオちゃんのこともなんでも、一番に協力できるから」

「………………」

果澪は複雑な面持ちで、何かを考えているようだった。あなたは私のママで仲間なんだから、私のことを優先してよ、そう言ったじゃん！　……やっぱ、怒られるべきかも。

「……世良さんにも、事情があったんだね」

でも、違った。

最終的に果澪は理解を示してくれて、むしろ俺を送り出すかのような言葉をかけてくる。

「きっと、亜鳥《あとり》くんは困ってる人を見捨てられない人なんだよね。私の時みたいに、自分の力を貸そうとしてあげるの」

「いや、それは……違うだろ。成り行きに流されて、しゃあないなってなってるだけだ」

「だとしても、私は嬉《うれ》しかった。他の人も……きっと世良さんも、同じ気持ちだと思う」

最後の言葉は、抗《あらが》えない力のようなものを帯びていた。

否定しないでと、そう言われてるかのように。

「わかった。九月になるまで、世良《せら》さんに付き合ってあげて……でも、その代わり」

言って、ぱくん、と。溶けかけたシャーベットを口に運ぶ果澪《かみお》は、どこか幼げに見える。

「世良さんと仲良くなるために、亜鳥《あとり》くんにも協力してもらうからね？」

そんなの安い相談だ。果澪のためならそんなん、いくらでもやってやるさ――。


「ところで」「うん」「果澪は今、欲しいものとかあるか？」

何もかもの話が終わった、最後。俺は果澪に、やっと切り出す。

「どうしたの、急にそんなこと」

「良《い》いから」

「ええ？　うーん……なんだろう」

思いつかないし、そもそも聞いてくる理由もわからないといった様子の果澪。

だったら、こっちが勝手に贈っても大丈夫だろうか？

なんせ八月二十四日は、ミオちゃんの――果澪の誕生日だ。

【#8】山城桐紗《やましろきりさ》は『もしも』を語る

八月も中旬を過ぎた辺りになると、Ｂｌｏｏｍ《ブルーム》のオフィスに謎の男子高校生マネージャーがいる状況も、そこまでおかしなものではなくなっていた。

「亜鳥君お疲れー」「……あ、世良さんならさっき、ランニング行くって言ってたよ」「え、アトリエ先生ってまだ高二だったんですか？」「若いのに、凄《すご》いっすねえ」

Ｂｌｏｏｍの運営担当の大人たちとも、二週間もあれば顔見知りレベルにはやり取りできるようになってきた——思わぬ社会経験。これもまた収穫と言えば、収穫か？

「金剛《こんごう》ナナセ、順調に伸びてますよね？」

「え？　あ、そ、そうだね」ボブカットの黒髪で、どことなく取っつきやすそうな印象の薬袋《みない》さんに何の気なしに訊《たず》ねたところ——彼女はどうしてかめちゃくちゃどもっていた。

「なんかやるんですか？　十万人記念でボイス販売とか、グッズ販売とか」

「んと、もちろん一応、考えてはいるんだけどね……ただその、うん」

「……すみません。俺がそこまで口出すことじゃないってのは、わかってますから」

「ああいや、そういうことじゃなくってさ。ちょっと別の問題があるっていうか……」

釈然としない物言いが、ちょっとだけ気にかかる。でも、問題なんかあるだろうか？

金剛ナナセだって、順当に伸びているのに——。

☆八月十七日現在時点の金剛《こんごう》ナナセのチャンネル登録者数：八万二千人☆

今日もここに来る前に、登録者数の推移は確認済みだ。残り、二万人を切った。易々《やすやす》と積み上げられる数字じゃ無いのは当然だが、八月の半分だけで既にここまで伸びている以上は、いよいよ銀の盾が現実味を帯びてきている。

そして、これで喜ぶのは俺や世良《せら》だけじゃない。Bloom《ブルーム》的には現状稼ぎ頭でありながら一本槍《いっぽんやり》でもある金剛ナナセの躍動は、喜ぶべきことのはずだけども。

「……うん、亜鳥《あとり》君の言うとおり。それに、残り二週間くらいだよね。だったら……」

薬袋《みない》さんはおっけー、と言って、良《い》い意味で大人っぽくない微笑《ほほえ》みを返してくる。

「その辺はだいじょぶだから、世良さんのこと、最後までお願いね？」

「ええ、大丈夫ですよ。それが、取引ですから」

もっとドライに言うならば、取引のぶんの仕事はできたな、で終わる話。

ただ、ここまで付き合った以上は、金剛ナナセが十万人達成するまでは見届けてやりたいと思っていた。純粋に頑張っている人間を応援したいと、そういう立場で——。

§

八月十七日の夕方。その日の金剛ナナセの配信は、珍しく日中に行われた。

今日は夜から他の大手VTuber《ブイチューバー》事務所で、箱のメンバーのほとんどが参加するような大規模なイベントがあるらしい。よって、そこと被《かぶ》せて配信しても成果は微妙だろうな、ということでの判断だった――こういった戦略的な考えを自発的にすんなり推察できるようになっていた辺り、慣れってのは恐ろしい。俺も染まっちまったな、業界に……。

というわけで、まだ外が明るいうちに、世良と一緒にオフィスを出た。

「世良は休みの日とかって、何してるんだ？　……あ、配信以外のことで頼む」

二人で渋谷《しぶや》駅に向かいながら、情報収集のために――じゃなくて。

今は単に、俺が聞きたくなったから。だから世良に普段のことを聞いた。

「何かを見ることが多いですね。ドラマやアニメ、漫画など」

「お、おう……」

「先輩から聞いたくせに、なんですかその微妙な反応」

「いやだって、すげえあっさり話してくれたし……」

知り合いたての頃からは考えられないほどの素直さに、ちょっと驚いてしまう。

「ジャンルはやっぱ、ラブコメとか恋愛系の話か。金剛ナナセと一緒で」

「そうですね。ドラマ性がありますし、何より恋愛という概念で個人の人間性が浮き彫りになる部分が、コンテンツとして深みがあります」

「な、なんか嫌な言い方だな」この感じだと、恋愛リアリティショーとかも好きそう。

「後はNowTube《ナウチューブ》で、犬の動画を見たりしてます。家では飼えないので」

「あー、家族が犬アレルギー、とかでか」

「違いますよ。お金がかかるからです。私の家、そこまで裕福じゃないので」

またしても俗っぽく現実的な話だったが、よく考えれば当たり前の話でもある。餌代やおもちゃ代、病院代など、動物を飼うというのはコストがかかるもんだ。

「そのぶん、将来は絶対飼おうと思ってますけど」

「名前ももう決めてるって、どっかの配信で言ってたしな……そん時はやっぱ、ポメラニアンなのか？」

当たり前ですと、謎の誇らしさすら、世良《せら》は見せていた。

無邪気さが少しだけ垣間見《かいまみ》えるその様子は、高校一年生らしくて、女子っぽくて……。

「……なあ。こういう話、学校で誰か友達とかと……」

「あれっ――なんだ、夕莉《ゆうり》じゃん」

すれ違いざま一人の女子が声をかけてきたことで、俺の問いは途中でぶった切られた。

目に付くレベルで、可愛《かわい》らしい女子だ。ジャケットにキャミソール、パンツというアイテムをそれぞれ涼しげなカラーリングで結びつけ、まとめている。そのまま雑誌に載っているような洗練されたコーディネートですぐに、ああ、洒落《しゃれ》ているなと思った。

でも。俺はそんなことよりも、隣で突っ立っていた夕莉に意識を向ける。

「お久しぶりですね、新條《しんじょう》さん」

新條と呼ばれた彼女はやけに明るい笑みを浮かべてきて、世良の手を取った。

「一年ぶりくらいだよね？　何してたの？　高校、どの辺に通ってるの？」

新條とやらはどうも世良と知り合いらしく、俺の方へちらちらと視界をくれながらも、話しかけてはこない。どうぞどうぞ、お構いなく。

……しかしまあ、どうしてこう、女子高生の会話はアップテンポなんだろう。めまぐるしく話題は移り変わり、やれ学校の話、やれ趣味の話、どんどんと推移していく。

黙って突っ立ってるのも妙だ。先に帰るぞと、もうそろ切り出そうとする。

「てか、どうしてうちの事務所、辞めちゃったの？」

その話題から、空気が変わった。

「めんどくさくなった？　飽きちゃったの？　それとも、もう無理ってなった？」

「それは……」

世良が露骨に口ごもったのを見た新條は、一気にまくし立ててくる。

さながらカチリと、何かのスイッチが入ったかのようだった。

「ま、いいや。それよりさあ、ウチ、また新しい仕事決まって……」

そこからは、会話と言うよりかは新條《しんじょう》がべらべらと喋《しゃべ》るだけの時間が始まった。新しい仕事が決まり、毎日忙しく、それでもその忙しさが自らの私生活や精神を充実させているといった、なんともありがたい講釈が続いていった。世良《せら》も俺も黙って聴くだけ。

芸能界の華々しい側面や裏事情のようなものを語られ続けて、やがて思う。

うむ、なるほど——これが世に言うマウンティングじゃな?

そしてこれは滲《にじ》み出る無意識から来るものではなくて、意識的に行っているものだろう。そういうのは態度でわかる。新條は世良に自らのことを誇示することで、間接的に自分の存在の大きさを認識しようとしていた。自己顕示欲を世良で解消しようとしていた。

実際、気持ちだけならわかる。自分を素晴らしいものだと言うことは、自己肯定感を上げるために効果的な心理術だ。俺も自分のことを事あるごとに神絵師《かみえし》だと言っているのは、それが事実だから云々《うんぬん》もさることながら、自らのテンションを上げるために言っている側面がある。創作する上で、ポジティブな心理状況を作るのは大切なことだ。

……でも。はけ口にされる相手からしたら、それはやっぱり嫌な気持ちがするもので。

「あーあ。ウチも夕莉《ゆうり》みたいに毎日が暇になりたいなあ……なんて、自分で選んだことだから、しょうがないんだけどね～」

「そうなんですね」

ずっと、世良は黙って相槌《あいづち》を打つだけだった。俺に言うように文句を言ったり毒を吐いたりしない。まるで、ただただ嵐の夜が過ぎ去るのを待つ、羊のようだった。

言うだけ無駄だから、受け流しているのかもしれない。新條がどういう女子なのかは俺よりも世良の方が良く知っているだろうから、はいはいと、世良が大人になることで付き合っているだけにも思える。

けど。何かを諦めているような。耐えるような。普段とは対照的な世良のその横顔を見ているうちに――徐々に募っていた泡立つような苛立《いらだ》ちが、弾《はじ》けてしまった。

「世良は、誰かに馬鹿にされて良《い》いような奴《やつ》じゃないぞ」

「……え？」

いきなり俺が会話に入ってきたことに驚いたのか、新條はこちらを見てくる。

貫き返すように、俺は敢《あ》えて強い視線をぶつけた。

「芸能界からは離れたかもしれないが、それでも毎日頑張ってる。目標を決めて、努力してる。もがいてる、ままならないことだってあるのに、そんな自分と向き合ってる」

「え、えっと……そういや、誰？　彼氏かなんか？」

率直に文句を言われたせいで躊躇《ためら》いを見せていた新條は、俺じゃなく世良に、弱々しい態度で訊《たず》ねていた。

「俺が誰かなんてどうでもいい。とにかく……そういうのはやめてくれ」

その問いすらも、俺はシャットアウトする。言って、切り捨てる。

「ほら行くぞ、世良《せら》」「ちょ、ちょっと、先輩……」

俺は世良の腕を引っ張って、ずんずんと歩いていった。

じゃあねとか、そういうことも世良に言わせたくなかった。

……率直に言って腹が立ったし、新條《しんじょう》に言わせたままにしたくなかった。

だって、あいつは世良が普段、どれだけ頑張っているかわからないだろう。

毎日配信して、既存の視聴者のことを考えながら新しい視聴者を増やそうとすることが、
どれだけ苦労することかも知らないのに。明確な答えが無いことに取り組んでいて、努力
が反映されるかわからないからこそ、見えないストレスだって溜《た》まってるだろうに。

なのにあいつは、暇そうで羨ましいなんて、そんなふざけたこと言って……。

「──先輩！」

掴《つか》まれた腕を震わせて、世良は大きな声で俺の足を止めてくる。

辺りを歩いていた人たちが、振《ふ》り返《かえ》ってきていた。

「その……帰る前にもう少しだけ、お時間いただけますか？」

近場にあった公園のブランコに座ってすぐに、ぎいと金属の軋《きし》む音が響く。

「……彼女、私が芸能事務所に所属していた頃の、同期なんです」

夕焼けの下で、世良はぽつぽつ語り始めた。

「前に言ったでしょう？　昔、アイドル目指してたって。そこの絡みで」

「覚えてるけど……良《い》いのか？　あんま話したくない感じだっただろ？」

「大丈夫です。良ければ、聞いてください……別に、面白くない話ですけど」

　それから初めて——世良は自分から進んで、過去のことを話し始めた。

「私、昔からずっと、アイドルになりたかったんです。歌って踊れて、可愛《かわい》くて、誰かに夢を与えて、誰かの夢そのものになれて——そういう人に憧れてて」

　アイドルは夢を売る仕事とはよく言ったもので。どうやら子どもの頃の世良も、誰かから与えられた夢を買ったらしい。脈々と受け継がれるように。

「だから私、芸能事務所に入って、色々オーディションも受けたりしてたんです」

「……どんなんだった？　楽しかったか？」

「はい、最初のうちは楽しかったです。人に負けないように努力をして一番になる。なれるって信じて歌とダンスのレッスンして、甘い物も我慢して体型維持して、頑張って頑張って頑張って……でも、やってるうちに段々気づきました。ああ、私には無理だって」

　じゃりと、世良の足下から、小石が擦《こす》れる音が響いた。

「前にも言ったでしょう？　端的に言って私には、才能も華も無いんです。圧倒的な美貌でも無いですし、アイドルとしてのパフォーマンスも歌も踊りも凡人の域を出なくて、創造性が無くて。それでも粘ってたんですが——先輩、陽葵ヶ原《ひまりがはら》って、わかります？」

陽葵ヶ原《ひまりがはら》――なんか、有名なアイドルグループだった気がする。それくらいのざっくりとした認識でメンバーが誰とかまでは知らなかったが、俺のように現実のアイドルに興味が無い人間でも聞いたことがあるってレベルの知名度だということは、把握していた。

「そこのオーディション受けた時に、審査してたプロデューサーの人とか関係者の人に言われたんです。華がない、ハリボテに見える、突出しているものがない、明日には忘れてそう、後は……なんでしたっけね。忘れましたが、色々と言われてしまって」

「……そこまでボロクソ言われる必要って、あるのか？」

「あってもなくても、それがプロの世界です」

きっぱりと割り切るような言葉。だったらもう、何も言わない。

それに、俺が今この場で世良《せら》を慰めたところで、それはもう終わった話だ。

「そこまで言われたら、当然落ちますよね。まあでも、オーディション落ちるなんてことは日常茶飯事だったんで、他に向けて頑張ろうって思って、家に帰って、次の日も事務所に行こうと思って、駅で電車が来るの待ってて――」

一呼吸挟まれてから、世良は口を開いた。

「乗れなかったんです、電車。足が固まって、行けませんでした。レッスンだってあったのに。初めてサボって、家に帰るわけにもいかなかったのでぶらぶら遊んでて、夜になって、街灯の光とか眺めてて、そこで気づいたんです――私、折れたんだなって」

心が？　そう聞くと、黙然とした首肯を返された。

「大丈夫なつもりだったんですけどね。でも、知らず知らずのうちにダメージが溜《た》まってたのかもしれません。だから、一回ダメだって思っちゃったら、もう全部無理でした」

……なんだかわかる気がした。限界を迎えている人間にとって、ありとあらゆる事象が心を切り刻む刃《やいば》になり得る。どんな些細《ささい》なことだったとしても、本人には致命傷に思える。

「実際、それまでにも大変なことなんて、いくらでもあったんですけどね。新條《しんじょう》さんとか他の同年代の女子とギスったり、業界の末端みたいな人からセクハラされたり、マネージャーの人と喧嘩《けんか》したり……だから、きっかけがそれだったってだけで、まあ、いつかは擦り切れたでしょうね」

客観的に、終始なんでもないことのように、世良《せら》は滔々《とうとう》と話し続ける。

「で、もうどうでもいいって投げちゃって、芸能事務所も辞めて、だらだら生きてて。ずっと清楚《せいそ》に見せようって気を遣ってたのも、全部馬鹿みたいに思えて……」

言いながら、世良は自分の髪の黄色いハイライトを撫《な》でていた。ハイライト、チョーカー、ネイル、ヘアゴム――それらが無い世良が、俺には想像できなかった。

「それで、ある日のことです。動画サイトで適当に音楽聴いてたら、ＶＴｕｂｅｒ《ブイチューバー》の人の歌ってみたの動画が流れてきて……こういった存在がいることを、初めて知りました」

ぐっと、世良の声に熱が帯びたのを感じる。

「特に、イラストという名のガワを被《かぶ》れるというところが魅力的でしたね。だって、私本人には才能も、突出した何かもありません――でも、ガワを被れば偽れる。視聴者に見せる存在と自分自身が乖離《かいり》してても大丈夫だし、ここならまた一番を目指せるかもって」

偽るといったら語弊があるが、設定を遵守すると言い換えれば、すんなり入ってきた。

前提として、ＶＴｕｂｅｒはキャラクターだ。各々がキャラ付けをして、大なり小なりロールプレイをして、漏れ出るメタすらも面白くなる。コンテンツとしてユニークに映る。

「才能も魅力も演出できる。無い華だって、私自身の手で咲かせられる――」

語り、伝えてくるその世良の在り方はやっぱり果澪《かみお》や桐紗《きりさ》や仁愛《にあ》と違うけど、でも、それもまた一つの可能性だ。誰に否定されることも無いし、貶《けな》されるのも許せない。

「結論から言えば、もう一度頑張ってみようと思いました。二次元でも三次元でも、アイドルはアイドルです。夢を与えて自らの輝きを見せるという仕事なのは変わりませんし、むしろ失敗を繰り返さないように慎重に、前よりも格段に努力して……」

世良の座っているブランコからも、錆《さ》びた金属の音が鳴った。

「……なのに。ここでも私、結果を出せてません」

結果。十万人の到達。目印として理解しやすい、ベンチマーク。

「もちろん、ＶＴｕｂｅｒを舐《な》めていたわけではありませんし、できることは全てやりました。オーディションに受かってからはボイストレーニングもやりました。ガワをデザインしてもらう段階から口を出させてもらって、自分が可愛《かわい》いと思える完璧なキャラクター像だって作り上げました。花峰《はなみね》さんや他の社員の人にも、沢山協力してもらいました」

その結果は見ての通りです、と。

言い切って、遠くを見ている世良《せら》の横顔は、いつもと全然変わらない。弱音を吐いてくれているはずなのに、泣く素振りとか瞳が潤むとか、そういったことはまるでなかった。

きっと、枯れきってしまったんだと思う。夢の過程で辛《つら》いことや苦しいことに直面してきて、そのたびにダメージを負った結果——世良は他者との関わりとか感情の発露とか、そういうのも余計なものとして切り捨ててしまって。

「先輩、さっき友達がどうとかって、言いかけましたよね?」

「ああ。ちょっと気になってな……」

正直に言うと、世良はブランコを降りて、俺の方を向いてくる。

「友達や仲間、そういうのは全部馴《な》れ合《あ》いに過ぎなくて、ずっと不要だと思っていました」

思っていた——過去形、だった。

「ただ、Ｂｌｏｏｍ《ブルーム》に入って色々なところをサポートしてもらったり、ワガママを聞いてもらったり——何より先輩に協力してもらったりしているうちに、理解しました。一人で頑張っているように思えて、自分は色々な人に支えてもらっているんだって」

「……だったら」

「だからこそ、私は十万人を達成しなくちゃいけないんです。その成功体験があって初めて——今まで切り捨ててきた部分にも、目を向けられるようになる気がするから」

紛《まぎ》れもなく、それは世良の本音だったと思う。

だから、俺もそれ以上、余計なことは言わなかった。

「……長々とつまらない話をして、すみませんでした」

「マネージャーなんだから、そういう話を聞くのも仕事の一つだ。違うか？」

「……かも、しれませんね。さ、そろそろ帰りましょう」

「ああ」

仏頂面で、世良は俺の方を見ずに、公園出口の方へ一歩目を踏み出す。

そういえば俺は、世良が笑ったところを見たことがない。

十万人を達成すれば、笑うんだろうか？　些細《ささい》な微笑でも、たたえてくれるんだろうか？

……そんな日が来るのを願いながら、俺もブランコから立ち上がった。

∞

「……おはよ」

翌日。八月十八日の、午前中。

その日は満を持して、桐紗《きりさ》が俺のアパートにやって来た。

「よ。とりあえず、コーヒー飲むだろ?」「うん、ありがとう」

桐紗が俺の家に私物として持ち込んでいた桜色のカップと俺のタンブラーを持って、キッチンで作業開始。店で買ってきた深煎りの豆を定められた温度の熱湯で抽出し、冷凍庫から取り出したブロックアイスをそれぞれの容器に沈める——我ながら、随分と手慣れたもんだ。バリスタには到底及ばないだろうが、それでも、素人にしては美味《うま》いコーヒーが淹《い》れられるようになったとは思う。

「ほら」「今日はなんの豆?」「ブラジル・サントスだ」「……聞いたことないわね」

「お前は緑茶派だから知らんだろうが、世の中にはブルーマウンテンとキリマンジャロ以外にも色々種類があってだな」

「そ、それくらい知ってるわよ。あれでしょ? 他にも……コピなんとかとかも聞いたことあるから」

「それたぶん、猫の糞《ふん》から採れる品種だぞ」「えっ、そうなの!?」

口をぱくぱく開けて絶句する桐紗を余所《よそ》に、俺はアイスコーヒーを啜《すす》る。

「そんで……できたんだって? おつかれさん」

まったりしつつ、桐紗がここに来た理由に触れていく。

「……初期衣装の時より時間に余裕があったから、今回はもっと拘《こだわ》らせてもらったわ」

そう言って、桐紗もカップを傾けていた——美味《おい》しいわという感想をしっかりと聞いてから、俺は仕事用のタブレットを操作する。

雫凪《しずなぎ》ミオ関連のデータだけが収められた共有ドライブから、一つのデータを開いた。

十五秒ほどの動画ファイルが数点。そのいずれにも雫凪ミオが映っていて、動画上のミオちゃんは小さく横に揺れて、にこりと自然な微笑《ほほえ》みを浮かべている。

相変わらずの一億満点の可愛《かわい》らしさだが、どことなく、いつもと違う。

そう、衣装が違う。

普段は灯台管理人であり、女子高生らしくもある服装をしているミオちゃんが、この小さな画面に映っている中では私服姿——肩を出した、白地のワンピースを着ている。

……このデザインに行き着くまでに、俺はかなり悩んだ。ファッション雑誌を見たり、Tmitter《ツミッター》に流れてくる様々なイラストレーターが描く女子の私服絵を研究したり、はては桐紗や果澪《かみお》と実際のコーディネートを調査するためにアパレルショップを巡ったこともあった——あまりにも行き詰まりすぎて、いっそ今夏だしスク水にしてやろうかなとアトリエっぽさが覗《のぞ》きそうにもなったが、そこを制してなんとか、雫凪ミオというV《ブイ》Tuber《チューバー》と、彼女の作る配信や世界観を踏襲しようと頑張った。

そうして出来上がったのが、このシンプルな白ワンピ。

デザインが降りてきた時、これで良《い》い、いや、これが良いと思った。清楚《せいそ》、透明感、圧倒的可愛《かわい》らしさ、それを再現するうえで俺はデザインを『足す』のではなく『引く』ことを選択して、結果的にそれは大成功した。

「きっと、俺たちにしか贈れない誕プレだよな」

「でしょうし、相手が果澪《かみお》じゃなかったら、当然成立してないわ。だって、アトリエもきりひめもタダ働きなんて、普通の仕事相手じゃ考えられないし」

「ああ。まともに仕事として請け負うなら百万円かどうかはともかく、まとまった金が動くだろうな……」

加えて。このことは俺と桐紗《きりさ》と仁愛《にあ》だけが知っていて、果澪にはまだ、秘密にしている。どっかしらで新衣装は作ろう、という話だけは果澪とも共有していたが、まさかここまで具体的に、完成にまでこぎ着けているなんてことは想像していないはず。

あとは実際に見せた時、喜んでくれれば良《い》いが……このクオリティなら大丈夫だよな。

「……千景《ちかげ》って、白ワンピ好きよね」

二人の共同制作物である夏服ミオちゃんを見つめながら、桐紗はそう呟《つぶや》いた。

「そうか？　二、三回描いたことはあったと思うが……」

「だって、ほら。美術室に飾られてる油絵でも、描いてたでしょ？」

「ああ……」言われて思い出す。昨年の美術の選択授業で描いた向日葵《ひまわり》畑の絵にも確か、遠くの方に白い服の女の子を描いていた気が……ああ、描いた描いた。思い出した。

「よくそんなん覚えてるな」

「ま、まあ、良い絵だなって思ったから」

……褒められた。俺が描くイラストの性質と桐紗のエロ耐性の無さが噛《か》み合《あ》って桐紗から褒められることはほとんどなかったから、直球でいいねって言われると少しむず痒《がゆ》い。

「それじゃ、これを果澪の誕生日の日にデータごとあげて、良い感じのタイミングで新衣装お披露目《ひろめ》配信とかしてもらえればって感じでいいのよね？」

「ああ。それと、当日にどうやって果澪をここに呼ぶかとか料理のこととかは俺と仁愛で考えてるから、その辺は心配しなくて良いぞ」

「了解……ふう」

一段落、そして用件の終了。エアコンの音が鈍く微《かす》かに聞こえつつも、会話が止まった。

「なあ、他に何かあるのか？」「別にないけど」「その割に、めっちゃ見てくるじゃん」

さっきからやけに目が合うことを指摘すると、ぷいと桐紗は明後日《あさって》の方を向いてしまう。

今日の桐紗は、ちょっと変だ。こっちが話してるとじっと見てくるし、だから見返せばそそくさ視線を外すし、座りながらもそわついてるしで、どうにも気になる。

「……ねえ。もしかして、迷惑だった？」

「なんだ急に」

「だって、この報告とかも別に、Ｄｉｇｃｏｒｄ《ディグコード》で済むし……イラストの仕事とか、世良《せら》さんのマネージャーの仕事もあるだろうし、なのにいきなり来ちゃったし……」

またもや違和感。お前普段そんなん気にしてないだろ？　どういう風の吹き回しだよ。

「……迷惑じゃないし、そもそも今日は完全に休みだ」

「えっ、ほんと？」聞くなり立ち上がり、詰め寄ってくる桐紗《きりさ》。

「ああ。ミオちゃんの新衣装の動きはやっぱり俺も気になるし、それに——ここ一週間くらい毎日来てたからって理由で、なんか知らんが世良《せら》の方からも今日は来なくて良《い》いって言われたし。とにかく今日はオフだから、忙しいとかはまったく気にしなくて良い」

聞くと桐紗は、ほっとした様子になって、そのまま流れで聞いてくる。

「じゃ、じゃあ……その……良かったら、あたしに付き合ってくれない？」

「……」

「も、もちろん、イラスト描いたり仕事したいって言うなら、諦めるけど……ダメ？」

俺は残っていたアイスコーヒーを飲み干してから立ち上がり、桐紗の風貌を眺めた。

ブルゾンにプリーツスカート。リップにネックレス。漂う香水の匂い。

そのよく似合った余所《よそ》行《ゆ》きの格好は、見逃すにはあまりにも整いすぎていた。

「なんだか、やけに丁寧な誘い方だな」

「そ、そうかしら」

「ああ。『千景《ちかげ》には散々手伝ってあげてるんだから、黙ってついてきなさいよ！』みたいな感じで、強引に誘う権利が桐紗にはあると思うんだけどな――しかも、桐紗が良いって言うまで、俺は言うこと聞かなきゃいけないんだろ？　だったら、なおさらだ」

「……それ、もう良いわよ」

ま、マジかよ。言わなきゃ永遠に俺の行動を縛れるのに、勿体《もったい》なくね？　……いや、俺本人からするとんでもない言い分だし、桐紗の方から申し出るなら、素直に従うけど。

「それなりに納得できるくらいには協力してもらったし、そもそも……何でもかんでも強制できるわけじゃないだろうから」

あっさりと言う桐紗は、じゃあ行きましょうと催促してくる。

気分転換できるのが嬉《うれ》しいのか、はたまた、なんなのか。

とにかく桐紗は、わかりやすくにこやかだった。

∽

案内されたのは、丸ノ内《まるのうち》の日本茶専門店だった。

茶葉でも買いに来たのかなと思いつつ、桐紗の後ろを素直についていく。

が、店内に入ると、和装で若めの店員さんの一人が愛想良くこちらの方へ近寄ってきて、

「もしかして綿沢《わたざわ》さんに用事？」なんてことを桐紗に聞いてくる。

綿沢《わたざわ》さんって、誰だ？

「待ち合わせてはいないんですけど……今日も奥の方に？」

「いますよ……と、その方は？　……もしかして、山城《やましろ》さんの懇ろの？」

「そういうのじゃありませんって、もう」

「そんな古典的な弄《いじ》られ方されたのは初めてっすね」

「うるさいから」

理不尽。店員さんに笑われながら、桐紗《きりさ》にぐいぐい引っ張られていく。

……奥、と言っていたから個室にでもなっているのかなと思っていたが、むしろ、誰しもが気兼ねなく使える団欒《だんらん》の場、みたいになっていた。

木製で手作り感溢《あふ》れる椅子と机が並んでいて、入口付近には本格的な囲炉裏《いろり》なんかもある。日本の原風景というか、ここだけタイムスリップしたみたいな内装をしていた。

「なあ。綿沢さんって誰だ？　そんで、その人に何の用だ？」

「まあまあ、見ればわかるから……ほら、あれよ」

桐紗の目線の先を追いかけると、一番奥の席に、やけに目立つ頭の人がいた。

髪の色が真っ白、いわゆるプラチナブロンドのロングヘアだ——あれくらいにするには、ブリーチめっちゃやらんといけないんだよな。なのに綺麗《きれい》だし、相当丁寧にケアしてそう。

それから。二人で近寄っていくと、机の上のノートＰＣをかたかた鳴らしていたその人も、こちらに気づいた。

「──あれ、きりちゃん？　きりちゃんじゃん！　どうしたの？　僕に用？」

絹糸のような白髪が揺れて、女性の表情はぽわっと明るくなる。

ぼ、僕っ子、だと……？　ふむ、なかなか良《い》いじゃあないか。女子の髪色髪型一人称は自由であるべき党党首である俺からすると、抵抗はないどころか、むしろ高評価。そして何より、個性が生かされる世の中であってほしいと切に願う──大げさか？

「お茶を買いに来たついでに、綿沢さんに会いに来ました。それに、前に仰《おっしゃ》ってたインタビュー要員も──ほら。連れてきましたから」

ぽす、と腰の後ろ辺りを桐紗に触られた。え、一向に話が見えないんだけど。

と、後方困惑面をする俺を見て、綿沢なる人物ははにゃ？と言いながら首を傾《かし》げる。

「誰だい君」「こいつの付き添いです」「ほお……へえ……ふうん」

めっちゃ見られてる。頭から爪先までを吟味するかのような見方。

やがて、明朗快活に笑ってくる。

「あ！　もしかして、君がアトリエ？　きりちゃんがよく話してる、あの、彼？」

「おい桐紗、勝手に俺を話の種にするな」

ぱっとアトリエの名前が出てきたことにはもう驚かない。そんなんばっかだし……。

「べ、別に悪口言ってるわけじゃないから、気にしないで」

「ほおん？　じゃあ何を言ってたか俺にも……というかインタビューってなんだ」

訝《いぶか》しんでいると、桐紗《きりさ》がふうと息をついてから答えてくる。

「『冥刀恋客《めいとうれんきやく》』ってわかるでしょ？　あたしがイラスト担当してるラノベだけど」

「それはもちろん、知ってるが」

緑の背表紙が目印、ML文庫Jというレーベルから出ている和風ラブコメライトノベルであり、既に八巻くらい出ている名作だ……まだ三巻までしか読んでないけど。すまん許してくれ、世の中には魅力的なコンテンツが多すぎるんだ。

そして。作者の名前は覚えてないが……その作品のイラストレーターがきりひめであることは、しっかり頭に入っている。

「このふわっとした人――綿沢栞子《わたざわしおりこ》さんが作者よ」

「……マジ？」

言われて綿沢さんの方を見ると、いえいとダブルピースしてきていた。

「執筆と映画鑑賞とネトゲにかまけて大学三留中の社会不適合お姉さんです。今後の付き合いはあるか知らないけど、とりあえず今はよろしくねぃ」

「自己紹介で自分のこと社不とか言わないでください」

「あはは一」

桐紗のツッコミにけらけらと笑っている綿沢さんを見て、俺の第六感は叫んでいた。

……この人もきっと、変な大人だ。

どうやらこういうことだった。

綿沢栞子──ペンネームを佐藤《さとう》コットンという彼女は、現在書いている冥刀恋客以外に、新しく新作シリーズを書いてほしいと、某出版社の方から打診されているようで。

また、プロット段階でなんとなく決めた設定として、作品の主人公は画家やイラストレーターとして活動している高校生、もしくは大学生の男、というものがあるようで。

そういう人に話を聞いてみたいから、知り合いにいない？と桐紗に頼んでいたらしい。

「……そんなこと、きりちゃんに頼んだっけ？　忘れっぽいからな、僕……」

「言ってなかったら、わざわざこっちからそんな話しないです」

「ねえ、そんなことより二人って、もしかして……」

「いい加減にしないと帰りますからねっ」

怒んないでよとたじろぎながら、ずずと、玉露の入った湯飲みを傾ける綿沢さん。

「まあでも、そういうことならわかったよ。要するに、アトリエくんを取材相手として連れてきてくれたってわけだよねえ？」

「そうです。不要ならまあ、あたしたちも暇じゃないので帰りますけど」

「ひ、暇だからここ来たんじゃねえの？」

桐紗《きりさ》もまた、羊羹《ようかん》を切ってもぐもぐしている——どちらが良《い》い、とかじゃないけれど、桐紗はコーヒーを飲んでいる時よりも、こうやって緑茶を傾ける方が似合っている。

だがしかし、インタビュー、か……唐突な話ではあるが、実はやぶさかじゃない。

「ほら千景《ちかげ》。ラーメン奢《おご》るから、協力してあげてよ」

「ええ～……ったく、しょうがねえなあ、まったく～……」

「なんか心なしか、乗り気じゃない？」

「いや、そんなことないぞ。断じて取材を受けるなんていかにも人気イラストレーターっぽくて嬉《うれ》しいとか、自分語りが許されるからウェルカムだとか、そんなん思ってない」

「……やっぱり。だと思ったから、千景のこと推薦したのよ」

「ぶふぁっ……アトリエ先生って、そんな感じなんだね。おもろいなあ」

けらけら笑う綿沢《わたざわ》さんは手元の机に置いてあったノートPCを開いた。

「じゃあ、そういうことなら色々参考にさせてもらおっかな」

実に突発的ではあったものの——こうして、インタビューが始まった。

「アトリエ先生がイラストレーターやろうと思ったきっかけってのは？」

「親がアニメとか好きで、ちっさい頃からテレビでそういうの見てて、そっから興味持って、絵描くようになったって感じです」

「学生で仕事とかしてて、大変だって思わない？」

「しょっちゅうありますけど、プロなんで――それに、描くことはやっぱり、好きですし」

――イラストレーターとしてインタビューを受けるのはこれが初めてじゃないし、一問一答形式で展開される話題だって、割かし嫌いじゃない。

自分の考えを言語化する機会ってのは、なかなかどうして無い。

だから、話してるだけでも結構楽しいし、それまでは気づかなかった発見とかそういうものもある。へえ、俺ってそう思ってたんだ、といった具合の、思考の整理。だから、雑誌やネットニュースなどに載せる用に……そうお願いされた時も積極的に受けてきた。

「キャラ描く時に一番大切にしてるのって、何かな」

「一番……めっちゃ悩みますが、強いて言うなら髪ですね。キャラの印象決めるのに髪型髪色はめちゃ大事ですし、俺自身、女性のこと見る時はいっつも髪から見てますし」

「じゃあ、好きなキャラクターの髪型とかってあるん？」

「最近は、やってるソシャゲの推しの影響で、ツーサイドアップとかっすかね……リアルだとほとんど見ないぶん、補正がかかってるかもしれません」

「ほーん。だったら、性癖は？」

「あー……マイブームは、そうですね……常識が改変される系の……」

隣で聞いていた桐紗は、その質問でやっぱり、はわはわと慌てていた。

「綿沢さん？　い、インタビューって、そんなことも聞くんですか？」

そのまま桐紗《きりさ》は、綿沢《わたざわ》さんに食ってかかる。

「神は細部に宿る。きりちゃんも創作者の一人なら、どうでもいいと思えることにこそヒントが隠れてるってこと、わかってるっしょ？」

「で、でも、あんまり行きすぎたらセクハラですよ？　千景《ちかげ》だって、高校生だし……」

「……そういや綿沢さんって、年齢は？」

「僕は今年で二十五になるけど」

「千景は千景で、女性に軽々しく年齢聞くんじゃないわよっ」

なんなのこのデリカシー無い人たちと、閉口する桐紗。

「僕も弁《わきま》えているって。それじゃ、次は理想のシチュエーションについて……あいたっ」

どうやら机の下で桐紗に蹴りを入れられたようで、過激な質問はそこで鳴りを潜めた。

代わりにイラストレーターとしての立場からしか答えられないような質問が続き。

「じゃあ、恋愛観とかって聞いていいかい？　僕の作風的に、その辺のことは考えなくっちゃあいけないからね」

「……だって、早く答えなさいよ」

「ふむ」俺の代わりに、何故《なぜ》だか桐紗の方が背筋を伸ばしているようだった。

綿沢さんが現在書いている冥刀恋客《めいとうれんきゃく》という作品は、世界観や登場人物が和風に寄せられたラブコメだ。よって、今度執筆しようとしている物語もそういった話なのかなと、若干の予想はつくが……とはいえ、なんとも難しい質問だ。

「……わかんないっすね、正直」

「ほほお、それはつまり？」

「いやだって、誰かを好きになったことが無いのに価値観形成しろって、無理でしょう」

「え、一回も無いのっ？」

仰天された。悪いかよ、ああ？　……相手が同級生なら、そう言ってただろうな。

「じゃあ、告白されたこととかは？」

「あー……何回か付き合ってって言われたことはありますけど、全部断りました」

「どして？」

「だって、絵を描いたりアニメ見たりする方が楽しいってことがわかりきってますし、そっちの方が、俺の目標に近づくための勉強になりますし。時間、勿体《もったい》ないですから」

リアルの女子にうつつを抜かしては、創作の女子のクオリティが下がる。

本気でそう思っていたし、今もその考えは、特に変わっていない。

「……って言うと、だいたい同級生からは偉そうにとか勿体ないとかふざけんなとか返されるんですけどね。俺からしたら、適当な考えで付き合う方がおかしいだろって」

「へえ。見た目と違って、真面目なんだね」

そ、そんなに俺って遊んでるように見えるの？　これもう逆に俺が被害者だろ……。

「……それに、俺とそういう感じになっても、相手が可哀想《かわいそう》ですし」

「なんでだい?」

「だって、こんなん言ってる人間なんで。付き合ったら相手のことを考えなくちゃいけないのに、自分のやりたいことばっかり優先するんですよ? ダメでしょ、それじゃ」

俺が思うに、恋愛にはお互いの譲歩と思いやりが必要不可欠だ。自然と一緒にいる機会も増えるんだから、そのぶん配慮していかないと、どこかで関係にヒビが入る。

そこはわかっている。

けど、それが俺には——アトリエには億劫《おっくう》だ。イラスト>>>恋愛くらい差があるから、もしもなあなあで付き合ったら絶対に破綻する。両立する気も無いしな。

「そういうわけなんで、今はパスです」

「……ぶはっ。良《い》いね、拗《こじ》らせてんねえ」

吹き出してしまう綿沢《わたざわ》さん。大真面目に言ってんだけどな、こっちは。

「ただ、相手を自分だけのものにしたいって感覚はわかります。そういうのが理屈じゃないってことも、なんとなく」

伊達《だて》にサブカルチャーに触れてきているわけじゃない。

恋という感情が持つエネルギーの膨大さは、知っているつもりだ。

「だから。もし自分にもそう思える時が来たら、その時は真摯でありたいなって、そうは思ってますけどね……なあ、羊羹《ようかん》一個貰《もら》っていい？」

桐紗《きりさ》が食っているのを見ているうちに、俺も食べたくなってしまった。

「……良いわよ、はい」

皿ごと渡してくれて、俺が言う前にフォークとナプキンまで添えてくれた。

こういう気遣いをさらっとできてしまうのが、桐紗の桐紗たるところだなあ、と。

……幾度となく見てきた桐紗の端整な横顔を見て、なんとなく、そう思った。


都度都度で雑談も挟まれたことで結局、二時間ほどは綿沢さんと会話してしまった。

「……アトリエ——ううん、亜鳥《あとり》君。君、面白いね」

インタビューが終わり。桐紗が店舗入口の方で買い物やらをしてくるということで、綿沢さんと二人で待っているタイミングで、またまた切り出される。

「僕さあ。人と喋《しゃべ》るの好きで、それで、ここに入り浸って執筆してる時も、全然知らないお客さんと、よく話したりするんだけどね？　中でも君は、変わってる方だと思う——おっと、気は悪くしないで。僕なりに褒めてるから」

「はあ」変わってるって話なら、あなたの方も相当変わってると思うんですけど。

にまにま笑いながら、綿沢さんは続ける。

「きりちゃんがよく話題に出す気持ちも、なんとなくわかったなあ」

「……どうしようもない変態で負担ばっかかけて、やんなっちゃうわ、みたいな話すかね」

「ううん、全然？」

そこからの言葉は、意外なものだった。

「自分と同い年で、イラストのことになると一生懸命で、すごく尊敬してるって。自分も頑張らなくちゃって思えるし、一緒に話してて、凄《すご》く楽しいって……嘘《うそ》じゃないよ」

……改めて言われなくても、なんだかそれは、本当のことのように聞こえた。

「僕がきりちゃんとリアルで会ったの、結構最近なんだ。だから、何もかも知ってるとか、彼女はこういう人間だ、とか、そういうことは言えないけど……んー、なんだろね……」

言葉を選んでいる様子の綿沢《わたざわ》さんは、最後にこう付け加えた。

「ずっとずっと、仲良くしてあげてね。きりちゃん、いい女だから」

「そこは良《い》い子だから、でいいんじゃないすかね」

「ダメダメ。作家として、言葉には理由と意味と、僅かに悪戯《いたずら》心を混ぜないと」

「意味わかんないんですけど……」

そこで桐紗《きりさ》が戻ってきた。両手に紙袋を抱えている辺り、大人買いしたようだ。

「何話してたんですか？」

「単なる世間話だよ……あ、そうだ」

思い出したかのように、ぽんと両手を鳴らす綿沢さん。

「朗読配信、やらないん？　一ヶ月くらい、新作の供給が無いんだけど」

言われて、やっぱり露骨に顔を赤くしてしまう桐紗。

「な、なんで急にそんなこと聞くんですか」

「だって僕、きりひめ先生の朗読流しながら、いっつも寝てるんだよ？　あれないと睡眠の質が三段階くらい落ちるし……ちなみに一押しは『こころ』だね。あの日の配信は既に百回くらいは流してるよ」

「あ、わかります。『こころ』良いですよね、内容はまあ教科書でやったのと同じっすけど、声の使い分けとか演じ方が情感たっぷりなんで。俺もお気に入りです」

「……」わなわなと震えて、赤面して、またしても怒るのかと思いきや……。

「じゃ、じゃあ、明日にでもやるから……聞きたかったら、どうぞ」

……まただ。今日の桐紗は、なんだかいつもと違う。普段なら絶対に取らないだろうリアクションをしていて――まるで、何か別の事を考えているみたいだった。

∽

綿沢さんと別れてからは、桐紗と二人、随分と『普通』のことばかりしていた。

服を見に行きたいと言うからついていってやって、油絵用の画材や気になっていた文庫本を買いに行きたいと続けて話すから、近場の複合商業施設にも向かって。

新衣装以外にも果澪《かみお》に何かあげたいという理由で、雑貨屋にも行って。

夕飯も、ラーメン屋に行った。特製醤油蕎麦《しょうゆそば》焼豚味玉トッピング×2。呪文みたいだ。

「……そういや、盆とか帰省したか？　山形だし、こういう時じゃないとキツいよな？」

「そうなんだけど……今年は戻らなかったわ。去年は上京して一年目だからってことでお墓参りにも行ったけど、二年目だし。年末年始もあるから別に良《い》いかなって」

「そか。でも、寂しくないのか？」

「家族とは頻繁に電話してるから、大丈夫。千景《ちかげ》は？」

「俺も戻ってない。なんか暇なら来ても良いみたいなことはＬｉｍｅ《ライム》で言われたけど、妹は部活の合宿らしいし、母さんは仕事あるっぽいし、ってことでパスした」

「あれ、お父さんとお姉さんは？」

「あの二人は呼んでもないのにアパート来るから、帰省しても久しぶり感が無い」

「あ、そっか……ううん、そっかじゃないわ。せっかく近くにあるんだから、一日くらい戻れば良いのに」

「……そうかあ？　そんじゃ、ちょこっと考えてみるかな」

大通りを歩きながら、お互いの夏休みのことを話していると——こうやって桐紗《きりさ》と二人で出かけたりするの、いつ以来だっけ？という気分になる。少なくともここ一ヶ月はそん

な機会無かったからな。どことなく、懐かしいとすら思ってしまう。

一切の気を遣わずに、ただただ自然体で、フラットにやり取りができる。

そうだ——桐紗《きりさ》と二人の時は、そういえば、こういう雰囲気だった。

「なあ」「うん」

そうこうしているうちに、時刻は二十時を回っていて。

繁華街に人混みと、ほんの少しのアルコールの匂いが混じる時間帯になっていた。

「……お前、俺が世良《せら》のマネージャーやってることについて、なんも聞かないのか?」

それは今日一日、ある意味、不自然なまでに避けられていた話題だった。

普通の男子高校生が取り組むこととしては、あまりにも特異。

しかも、VTuber《ブイチューバー》という関わりのあることだからか、果澪《かみお》は会った時に訊《たず》ねてきていたし、仁愛《にあ》も夕飯を囲む時、何気なく話を振ってきたりしていた。

けれど、桐紗は全然聞いてこない——気にならないんだろうか?

「聞かない。だって、あたしがそれ聞いたら、そういう空気になっちゃうから」

「そういう空気?」

人混みに紛《まぎ》れるように二人で並んで歩いていると、桐紗はほんのわずか、少しだけ俺の方に寄ってきた——ただのぬるい風の中に、どことなく穏やかさが纏《まと》われた気がする。

「綿沢《わたざわ》さんのインタビューで、区切ろうと思って。仕事のこととか、お互いが取り組んでることとか、そういうことじゃなくて……もっと些細《ささい》な、普通の話がしたいなって」

「まるで、普段の俺らが普通じゃないみたいな言い方だな」

「普通……ではないでしょ？　部活してなくて、帰ったら仕事して、Digcord《ディグコード》でたまにやり取りして、モデリングがどうこうとかイラストがどうこうとかって。そんなことばかり話してる高校生、あたしたち以外に知らないわ」

言われてみれば、そうだったかもしれない。

出版社の集まりで、きりひめと知り合って。仕事のことで何かあれば助け合うという、互助関係になって。雫凪《しずなぎ》ミオのキャラデザとモデリングという関係で、繋《つな》がりあって。

俺と桐紗の間にはいつも何か明確な目的があって、仕事に関する話題があった。

イラストレーターという固く、圧倒的なまでの仲間意識が培われていた。

「それって、きっと特別なことよね」

「まあ、さっき桐紗が言ってたように、俺の中でも桐紗しか該当しないな」

「うん……そうよね。あたしも同じ。千景《ちかげ》のことは、特別なの」

重ねて桐紗は『特別』という言葉を使って、少しだけ目を細める。

「……ただ、ね。たまに、こうも思ったりするの。もしもあたしと千景がイラストレーターとかじゃなくて、ただのクラスメイトとして、知り合ってたらって」

どうしてそんな仮定するんだろうと、真っ先に俺は不思議がってしまった。

「わかってる。そんなの、どうでもいい妄想だって。実際はそうじゃないんだし、考えても無駄なことだって千景《ちかげ》は言うかも——けど、あたしには、無駄なことじゃないから」

その時の桐紗《きりさ》は、普段俺たちを大人の立場から窘《たしな》めてくれたり、やれやれって手伝ってくれたり、とにかく、そんな普段の桐紗とは、まったく違う表情を覗《のぞ》かせていた。

普通の、綺麗《きれい》な、何の変哲も無い、一人の女子高生のようだった。

「……それならそれで、楽しそうだけどな」

呟《つぶや》いてから、俺もなんとなく、そんなもしもの世界に想《おも》いを馳《は》せた。

「イラスト描く代わりに部活みたいなことやってて、お互い普通の高校生っぽいことに取り組んでて、今みたいな関係で、たまに暇潰しに出かけたりして……」

「興味ある部活とか、あるの？」

「まあ、それは、あれだ……美術部とか」

「それじゃ結局、絵描くことになるじゃない。もう、ふふ……」

「いや、その世界線の俺はきっと、石像とか彫ってるんだ、それで……」

話しながら、歩道を歩きながら。

すると、左斜めに広がっていた光景が目に飛び込んでくる。

「……へえ。今日って、そういう催しあったんだな」

浴衣や法被姿の人たちが、提灯櫓《ちょうちんやぐら》を囲んで盆踊りをしているのが見えた——周りには屋台なんかも出ていて、いかにも夏祭りといった様相。近くには『マチナカ夏祭り』と題されたのぼりなんかも出ていて、賑《にぎ》わいがこっちにまで伝わってきていた。

「せっかくだし、寄ってくか？」「……」「桐紗？」

すぐに返事は返ってこない。

妙に頰《ほお》を染めて、何かを思い出したような、悩んでいるような仕草。下ろされた前髪を弄《いじ》ったり、地面を見たり、それから俺を見たり——別に、遠慮しなくて良《い》いのに。

「その……知ってる？　今年……花火が……あるんだけど」

「？　ど、どういう意味だ」

そりゃ夏なんだから、花火くらいはあるだろ。ここは四季のある国だぞ？

「あ、花火でもしたいのか？　じゃあ買ってって、うちのアパートの前とかでやるか？　日を改めて、果澪《かみお》とか仁愛《にあ》も呼んで……」

「ううん、そうじゃないの」「……」「……」「……」「………はあ」

見つめてから、腕組みしてしまう桐紗。まずい、視線が吸い寄せられる……。

「……もういいわ。じゃあほら、行きましょ？」

ひとしきりもじついた後で、桐紗はため息をついてからふらふらと、祭りが行われている方に向かっていく。なんか言いたいことあったんじゃないのかと、訊《たず》ねてみたけれど桐紗は「いいから」の一点張りになってしまった。

「思わせぶりなのが一番気になるんだから、言いたいことがあるなら言ってくれよ」

「別に、たいしたことじゃないから……ほら。これで、勝負しましょ」

「な、流しやがった……くそ、しょうがないな」

催促されて、近場のスーパーボール掬《すく》いの屋台に二人で挑む。


「……あたし、これで充分楽しめるから。もう、充分楽しいから」


横で桐紗《きりさ》がそう口走ったのを聞いて、すぐにそっちを見た。

「あ！　もう破けちゃった……おじさん、もう一個ポイください」

長方形のプールの中のスーパーボールを見ながら、桐紗は無邪気に楽しんでいる。

取れなくても、掬う、ということ自体を楽しんでいるみたいに。

「──ふっ。ま、見とけ。俺が連続十個取りのテクニックを見せてやる」

だから俺も、そんな大口を叩《たた》きつつ、ただただ流れていく色とりどりのスーパーボールを目と右手のポイで追いかける。

……桐紗と二人で出かけるだけで、同じことをしているだけで、充分に楽しいから。

だから俺も──きっと、今の桐紗と、同じ気持ちだった。

【Interlude Streaming】＃きりひめ　＃朗読　＃絵描き　＃雑談

【朗読】予定：風立ちぬ↓後で絵描いたり雑談するかも【枠はそのまま】

『……というわけで、今日は「風立ちぬ」を読んだわけだけど……ふぅ。結構久しぶりの朗読だったから、なんだか疲れちゃったわ』

『「演じ分け上手ですね」……そこはやっぱり、力を入れて読みたいなって思ってるから、褒めてくれたら素直に嬉《うれ》しいわね』

『それと、前と同じように朗読部分は切り抜いて動画でアップロードするから、後でもっかい聞きたいって人とかいれば、そっち聞いてね』

『あ、そうだ。小耳に挟んだんだけど、寝る時に聞いてくれてる人とかもいるみたいだから、今度から朗読の切り抜き動画は広告、付かないようにするわね……太っ腹でしょ？　だから代わりに、あたしの担当してる本とか買ってね。そこはほら、商売ってことで』

『さあて。じゃ、久しぶりだし、イラストも描こうかしら……なんかリクエストある？』

『「冥恋《めいれん》」の仙崎《せんざき》ちゃん……「リリカ・マギサ」のリリカちゃん……』

『ミオちゃんとシリウスちゃんってコメントも多いから、じゃ、その四人描くわね』

『……ねえ。みんな、夏っぽいことした？　……「流しそうめんやったよ」うわ、良《い》いわね。あたしもやりたい……「めっちゃ高いかき氷食べた」それ、あれでしょ。天然の氷使って、果物も高級な、みたいな……「花火見に行った」……はあ』

『あたしも、そういうことしたいな……忙しいのって？　いや、別に今は、そんなに余裕無いわけじゃないのよ。むしろ、いつもよりかは暇なくらい』

『「行く人いないんですか？」……えーと、このコメント書いた人の名前は……焼き鮭《ざけ》さんね、ふうん。いや、別に怒ってはないわ。ただ、よく覚えておこうと思って』

『いえ、別に行く人いないわけじゃ……なんかその言い方も語弊生みそうだからあれだけど、うわ、めんどくさ……とにかく、あたしが寂しい人間ってわけじゃないからねっ？』

『はい、それじゃまず、仙崎《せんざき》ちゃんの完成ね。次はリリカちゃんと……』

『ねえ。ちょっと聞きたいんだけど、みんなはこう、強引に誘われるのってどう思う？　向こうにも事情があるのわかってて、それでも誘うのって……え、それはダメって？』

『ダメ……かあ……そうよね。ダメよね……』

『じゃ、まあ良いわ。あたしは正しい選択をしたってことで……うん、ごめん。こっちの話だから、気にしないで』

【#9】路傍の石

今年の夏休みは本当に忙しかった――いや、まだ終わってないがもう既に、この段階で断言できる。昨年のように夏コミ参加してイラスト描いて盆に二、三日帰省して、みたいな、そんな緩い日程ではなかったことは、間違いない。

果澪《かみお》、桐紗《きりさ》、仁愛《にあ》。あいつらそれぞれと付き合って、遊んだり、話したり。

何より、世良《せら》――あいつのマネージャーなんてことを頼まれて、オフィスとアパートを往復して、VTuber《ブイチューバー》という存在の新たな部分も勉強させてもらって。ただ単に一緒にいたってだけでなくて、取引として、ちゃんと世良が目標を達成できそうなのが何よりで。

そうして――金剛《こんごう》ナナセが開花の時を迎えたのは、八月の下旬になってからだった。

【写真枠】夏っぽい写真選手権！【金剛ナナセ／Bloom《ブルーム》】

『「田舎に帰省した時に、お婆《ばあ》ちゃんの家の近くで撮りました……」だって。というわけで、写真ドン！　……うわ！　なんだっけ、こういう田んぼの中の道ってか……そうだ、あぜ道だ……これ、相当ナナセの中での評価高いよ。だって、舞台が夏の田舎でしょ？　使い古された自転車も映ってるし、緑と青が印象的……決めた、九十八点です！』

八月二十二日。その日の金剛《こんごう》ナナセの配信はタイトル通り、夏っぽい写真をナナタミから募集して一番を決めようという企画配信だった。

応募総数は百通を超えるようで『家で育てているアサガオ』や『海岸で拾った貝殻』などなど、それらの写真を紹介しているうちにどんどんと配信時間は長くなり、最終的には六時間ほどの長期枠として終了した。

☆八月二十二日現在時点の金剛ナナセのチャンネル登録者数：九万五千人☆

……結果。今日までの地道な活動が幸いしてか、今回の企画枠も好評。

どころか、ほぼ十万人に王手、といったところまで到達することができた。

「おいっ、さっきの配信で九万五千人超えたぞっ」

「わかってます、大きい声出さないでください」

配信を終えて防音室から出てきた世良《せら》に喜び勇んで報告したところ、鬱陶しがられてしまったが……ただ、その日の世良は、どこか殊勝だった。

「……ありがとうございます。色々と、手伝ってくれて」

「お前、ありがとうって言えたんだな……」

「普段ならボコボコにしていましたが、今日は見逃します」

寛大なる恩赦のもと、世良は手に取ったクッキーの封を開けながら続ける。

「……きっと、私だけならここまで来れませんでした。マネージャーとして雑用を押し付けたり、企画を出せと要求したり、そういった相手がいなかったら、まだまだ私はくすぶったままだったと思います」

「それ、名誉なことだと思って良《い》いか？」

「はい。それに……それはきっと、先輩だったから、なんだと思います」

目が点になってしまう。

……ここまでストレートに感謝を伝えられるとは、想像していなかったから。

「もちろん、まだ達成していない以上は油断できませんが、それでも……ありがとうございますと、そう言わせてください」

言って、世良はふっと、力を抜いたようにして、穏やかな表情を見せてきた。

……なんだよ。そんな表情も、できるんじゃないか。

それを見られただけでも、今日までこのオフィスに足を運んだ甲斐《かい》があったなあ、と。

そう思ってしまうほどに、今の世良は自然で、可愛《かわい》らしい顔をしていて——。

俺もまた、取引関係であることを忘れてしまう程度には喜んだ。

その瞬間は紛《まぎ》れもなく、喜んでしまった——。

§

夏休みの間、朧気《おぼろげ》にずっと、考えていたことがある。

花峰《はなみね》さんが俺に期待していたマネージャーとしての仕事って、なんだったんだろう。

金剛《こんごう》ナナセのチャンネル登録者数を十万人まで到達させる——ということならば、ほぼ完遂したと言える気がする。残り五千人ならば、このまま毎日配信を続ければ達成できる。そういう目処《めど》が立っている。

じゃあ、そうじゃなかったら？

数字じゃなく、もっと別の部分で、俺に駒としての役割を求めていたとしたら？

——一つ言えるのは。

——誰かが悪いとか、露骨な悪人がいるとか、そういうことじゃない。

——各々の目的と都合がぶつかり合った結果、こうなっただけ。

それこそが——世良《せら》にとって、一番残酷な事実だったのかもしれない。


八月二十三日。

夏休みも終盤に近づいた本日は、東京の気温が三十五℃近くまで上がるという、命が心配されるくらいの酷暑だった。そのせいで、タクシーを降りた瞬間からオフィスに入るまでですら、具合が悪くなってしまって——こんなん外出ちゃいかんでしょ、エアコン効かせた部屋でそうめん食って、静かにしとけ。そういうレベル。

「よう、お疲れさ……」

今日も今日とて休憩室に入るなり。

ソファに座っていた世良の様子がおかしいことに、すぐに気づいた。

「先輩」

「ど、どうかしたか？」

「雫凪《しずなぎ》ミオが、Ｂｌｏｏｍ《ブルーム》に入るかもしれないんですよね？」

「…………………ああ」

俺は肯定の意を伝えるためだけに、こくりと頷《うなず》いた。

原点に立ち返ればそれが、俺の描いていたシナリオの一つ。マネージャーとして俺がＢｌｏｏｍという事務所が信頼に値するものだと確認した上で、ミオちゃんがそこに加入する。今回の取引で得られる対価としてその可能性は、俺にとって魅力的だったから。

事実だったし、そこはやっぱり、嘘《うそ》じゃない。

「誰から教えてもらったんだ？」

「……ケーキの差し入れに四階のオフィスに行ったら、薬袋《みない》さんが雫凪ミオからメールが来たって話しているのを聞いてしまって。それから花峰《はなみね》さんを問い詰めたら、今はその方針で進んでいる、と」

ちくりと、自分の心の中の、どこかが痛んだ。

バレたことがどうとかよりも、それは俺が言うべきことだった、という後悔が大きい。

……後悔？　いや、それは違う。俺は初めから雫凪《しずなぎ》ミオのためになるように、ママとして、仲間として事務所との橋渡しのようなことができればということで、全てに取り組んできた。だから、むしろ望ましいはず。負い目なんて何一つとして無いはず……なのに。

「──先輩、聞いてますか？」

「ん……なんだっけ」どうにもぼんやりしてしまっていたようで、世良《せら》から話しかけられていたことに気づけなかった。

「だから、花峰さんが後ほどその辺の詳しい話を聞かせてくれるそうなので、亜鳥《あとり》先輩にも同席してほしい、とのことでした」

「……何時だ？」

「今日の私の配信が終わった後です」

時計を見ると、十三時。金剛《こんごう》ナナセのチャンネルでは、十五時からの予約枠が立てられているから、少なくとも……十八時とかにはなるんだろうか。

「そういうことなので、よろしくお願いします」

「……ああ、わかった」

言葉少なく終わった会話。世良は、防音室に向かっていく。

まだ、時間はあるのに。

いつもなら適当に雑談して、俺にメモ帳で今日やっておいてほしいタスクを押し付けてきて、それから……とにかく、二人で暇を潰したりするのに。

今日に限っては、聞きたいこととか、言いたいことだって、あるだろうに。

何も言わずに世良は、箱部屋のような防音室に入っていって、それきりだった。

話の性質上、永遠に隠し通せるわけもない。

けれど、夏が終わるまでは待ってほしかったというのが、俺の本音だ。

……待って、時間が経《た》って、それで結局は何も変わらなかったとしても。

§

世良がＶＴｕｂｅｒ《ブイチューバー》としてプロであることは重々に理解していたつもりだったが、今日の配信で、その考えは更に強固なものになった。

思い煩っているなどとはどこからも感じさせない、普段と同じような金剛ナナセの配信。

彼女のその配信が終わり、夜の十八時を少し過ぎた辺り。

配信終わりの世良《せら》と一緒に、四階の社長室――花峰《はなみね》さんの部屋へと向かった。

「亜鳥《あとり》くん」

……ここに来ると、いっつも驚かされるんだよな。

部屋には花峰さんだけじゃなくて果澪《かみお》、そして桐紗《きりさ》と仁愛《にあ》もいた。

「お前ら、なんでここに」

俺の背後に立つ世良をちらりと見ながら、果澪は控えめに聞いてくる。

「それはまあ色々あって、なんだけど……その、来ても良かったのかな」

あまりにも様々な意味を持つ質問だったから、はっきりと答えることができない。

「亜鳥くんは待ってほしいって言ってたけど、代表の人――寿《ことぶき》さんが連絡くれて、可能ならば今日、オフィスに足を運んでほしいって話で……」

「それは……桐紗と仁愛も、誘われたのか？」

「そういうわけじゃないけれど、果澪から連絡が来て教えてもらって、付き添いの人は絶対いた方が良《い》いと思ったからついてきたのよ。というか、Ｄｉｇｃｏｒｄ《ディグコード》見てないの？」

スマホを見ると、グループチャットでは三人がその旨のやり取りを重ねていた。

Ｂｌｏｏｍ《ブルーム》にいる俺が、誰よりもちゃんと反応してやらなくちゃいけなかったのに。気もそぞろが過ぎる。俺はぼんやりノートＰＣで金剛《こんごう》ナナセの配信を追いかけるだけで、スマホの通知すら見てなかった……ううん、やらかした。

「どの事務所にお世話になるにせよ、いずれそういう機会もあるのはわかってたわ。それよりも、あんまりにもいきなりだったから心配になって……それに、果澪のお父さんも来れないみたいだしね」

「いくらチカが仕事してたとはいえ、変な事務所なんて山ほどありマス。もしもオフィスでカミィに変なこと要求されたら、ニアたちが守ってあげようって、だから来たんデス」

黒マスクをずり下げながら、えへんとふんぞり返る仁愛。全員集合だった。

「……ねえチカ。あっちに防音室ありマスけど、セラってここで配信してるんデスか？」

「あ、ああ。だからまあ、俺も頻繁にオフィスに来てたんだ」

知り合いだらけの空間に動揺しつつも、やっと返事ができるくらいには落ち着いた。

だから……説明するにしろ、なんにしろ、俺はしっかりしなくちゃいけない。

遅かれ早かれ、この時は訪れた。

「ふむふむ……なるほどデス……」

果澪から貰《もら》ったらしいコーラ味のグミの袋を引っさげつつも、花峰さんや世良の方をちらちらと見ていた仁愛。おとなしい様子ではあるものの、やっぱり気になるようだ。

「……さて。役者は揃《そろ》ったようだし、そろそろ状況把握でもしようじゃないか」

そんな中で――この状況を作り出した張本人。

オフィスチェアに座り、ぐるりと俺たち全員を見渡すようにして、花峰さんは言う。

「海ケ瀬果澪《うみがせかみお》——いや、雫凪《しずなぎ》ミオ。Ｂｌｏｏｍ《ブルーム》のオフィスにようこそ。我々は君を受け入れようと思っているし、事務所として協力を惜しまないことも約束する」

そして、と。

「同時に紹介しよう。亜鳥《あとり》の隣にいる彼女が——君と同僚になる予定の、金剛《こんごう》ナナセだ」

最後に花峰《はなみね》さんがそう言って……俺は恐る恐る、世良《せら》の方を見た。

「…………」

驚きも悲しみも、怒りも喜びも。色々な感情がごちゃ混ぜになっているみたいだった。

全ての要因が、目の前にいる果澪であり雫凪ミオであることも理解しているはずだった。

——なのに、世良は黙っている。聞きたいことだらけのはずなのに、沈黙を貫いている。

ただ、与えられる事実だけを受け入れようとしている。

「……というわけで、私がこうやって活動できているのは、私だけの力じゃないんです。モデリングをやってくれた桐紗《きりさ》ちゃんや、同じＶＴｕｂｅｒ《ヴィチューバー》として近い距離で仲良くしてくれた仁愛《にあ》ちゃん。それに、ママになってくれた亜鳥くん。みんなの力がなかったら、私は今、ここにいなかったと思います——凄《すご》く、感謝してるんです」

「……さしもの私も驚いたな。まさか、君と亜鳥に、そこまでの繋《つな》がりがあったとは」

「千景《ちかげ》や果澪から信用できるとは伺っていますけど、実際に話を聞いてみないとわからないのも事実です。差し支えなければ、込み入ったところまで――そうですね。手始めに拾い上げとしての契約を雫凪ミオが行った場合、イラストとモデリングの権利等はどうなるのかという点について教わりたいです」

「お初にお目にかかり光栄だよ、きりひめ先生。そして――山城《やましろ》桐紗さんとして、海ヶ瀬さんの友人としての、君の言い分も充分に理解できる。後ほど聞きたいことには、口頭でも資料提供でも、どういった形でも答えよう」

「ミス・才座《さいざ》。君のシリウスとしてのゲームセンスは知っているが、それ以上に私は、君の配信時間の多さに驚いている。学生としての本分を忘れずに両立しているようだし、素晴らしいな。手放しに、褒《ほ》め称《たた》えてしまうよ」

「そ、そうデスか？　えへへ……ありがとうございマス、コトブキさん」

「おっと。敬意を払ってくれるのはありがたいが、私のことは気安く花峰さん、と呼んでくれ――海ヶ瀬さんと山城さんも、同様にだ」

「ハナミネ……じゃ、じゃあ、ハナさんって呼んで良《い》いデスか？」

「……チャーミングな渾名《あだな》だ。もちろん、構わないよ」

説明や会話の多くは、果澪《かみお》たち三人と、花峰《はなみね》さんとの間で行われた。

俺たちの関係性。雫凪《しずなぎ》ミオが生まれるまでのあれこれ。事務所に入ろうとした経緯。

雫凪ミオの魂の情報が漏れた理由とか背景だけは、伏せたけれど――他で話さなくちゃいけないことは、全部話した。

そして。雫凪ミオ、きりひめ、シリウス・ラヴ・ベリルポッピン。

三人はガワだけでなく、魂で繋《つな》がりあっていたということも自然と明らかになって。

「亜鳥《あとり》がここまでしていた理由も、ようやく繋がったよ――大仕事だったな」

「いえ、そんな……俺はたいしたことなんて」

ぱくぱくと、おざなりな返事が口をついて出る。

俺の当初の目的が今、目の前で果たされていた。

このまま無事、雫凪ミオはＢｌｏｏｍ《ブルーム》に加入し、事務所からのサポートを受けられる。

何一つとして心配が無いわけじゃないけれど、そのぶん、今まではできなかった大きなことをできるようになるかもしれない。懸念していた事務所サイドとの考えのズレが生じるかもといった話も花峰さんならば問題無いだろうし、何かあった時は知り合いという関係性を使って、俺たちが介入することも可能。落としどころとしては、百点の回答だ。

でも。それは、雫凪ミオのことだけを考えた時の話で。

金剛《こんごう》ナナセのことは、丸っきり考えられていないようで……。

「──世良《せら》さん」

話が一段落ついた時。そこで果澪は立ち上がり、世良の方へ近寄っていく。

「その、いきなりの話で驚いてるだろうし、前に生徒会室で会った時も覗《のぞ》き見しちゃって、怒ってるかもだけど……」

たどたどしくも、果澪は世良の顔をしっかりと見つめて、それから告げる。

「これから一緒に頑張っていければなって、だから……」

すっと、果澪の右手が伸ばされた。

握手の申し出。それを、世良は……。

「なんなんですか、この茶番」

……ふざけるなと、払いのけた。

「私、聞いてません。何も聞いてませんでした。雫凪ミオが入るってことも、雫凪ミオの魂が海ケ瀬《うみがせ》先輩だってことも、きりひめとかシリウスとかのことも、何もかも」

横たわるように続いていた沈黙が、一挙に破られて。提示されていく事実に耐えられなくなった世良の瞳はあてもなく宙をさまよって、最後に──俺に向けられた。

その表情は知っている。

悲しい、悔しい、辛《つら》い。

どうにもならない状況を世良《せら》が噛《か》み潰《つぶ》して、我慢する時のものだ。

「……どうして花峰《はなみね》さんは、雫凪《しずなぎ》ミオを入れることにしたんですか」

答えを求める世良。座っていた花峰さんは飄々《ひょうひょう》と、大人としての態度を崩さない。

「それはもちろん、Ｂｌｏｏｍ《ブルーム》という組織の利になると判断したからだ」

「……はっ。チャンネル登録者数が百万人超えの大物が向こうから来たわけですしね。いくら花峰さんでも、釣られもしますか」

「夕莉《ゆうり》が私に対してどんな感情を抱こうが、君の自由だ——だが、私にとってこの事務所は趣味にはなっても慈善事業にはならないということだけは、はっきりと言っておく。社員を養うためにも私の野望のためにも、利益追求という側面は切り離せない」

感情論に対して、理屈での回答。大人と子どもの言い争い、そのものだ。

「それに——雫凪ミオの加入は金剛《こんごう》ナナセのためになると、そうも信じている」

「金剛ナナセの、ため？」

ぴき、と。世良の憤りは乾いた大地が割れるように、ごく自然なものだった。

「……何が？　どこが？　チャンネル登録者数が十万人すらいない、中堅とも言えないＶ《ブイ》Ｔｕｂｅｒ《チューバー》にとって、それだけの規模の存在がいきなり同僚になったら、どれだけプレッシャーになるかとか考えましたか？　このタイミングで私に彼女を紹介して、これからよろしくお願いしますって、上手《うま》くいくって思いましたか？」

……これに関しては、夕莉の言っていることの方が道理が通っているように思えた。

「ああ、もしかして……雫凪ミオに擦り寄れって言いたいんでしょうか？　彼女と同僚になって、コラボ配信でもして、それで彼女の視聴者を掠《かす》め取《と》って……名案ですね、それなら十万人どころか二、三十万人くらいなら、余裕でいきそうですね」

「ちょっと、世良さん落ち着いて……」「そ、そうデスよ。デカい声出さないで……」

「部外者は黙っててくださいっ……！」

絞り出すような叫びが叩《たた》き付けられて、桐紗《きりさ》と仁愛《にあ》は、何も言えなくなってしまう。

「……花峰さんの、そういうところが嫌なんです。凡人の気持ちがわからない。自分は選ばれた人間なのに、私みたいに取り柄の無い人間の頑張りを無条件で肯定してきて、目標なんて、気にするなって……私は、花峰さんのように強くないのにっ」

「……」無言で花峰さんは、夕莉の言葉を受け止めるだけ。

「…………海ケ瀬《うみがせ》、先輩」

両手で作られていた拳が弱々しくほどけていって、最後に世良は果澪《かみお》を見た。

「いえ──雫凪ミオ。良かったですね。都合の良《い》い事務所が見つかって、歓迎されて」

「……世良さん」

「祝ってるんだから、素直に喜んでくださいよ……まあ、でも。才能に恵まれて生きてきたであろう人生だから、あなたはきっと、こういうところでも優先されるんでしょうね」

嫉妬心を隠そうともしない、露悪的な言葉。きっとそれは、果澪《かみお》が一番傷つく言葉。

でも、俺には言い放った世良《せら》も、同じように苦しんでいる風に思えた。

「だからわからない。なんであなた、ＶＴｕｂｅｒ《ブイチューバー》なんてやってるんですか？」

「それ、は……」

「私よりも美人で、才能があって、支えてくれる人もいて。親だって有名人で、お金持ちで、私に無いものをなんでも持っていて……さぞ素晴らしい毎日なんでしょうね」

答えに詰まる果澪を、世良は睨《にら》み付《つ》ける。

「……なのに、私から奪うんですね。私にはＶＴｕｂｅｒしかないのに。Ｂｌｏｏｍ《ブルーム》しかないのに。ＶＴｕｂｅｒとして努力して努力して、それすら……」「世良、頼む」

——いてもたってもいられなくなって、遂《つい》には割り込んでしまった。

「それ以上、言わないでくれ」

「……亜鳥《あとり》先輩」

「世良が憤る理由はわかる。俺の配慮とか根回しが足りてなかったのも事実で、そもそも隠し事をしていたというのも事実で、そういうの全部が世良を傷付けたんだとしたら、精一杯謝る……その結果お前に恨まれて、許されなくても……」

ばっと頭を下げて、でも、すぐに言葉を続ける。

「ただ……目に見えないだけで、誰もが抱えているものがあるんだ。世良がそうであるように、果澪だって、そうだから……そこだけは、理解してほしい……」

許してほしいから、謝るんじゃなくて。傷付ける前に、せめてわかってほしくて。

図々《ずうずう》しく卑怯なことを理解しながらも俺は、ただそれだけを懇願した。

「……そんなこと、私だってわかってます」

世良は唇を噛《か》んで、狼狽《うろた》えて、それから。

「すみません……でも、だったら、私は……」

くらくらと、よろけながらもなんとか立っていて、弱々しい声でそう呟《つぶや》いて……。

「……っ！」バタンと、世良は社長室のドアを乱暴に押し開けて、風に吹き飛ばされたチラシか何かのように、一目散に、この場から消《き》え失《う》せてしまった。

追わないと。

この状況でも俺の思考は冴《さ》え渡《わた》っていて、すべきことが思い浮かんでいる。

……でも、追って何を言う？　世良が傷ついていたとして、俺が――ミオちゃんのために彼女をここへ導いた俺が金剛《こんごう》ナナセを慰めるのは、矛盾しているように思えた。

「……何してるの亜鳥くんっ」

「えっ」

「ほら、追いかけてあげなきゃ！　だって、亜鳥くんは今、世良さんのマネージャーなんでしょ？　だったら、帰っちゃう前に、急いで！」

世良《せら》に言われたことで、多少は動揺したかもしれないのに。

なのに果澪《かみお》は、俺のことを真《ま》っ直《す》ぐ見つめて、ドアの方を指差している。

……その通りだった。

俺が結んだ取引内容は、八月が終わるまで、世良に協力するというもの。

まだ、夏は終わっていない。

そして、世良とのマネージャー以外の関係に至っては——始まってもいない。

「……すまん、ちょっと行ってくるっ！」

やるべきことを思い出した俺は、無心でただ、駆け出した。

∽

「おい、待てって！　世良！」

「……」

「話があるんだって！　一瞬で良《い》いから、頼むから！」

「…………」

「マジで……うぷっ……おぇえぇ……」

オフィス出てすぐの歩道を駆けていた世良の背中を無心で、叫びながら追いかけていた
――けどあいつ、足が速すぎる。全然追いつかないどころかむしろ背中が小さくなってい
ってるし、叫びながら走ってたせいで脇腹が痛くて吐き気がエグいし、もう、限界……。

「ぐふぁ……」

胸の辺りに手をやりながら、思わず両膝をついてしまった。ダメだ、これ以上走れない。

冷静に考えて、運動不足スポーツテストE判定男子高校生が、誰かに追いかけっこで勝
てるわけがない。あんだけかっこつけて出てきたのに、現実見せ付けられただけ。

自分が情けなくて、しょうがなかった。

「はあ、はあ…………………」

ぜえぜえ、はあはあと。夏にしてはやけに冷たく感じる空気が身体《からだ》の中を循環する。

そして……ざりざりと。

いつの間にか、俺の荒い呼吸の中に、誰かの足音が混ざっていた。

「……人の名前を大声で呼ばないでください。迷惑です」

「………せ、世良」

熱意が伝わったのか、もしくは文句を言いに来ただけなのか。

どちらにせよ、あれだけ遠くにいた世良が戻ってきてくれていて、ここは邪魔になりま
すからと、歩道の端っこの方に移動するように示していた。

広い通りの邪魔にならないところまで移動してから、俺は再び尻餅をつく。

「……言えなくて、悪かった」

呼吸を整えた第一声が、重ねての謝罪。ただ俺の、俺自身のための気休めなのに。

「亜鳥《あとり》先輩は、何も悪くないです」

聞いた世良《せら》はそう言って、俺の隣にしゃがんできた。

「でも、ショックだったろ」

「そうですけど……それが取引ってことだったんでしょう？　亜鳥先輩はきっと、雫凪《しずなぎ》ミオのために事務所のこととか私のことを知ろうとして、だから色々と、金剛《こんごう》ナナセに関係のないことも聞いてきていた。それが、真実」

「最初はそうだった。けど、途中からは全部がそうってわけじゃなくて……単純に、お前のことを教えてほしいなって思って、だから話しかけたんだ」

「……前に言いましたよね？　私、先輩はタイプじゃないって」

「この期に及んで茶化《ちゃか》すなよ」

「わかってます、冗談です」

……知ってる。お前は真顔で冗談を言う奴《やつ》だ。この夏休みで、よくわかった。

「亜鳥先輩だけじゃないです——花峰《はなみね》さんも、海ケ瀬《うみがせ》先輩も、山城《やましろ》先輩も才座《さいざ》さんも、誰も悪くない。そもそも、所属するＶＴｕｂｅｒ《ブイチューバー》に私がケチ付けるというのもおかしな話です。Bloom《ブルーム》の代表は花峰さんで、ライバーの採用も拾い上げも花峰さんが決めること。私はそれを教えてもらうだけ──それが企業VTuberの、あるべき姿です」

何気なく、近くにあった石ころを拾い上げた世良は、それを右手で握る。

「……今にして思えば、どうして気づかなかったのか不思議なレベルです。夏休み前の、あの日。多目的室Bに集まっていた皆さんは雫凪ミオのことを考えていて、雫凪ミオのデビューはアトリエだけじゃなくて、きりひめとシリウスも関与していて──なんだか、部活みたいですね」

一通りそれを弄《もてあそ》んだ世良の手は、土で汚れていた。

羨ましいとか、寂しいとか、そういうのを考えているんだろうか？

……違う気がする。

自分とは違うんだなと、ただその事実だけを抜き取って、理解しているかのよう。

「誰も悪くない。私がただ子どもなだけで、未熟さを認められないだけ」

「それ言い出したら、お前だって悪く……」「悪いですよ」

被《かぶ》せるように、制される。

「もし私がもっと早く十万人に到達していたら、こうはならなかったかもしれません。そうでなくても、私が数字なんて気にせずに活動できる人間だったら、海ヶ瀬先輩を歓迎できていたでしょう」

「それは……今日までの世良《せら》を否定するようで、俺は好きじゃないな」

「……すみません」

今度は謝られる始末。別に、責任の受け取り合いをしたいわけじゃないのに。

ただ俺は、世良が世良自身を認められるようになってほしいと願っていて……。

「それにしたって、感情的になりすぎました。全方向に喧嘩《けんか》売って、そのくせ逃げるように出てきてしまって……海ヶ瀬《うみがせ》先輩にも、言わなくていいことを」

街灯に照らされていても、世良の顔色は暗いままだった。仄暗《ほのぐら》く、青白い。

「……海ヶ瀬先輩のご両親のことは、知ってたのに。亜鳥《あとり》先輩が言ったように、誰しも抱えているものがあることくらい、わかってるのに、なのに、余計なこと……」

……かつて芸能界で輝くことを目指していた世良ならば、俺や仁愛《にあ》のように、果澪《かみお》の母親のことを知らない、なんてこともないだろう。

不倫に離婚。少なくとも、果澪の家庭が壊れたという事実だけは認知していたはず。

「花峰《はなみね》さんにだって、本当はあんなこと言うつもりじゃなかったのに……Ｂｌｏｏｍ《ブルーム》のために頑張って、花峰さんの力になりたかったのに、私……」

しゃがんだまま、世良は顔を地面に向けて、俯《うつむ》いてしまった。

「どうしてあんなこと、言っちゃったんだろ………」

ぱきりとひび割れていく心の殻。その中から最後に世良が露出させたのは、後悔だった。

──帰宅のピークは、とっくに過ぎている。

俺たちの前を訝《いぶか》しげに通り過ぎていく人たちの姿も、徐々にまばらになっていた。

「……私、ＶＴｕｂｅｒ《ブイチューバー》辞めます」

途切れた会話が繋《つな》がれて。

でも、あまりにも唐突で、理解が遅れる。

「ど、どうして？」

「アイドルと同じです。もう、疲れました」

「疲れたって、お前……そんなの、無責任だろ」

具体的な言葉が出るよりも何よりも先に、その感想が出てきた。

ＶＴｕｂｅｒは一人で成り立つものじゃない。本人がいて、支えてくれる人がいたりして、何より見てくれる視聴者がいなければ存在しない──もちろん、あくまで配信者と視聴者の関係は対等だし、視聴者の方が偉いとか、そう言いたいわけじゃないけれど。

「推しがいきなりいなくなったら、視聴者は悲しむもんだぞ？　わかってるのか？」

果澪の件もあって真剣に言ったけれど、世良はううんと首を振る。

まるで、理解していないのは俺の方だと言わんばかりに。

「もちろん、しばらくは悲しんでくれる人もいるでしょう、ショックだと泣いてくれる人もいるかもしれません――でも、それは永遠じゃない。いつかは誰かに代替される。私の代わりの人が、その悲しみも風化させてくれる」

特に雫凪《しずなぎ》ミオなんかうってつけでしょう？　――世良《せら》は本気で、そう言っていた。

そういう問題じゃない。

マネージャーとして金剛《こんごう》ナナセのファンのことも見てきたからこそ、強く反論できる。推しは、その人だからこそ推しだ。同じような人気、とか、似たキャラクター、とか、そういった発想はできても、個人を丸ごと代替するなんてことは有り得ない。

……俺にだってわかることなんだ。世良本人だって、わかってるはず。

「それに、最初からそういう約束でしたから」

「……約束？」

「はい……先輩と同じように、私にも隠していたことがあります」

すっくと立ち上がって、俺を見下ろしながら世良は告げる。

「デビューから半年以内にチャンネル登録者数が十万人いかなかったら、私は金剛ナナセを辞めます――オーディションに受かってすぐ、私は花峰《はなみね》さんに、そう言いました」

……露骨に驚きはしなかった。

どちらかと言えば逆に、納得してしまったように思う。

「そして、このことは花峰さんも了承してくれています。だから……お願いします。私の代わりにあの人に、このことを伝えてください。もう、無理だって」

期日を初めて聞いた時によぎった違和感は、このことだったのか、と。

単なる世良のストイックさの具現化かと思っていたけれど、やっぱり違ったのか。

「どんなに頑張っても才能には勝てない。ガワを被《かぶ》って性格や振る舞いすら偽っても、虚《むな》しい小手先のごまかしにしかならない。私は、誰かを照らす特別な光にはなれない」

骨を削り、血と肉と痛みをそのまま音にしたような、そんな声だった。

「私の十万人がどうこうとかいう目標があまりにもちっぽけで、そんなことに拘《こだわ》っているせいで色々な人を振り回してきたこととかが、苦しく思えて……何もかもがなんだか、決定的にわかってしまって……だから、もういいんです」

世良は、さっき駆けていた道をゆっくりと、通り過ぎていった誰かしらの足跡をなぞるように、戻っていった。

今度は追わなかった。

世良の目は、どうか一人にしてほしい、と。そう、訴えていたから。

「……戻るか」

立ち上がるついでに、さっきまで世良《せら》が弄《いじ》っていた石ころを拾い上げた。

その路傍の石は固く、角が尖《とが》っていて、細かな傷だらけで。

たった今、俺の目の前からいなくなった彼女に、どことなく似ていた。

§

オフィスに戻り、花峰《はなみね》さんを探して。

すると社長室ではなく何故《なぜ》か休憩室で、花峰さんが一人、ぽつんと窓際に立っていた。

「あいつら、もしかして帰りましたか？」

「ああ。説明どころじゃなくなってしまったからな」

「……その、一応確認なんですけど」

「安心しろ。海ケ瀬《うみがせ》からマネジメント取消の打診はされなかった」

良かった。もしそうなったら、今日までここにいた理由がわからなくなってしまう。

それから、相変わらず今日もトマトジュースを啜《すす》る花峰さんの方を見ながら俺は、座り慣れたリクライナーに腰を下ろす——足が痛すぎる。普段走らないからか、既に筋肉が悲鳴を上げていた。特にふくらはぎの辺りが熱を持って、じりじり燃えるように怠《だる》い。

「……夕莉《ゆうり》は、なんて言っていた？」

「どうもこうも、ＶＴｕｂｅｒ《ブイチューバー》辞めるって」

「このまま十万人いかなければ、言っていた通りになるからな」

　特段驚きもせずに、受け入れられた。例の話は本当のようだ。

「どうしてあんな約束したんですか。花峰さんなら、いくらでも説得できるでしょう」

「お前は私を百戦錬磨のネゴシエーターか何かと思っていないか？」

　珍しくツッコんできて、それからくしゃりと、紙パックを潰す花峰さん。

「実際、阻止するだけなら数分ほどでできる。実は契約でさせないようにしていたとか、視聴者に申し訳ないと思わないのかとか、様々な選択肢の中からもっともらしいものを選んで、夕莉に押し付けるだけで良《い》い――が、それでは根本的な問題は解決しない」

「世良の劣等感とか、数字への拘《こだわ》りとかについて、ですか」

　花峰さんは、ゆっくりと頷《うなず》いた。

「どちらも欠点ではなく、個性なんだがな。あれだけ自分にノルマを課して、そのために努力できる人間というのはなかなかいない――だから、本質はそこじゃない。現状の自分をマイナスにしか捉えられないことこそが、夕莉が改善すべき点だ」

「……そこまでわかってて、どうしてこんな、傷口に塩を塗るようなことしたんですか」

　怒気混じりに言ってしまったが、花峰さんのさっきのやり口はあんまりだ。もっと違う手段が、世良を傷付けないような伝え方が、花峰さんほどの人ならば選べたはずなのに。

「それに、なんで勝手に話を進めたんですか？　あいつらまで呼んで、どうして」

世良《せら》が四階の社員用スペースに行くことは滅多《めった》に無かったし、まして差し入れなんてしたところも見たことがなかった。だから、薬袋《みない》さんたちが話している内容が漏れたこととか、花峰《はなみね》さんが箝口令《かんこうれい》を出さなかったこととか、そういうところに怒るつもりは無い。けど……果澪《かみお》たちと会わせて、残酷なまでのギャップを見せ付けてしまって。

そこはやっぱり違う。まだ、ダメだった。絶対に、世良を待つべきだったはずだ。

「登録者数が十万人を達成したとして、どのみちこうなっていたと思わないか？」

「それ、は……」

「少なくとも私は、亜鳥《あとり》が雫凪《しずなぎ》ミオの加入を匂わせていた時点で将来のことを予測していた。雫凪ミオの大きさは現状金剛《こんごう》ナナセを遥《はる》かに凌駕《りょうが》しているのだから、彼女の加入が現実のものになった場合、夕莉《ゆうり》は難色を示し、許容したくないと言い出すだろう、と」

水掛け論として片付けるには、俺の思考とリンクしすぎている。

ずっと、俺も薄々、そう思ってしまっていたから。

「結局先延ばしにしても夕莉の傷は時間じゃ癒えないし、ならばこちらができることをするしかない——彼女たちを呼び、全ての事実を伝える。そうすれば自《おの》ずと夕莉が今日まで抱えてきた問題に直面することになる。そこでようやく、真の意味でのスタートが切れる」

「でも、このやり方じゃ、致命傷になるかもしれないじゃないですか」

「そうだな。だが塩でも劇薬でも、塗って膿《うみ》が出されるならば私はどこかで、この決断をしなければならなかった。それがＢｌｏｏｍ《ブルーム》の代表としての義務であり思惑であり――そして偶然にも今日が、実行するに相応《ふさわ》しい日だったというだけだ。いつまで経《た》っても変わらないというならば、変えるしかないしな」

「あんた、それ本気で言ってるんですか……？」

だとしたら見当違いだった。俺は寿《ことぶき》花峰という人間を見誤っていて、社会的成功はできるのかもしれないけれど人の心がわからない人間だと、そう断じる他ないと思って――。

そこで、ようやく気づく。

「………私も、ずっとわからなかったんだ」

花峰さんは、悩ましげに瞳を閉じていた。

「もっと上手《うま》い方法があるのかもしれないし、私の今回の手段は強引で、最上とは言い難い。そんなことは、夕莉の表情を見れば明らかだ。だが――代案が無い。これ以外の何かが思いつかなくて、結局私は、思い描いていた盤面を演出するしかなかった」

「……どこかしらで決定的に挫折させる、って策ですか」

「私にはそれくらいしか、夕莉の考えを改めさせる方法が見当たらない」

一人の人間の数字への固執を、どうすればプラスに転じさせられたのか？

世良の感情が破裂したのを見た今でも、俺には思い浮かばない。

そして……代案が無いのに怒りだけをぶつけるのは、無責任だとも思った。

「……」「……」

お互いの沈黙。わかりやすい居心地の悪さが辺りに漂っている。

「……なんで花峰《はなみね》さんは、世良《せら》だけを取ったんですか？」

話題をずらすように、俺は以前は答えを聞けなかったことに、また触れた。

かつて行われたというオーディション。

俺が知らない、花峰さんと世良だけの、やり取りのことを。

「ソロデビューなんて、割に合わないでしょ。どこの事務所だってグループとか作って、連携しながらメンバーがデビューしてくみたいな、最近はそういう感じじゃないですか」

もちろん、大手事務所からソロデビューすることで脚光を浴びるパターンも無くはないが、グループ単位で売り出したい意向が主流であるのは事実だ。

だからこそ、沢山の志願者の中から世良夕莉《ゆうり》だけを拾い上げたのは、理由があるはず。

「……私はな、亜鳥《あとり》」そこで一度、花峰さんは言葉を止めた。その仕草はまるで、かつてどこかで見た、思い出の切れ端を掴《つか》もうとしているかのようにも見える。

「自分がやるべきこと、為《な》すべきこと全てに、後悔したくないんだ――人生はたかが数十年かそこらしかないだろう？　だから、私は後になってこうすればああすればと思い悩まないために、自分の中でルールをいくつか決めている」

「ルール？」相槌《あいづち》代わりに聞き返すと、すぐに答えてくれる。

「例えば、明確に理由付けできない行動は行わない、とかな。他には経験してみたいと思ったことは、一ヶ月以内に実行する、とか――お前、なんで私が雇われの税理士をやっていたか、気にならないか？」

　気になる話から、さらに気になる話に移り変わった。どうしてだろう。

「金に関する仕事を経験してみたかったから、とかですかね」

「それも正解だが、メインは違う。下で動く人間の気持ちを一度も理解しないままで上に立ち続けるのは歪《いびつ》さが生じると思って、一年に限定して雇ってもらった。結果、私はその時の経験は大切なものだったと思っている――と、いった具合だが、さて」

　ルールを遵守する生き方をしてきたということが、どうやら鍵になっているらしい。

　連綿と、理由が語られる。

「私がオーディションを行った時にも、ルールがあった。伸び代があって、面白いと思って、そして――一番を目指している人間。それら全てを満たすのは、夕莉だけだった」

　……やっぱり世良の奴《やつ》、凄《すご》いじゃないか。

　実際の人数は知らないから何分の何とかまではわからないけども、でも、一人だけ勝ち上がったのは事実ってことだし、選考者が花峰さんなら、なおさらだ。

「面白いと思った人間は数人いた。伸び代があると思った人間は、両手の指に収まらないほどに。けれど、彼ら彼女らは皆、一番への拘《こだわ》りが無かった。視聴者を楽しませたい、V《ブイ》Tuber《チューバー》として人気になりたい、そこが終着点——悪いわけじゃない。これは要するに、価値観の相違、というやつだな」

明瞭な意見だったからこそ、口先だけで言っているわけじゃないと思えた。

実際、目の前の人間がダイヤの原石かどうかを正確無比に判断するのは不可能だ。それは花峰《はなみね》さんがどうとかじゃなくて、どんなにその道に詳しい人間でも。

だから余計に、選ばれるということには、事実以上に特別な意味を持つ。

単に受からせるだけじゃなく、この人は絶対に輝けると信じている。

それは、プロデュースやマネジメントをする側の意思表示のようなものだろう。

「だが夕莉《ゆうり》は、三拍子揃《そろ》っていた。面接での第一声、なんだったと思う？『私はVTuberとしてトップになりにここに来ました。そして、必ず半年以内に結果を出します』だぞ？　腹を抱えそうになったよ、あまりにも、好みの素材すぎてな」

「……他なら落とされてそうですね」

それもまた巡り合わせだよと、花峰さんは思い出すようにして微笑《ほほえ》んでいた。

「だから聞いたんだ。『じゃあ、半年以内に結果が出なかったら、どうする？』それで『辞めます』なんて答えるもんだから、余計に惹《ひ》かれた。この青すぎる少女をなんとかして人気にさせてやりたいと、その日のうちから考え始めた——でも、一緒にやっていくうちに私の中で迷いが生まれた。このままだと、私は夕莉を潰してしまうのでは、と」

　物騒な発言に、背筋が寒くなる。

「私は『何かできないことに対して悩む』という事象に、共感できないんだ」

「な、なんて？」難しい言葉は使っていないはずなのに、よくわからなかった。

「すまん、言い換える。要は、夕莉の心理に共感できなかった。失敗したならそれを糧にすれば良《い》いだけだろうと思ってしまうし、最終的に勝てるなら途中で他人と比較しなくて良いし、だから、半年で十万人いかなくても辞めなくて良いと思っていた。どうにかその考えを、夕莉に改めてほしかった――でも、私にはそれを上手《うま》く伝える術《すべ》がわからない」

「……直接言ってみたり、しましたか？」

「ああ。六月の上旬頃に私は、夕莉に兼ねてから考えていたことを丸ごと伝えた。私は別に、十万人なんていかなくても構わないと思ってるよ、と」

　そこまで言った後、花峰さんは俺の前で初めて、眉を下げた。

　悲しそう、だった。

「……そしてまた、私は夕莉を傷付けてしまった。『だったら私は、何を頼りに頑張れば良いんですか？　自分の価値を見出《みいだ》すための数字まで、私から奪わないでください』……一言一句、覚えているよ」

　答えが見つけられないのは、花峰さんも同じなのかもしれない。

苦しみを理解して共有するのと、苦しんでいるんだろうなと慮《おもんぱか》ることは違う。

……世良《せら》は、花峰《はなみね》さんにどうしてほしかったんだろう。

「そのまま——結局方針が決まらずに、同じく六月の下旬。亜鳥《あとり》から連絡が来て、VTuber《ブイチューバー》がどうこうといった話をされた時に思いついた。亜鳥に夕莉《ゆうり》を任せてみよう、と」

「きゅ、急に俺ですか……しかし、そこもまあ、わけわからんロジックなんですよね」

「簡単な話だ。亜鳥に頼めば、きっとお前は雫凪《しずなぎ》ミオについてのことで何かしら交換条件を持ちかけてきてくるんじゃないか、と——直近で雫凪ミオの魂が話題になったことに触れて、その点でより高度な助けを求めるんじゃないか、そこは予測できた」

「……」

「こっちからは交換条件として夕莉に協力してほしい、と頼む。そうしてお前が夕莉の傍《そば》にいてくれるようになれば、私ができないことを最終的にしてくれるんじゃないか——そう期待して、そこから今日のあの瞬間までの道のりを逆算した」

……終始言葉が出ない。そこまで綿密に、この人は考えていたのか、と。

「唯一誤算だったのは亜鳥が雫凪ミオと思った以上に近しい存在だった、という点だが、彼女の拾い上げで良い影響を及ぼせるかもしれないならば、しょうがないと許容できる」

「……その、一応言っておくと、雫凪ミオは、別にVTuberとして一番を目指しているわけじゃないですよ？　もちろん、人気になりたいとは思ってたでしょうけど」

「わかっている。だから、私のスタンスは歓迎ではなく許容だな。山城《やましろ》嬢やミス・才座《さいざ》に、彼女たちには人気よりも大切な尺度があるだろう、しな」

Ｂｌｏｏｍ《ブルーム》に入らないかと聞かなかったのも、そこはやはり曲げられないからで――それに話し切った花峰さんは、こめかみを押さえた。

「……まあ、ご覧の通りだ。そして失望してくれ。あれだけ大口を叩《たた》いておきながら、今の私は高校生に問題の解決を頼む、責任感の欠片《かけら》も無い、情けない大人だ」

弱みすらも吐露してきて、最後に俺へ、頼み込んでくる。

「だから頼む。夕莉に、進むべき道を示してやってほしい」

……どうして俺に全幅の信頼を置いているんだろうとか、聞きたいことは色々とあったけれど。それよりも今の俺には、花峰さんに言われたことが重くのしかかっていた。

進むべき、道。

俺には俺以上に、世良自身がもう気づいてるんじゃないかと、そう思えてならなかった。

∞

すんなり家に帰る気にもなれなくて、結局、拾ったタクシーがアパートに到着する頃には、二十四時近くになってしまった。

「おかえり、亜鳥《あとり》くん」

果澪《かみお》の白いスニーカーと桐紗《きりさ》のクリーム色のサンダルが丁寧に並べられていた段階で気づいていたが、こうして三人が揃《そろ》っているのを見ると、やっぱりお前らか感が凄《すご》い。加えて。かちゃかちゃと、果澪の手元からコントローラーの鳴る音がする——テレビのモニター上では、人気のキャラクター同士が大乱闘を繰り広げていた。

「随分遅かったわね……果澪が夕ご飯作ってくれてるわよ」

言って、ずずと緑茶を啜《すす》って、普段使いの眼鏡を持ち上げてから眉間を揉《も》む桐紗。

アクションゲームは苦手だから、桐紗は参加していないらしい。

「お前ら、どうしてここに……」

「チカ、今日はカミィとキリサ泊まっていくらしいので、ニアもリビングで寝マス」

当然のように言ってのける仁愛《にあ》もまたかちゃかちゃと、持っていたコントローラーを動かしていた——今のところは果澪の使っている緑の恐竜っぽいキャラが一機ぶん多くストックを残しているから優勢だ。どうやら持ち前のゲームセンスは、FPS以外なら仁愛でも倒せる程に習熟されていたらしい……いや、分析してる場合じゃない。

「お泊まり会だかパジャマパーティーだかなんだか知らんが、せめて事前に連絡をくれ」

「まあまあ。許してよ、夏休みなんだし」

「お前らは長期休みじゃなくてもここ来るじゃないか」

「だあああっ！　またまた負けデス、三連敗デスっ！」

同時に、仁愛の使っていた青い剣士のキャラが画面外に弾《はじ》き出されて決着していた。

コントローラーを投げ出す仁愛は敗北にじたばたもがいていて、勝った果澪はふふんと誇らしげ。そのまま、俺にさっきの話を続ける。

「じゃあ……私は明日、誕生日だから、ってのは？」

……それ持ち出されると、なんも言えなくなるんだよな。

「こないだ欲しいもの聞いてくれてたの、だからだったんだね」

「ま、そうだ」

「ありがとうね。嬉《うれ》しくて、泣いちゃいそうだよ」

「果澪を泣かせたら承知しないわよ」「チカは酷《ひど》い男デスね」

「お前らは話をややこしくさせるな」

「……でも、あながち冗談ってわけじゃないんだよね。誰かに祝ってもらえるなんて、久しぶりだから。自分でも忘れちゃってたくらいだし」

「……」「……」「……」

「あ、あの、そんな暗くならないで。今は本当に、ただ嬉しいだけだから」

神妙に、そそくさと作業デスクに近づいていく俺。

本当にそういうつもりじゃなかったようで、果澪は話題を変えた。

「世良《せら》さん、辞めないよね？」

実に鋭すぎる推察。自分のチェアに座った瞬間だったから、転げ落ちそうになる。

……伏せるべき、だろうか？　ここで正直に全部教えたら、実際の責任は抜きにして果《か》澪《みお》は、自分のせいだと考える気がする。そんなことは、絶対に無いのに。

「大丈夫、教えて」

ただ、果澪の踏み込み方を見て、考えが変わった。今の果澪なら、聞きづらいことや受け入れがたいことにも、冷静沈着に耳を傾けられる気がしたし——もう、無関係じゃない。

「八月中にチャンネル登録者数が十万人いかなかったら、辞めるって約束だったらしい。そんで、世良はそれを前にＶＴｕｂｅｒ《ブイチューバー》辞めるって言って、帰った」

「……ええぇえっ⁉」

ごめん、全然そんなことなかった。めっちゃ驚いてた。

「な、なんでデスか？　ハナさん、そんなに厳しいんデスかっ？」

「違う、世良が自分から言ったんだ。世良にとって、ＶＴｕｂｅｒは趣味だけど、それと同じくらい仕事だ。だから、一番わかりやすい判断基準である数字で結果を出すことこそが、世良に——金剛《こんごう》ナナセにとっては、何より大切なことだったんだよ」

他にもかいつまんで、世良がその選択に至るまでを説明する。ストイックだからこそ、現状に満足できない。他者と比べることが、何よりも実力の証左になるから、と。

「……楽しいことしてるはずなのに、それじゃ苦しそうね」

桐紗《きりさ》は肯定も否定もせずに、感想だけを呟《つぶや》く。言い得て妙、だと思った。

「でもさ。じゃあ、金剛ナナセちゃんがやってた毎日配信も数字を集めるためだけに、頑張ってたってこと？　無理して、嫌々やって、自分の限界を超えて？」

「違う、そんなことは無い」こればっかりは、断言できた。

「だよね。なら……」果澪は考え込む様子を見せ、「どうすれば、引き留められるのかな」

そう言って、果澪はすぐに、俺が悩んでいる結論にぶつかった。

「亜鳥《あとり》くんも絶対、そう思ってるよね？」

その通り。正直、努力の量と方向性に関しては、ここにいる三人を陵駕《りょうが》するほどのモノだったと思う。結果が出てないだけで、やってることは間違っていないとも。

いつかきっと、一番になれるって……そう保証してやれれば、どれだけ良《い》いだろう。

「きっと、考え方の問題なんだ。あいつが、自分のことを少しでも認められるようになれば今よりももっと頑張れるし、楽しくやってけるはず……けど、それを俺たちが言うのはダメだ。劣等感ってのは厄介なもんで、他人がごちゃごちゃ言っても除けない」

悩ましくて、もどかしい。ゲームのＢＧＭだけが、室内をぐるぐる巡っていた。

「……千景《ちかげ》ならきっと、伝えられるでしょ」

その沈黙を破り、桐紗が言ってくる。

「だって、この一ヶ月、誰よりも世良《せら》さんの傍《そば》に千景《ちかげ》はいたんだから」

かけていた眼鏡を外して、来客用の薄手のタオルケットを身体《からだ》に羽織る。

世良の件をぼんやり考えつつも──どことなく、何かを見計らっているかのよう。

「チカがなんとかしなくちゃってのは賛成デス。だって、セラはニアと似てマスから」

「……」「な、なんでそんな、しかめっ面で見てくるんデスかっ」

「いやだって全然似てないし……仁愛《にあ》はどっちかって言うと、のびのびやるタイプだろ」

「そういうことじゃなくて……知らない人と喋《しゃべ》るの面倒くさくて、自分から関わったりしないってところデス。そんで、そんなセラがマネージャーを頼んだってことは、チカの力が必要で、助けてほしいって思ってたんじゃないデスかね……わかんないけど」

仁愛はぽしょぽしょと小さな声で話して、ソフトの交換をするためか、TVゲームの本体の方に寄っていった──すぐに別の、一人用ゲームのOP画面が表示される。

理屈としては、正しいような気がした。

「っつても、どうしようなあ。俺が口で言って解決するなら、とっくの昔になんとかなってる気がするんだけども……」

「言葉だけが、気持ちを伝える方法じゃないよ」

果澪《かみお》に言われてなんとなく、近くにあったデスクの上の液タブに視線を移してしまう。

「亜鳥《あとり》くんが世良さんと真剣に向き合ってきたなら、世良さんだってそのことはわかってると思う。だから、亜鳥くんは正直な気持ちを教えてあげれば良《い》いんじゃないかな——私もそうやって、あなたに救われたんだから」

それは……大げさだ。そう言おうと思ったけれど、果澪のその、目には見えない言葉を慈しむような微笑《ほほえ》みを見ていたら、とうとう何も言えなくなってしまって。

「それに、ほら。前言ったよね？　亜鳥くんに、私と世良さんが仲良くなれるよう協力してもらうって。このままじゃそれもダメになっちゃうんだから、なんとかしなきゃ」

「……なんだ、いつの間にか責任重大なポジションになってんだな」

「そうだよ？　だから……ほら。とりあえずご飯食べて、ちゃんと寝て、それですっきりしてから色々考えようよ」

果澪は立ち上がってキッチンの方に向かっていく。そういえば、夕飯を作ってくれたらしいが、献立はなんだろう。果澪の料理の腕前を考えると、ちょっと楽しみだ。

……と、その前に。

時刻を見ると、二十四時を回っていて、つまり今日は八月二十四日。

だったら——こっちから果澪に、渡さなければいけないものがある。

「なあ果澪。お前に、見せたいものがあるんだ」

「うん？」

俺の言葉を皮切りに、桐紗《きりさ》と仁愛《にあ》と目配《めくば》せする。

世良《せら》のことも心配だけれど、せっかくこうして全員集まってるんだ。

今日のために仕立てた新衣装、早く見せてやりたい。

そうして俺は果澪《かみお》を呼び止めて、こっちに来るように伝えて、それから——モニターに、白いワンピースを着て笑顔を作っているミオちゃんの姿を映した。


小難しい形容は必要ない。

それを見た果澪は本当に、文字通り泣いて喜んで——俺も、桐紗も仁愛も、サプライズの成功にほっと、胸をなで下ろした。

心労に塗《まみ》れた一日の中で、その瞬間だけはなんだか、こっちの心も安らいだ気がした。

§

八月二十四日。

オフィスに、世良は来なかった。

【金剛《こんごう》ナナセ @Kongo_Nanase7】

諸事情でお休みします。

毎日配信、中断しちゃってごめんね。

金剛ナナセのTmitter《ツミッター》では簡素な説明と、端的な謝罪が呟《つぶや》かれている。

それにしても――一人だと、ここは広すぎるな。

果澪の誕生日ケーキを取りに来る前に立ち寄ったオフィスの休憩室は、あまりにも寂しい。こうして、ただリクライナーに座っているだけで、寂寥《せきりよう》感すら襲ってくる。

「掃除機でもかけるか……」

暇潰しに掃除していると、俺が買ってきた菓子がまったく減っていないことにも気づく。

世良がいれば、必ず手がつけられるのに。

……何をするでもなく、掃除機をごろごろと動かす。

配信している最中は連絡してこないで。ティッシュはどこどこのメーカー。本棚の配置は弄《いじ》らないで――今日まで思い出しもしなかった過去の言葉が、妙に懐かしい。

やがて、防音室のドアに、掃除機の頭がぶつかった。

ここだけは、絶対に入るなと言われていた。掃除も自分でするから、と。

入っちゃダメだ。わかっている。いないからって、問題外だ。

なのに。

「……物だらけだな」

ドアの先には、世良《せら》の今日までの証《あかし》が遍在していた。L字のテーブルの上には三枚のモニターがあって、初めて世良と会った時に着ていた黒のアイドル衣装が脱ぎ散らかされていて、本が平積みになっている。しかもその本は会話術がどうとか、配信者の自叙伝だとか、VTuber《ブイチューバー》が特集された雑誌とかで思わず笑ってしまう。どんだけ真面目なんだ。

……世良にとって、配信はなんだったんだろう。

自尊心を得るための戦いだったんだろうか？

数字を増やすだけの取り組みだったんだろうか？

いずれの考えも、モニターや机に貼られていた付箋が視界に入った瞬間に消し飛んだ。

『先輩に頼むもの↓水、お菓子、蒸気のアイマスク』

『毎日来てもらうのも、ちょっと申し訳なくなってきた。明日は休んでもらう』

『ゲームは苦手だ。特にFPSは覚えることが多い。なんだよ座学って』

『今日の雑談配信の手応えアリ。何より、私が話していて楽しかった』

『花峰《はなみね》さんと、どこかのタイミングで話す。いつまでもこのままじゃダメだから』

『やりたい企画↓写真枠↓夏っぽい写真選手権とかは？　候補に入れる』

『最近は配信するだけで楽しい。けど、楽しいだけじゃダメだ。皆のために、もっと大きくならないといけない。私が大きくなって、夢を見させてあげなくちゃいけない』
『十万人よりも、もっと先を目指す。目指さなくちゃ、ダメだ』
『頑張る、頑張る、配信する――』

付箋には感想とかメモとか、とにかく世良の字で、世良の考えていたことが書いてある。

――それらを見ているうちに、俺が今、やりたいことがわかった。マネージャーとして、最後にできるのは、視聴者として同じように夢を見ることだけ。

金剛《こんごう》ナナセが、ＶＴｕｂｅｒとしてトップに立つ――。

そんな未来を想《おも》い、そして描くことだけだ。

∞

比奈《ひな》高生の夏休みも、終わりに差し掛かっていた。

八月三十日。世良がＶＴｕｂｅｒを辞めると言ってから、一週間。

「……お疲れ様です」

頑張る.
頑張る.
配信する

黒地のTシャツにジーンズを合わせた、シンプルな服装——最近になって知ったが、あのシャツ、花峰《はなみね》さんが下のフロアのアパレルブランドで展開してるやつらしい。モノトーン系で使いやすそうだし、俺もメンズの何着か欲しいんだけど。

なんて。とにかく、世良《せら》は今日、事務所に来た——来てくれた。

「……いるんですね。私、辞めるって言ったのに」

「言ったたな。けどお前、俺にマネージャー辞めろとは言わなかっただろ？」

それに、まだ八月だし。取引の期限は、終わってないし。

「……屁理屈《へりくつ》じゃないですか、それ」

言いながら、世良はソファじゃなくて、今日はリクライナーに腰を下ろす。

「そんで？　何の用だ？　……やっぱりVTuber《ブイチューバー》、続ける気になったか？」

「これ、なんですか」

俺の質問には答えず、世良はスマホを見せてくる。

「……なんでこんなもの、金剛《こんごう》ナナセのメアドに送ってきたんですか？」

表示されていたのは、モノクロで描かれた漫画。計、十六ページ。

「描かないって、言ってたのに」

「……アトリエとしては、な。これはTmitter《ツミッター》にもどこにも投稿しない。ただお前に送りつけるためだけに描いた、何者としてでもない作品だよ」

あまりにも自分本位な解釈。俺自身そう思うけど、今は無視する。

だって、こうして世良《せら》が来てくれたなら――この漫画についての話をしたい。

題名は――『アイドルVTuber《ブイチューバー》が、3Dライブをできるようになる話』。

内容は、こうだ。


とあるVTuber――金剛《こんごう》ナナセと呼ばれている彼女が主人公。

ある時、彼女は3D空間でライブをしないか、という打診をされる。

喜び勇む彼女。目標としていた夢が実現するということで、毎日のようにボイストレーニングやボーカルレッスンに取り組む。

が、ハードワークが祟《たた》ったのか、思うような声が出なくなってしまう。

ライブまで、残り三日。治るか治らないかは微妙なライン。

金剛ナナセは思い悩みながら、どうするか決めあぐね、そして――。


「……感想とか、言ってくれないのか？」

どうもこの様子だとしっかり読んでくれたようなので、それとなく聞いてみた。

「陳腐で平凡だなあ、と」

「描いた本人の前でそんなこと言うなっ」

「先輩が聞いたんでしょうが……特に、最終的に視聴者からの応援で喉が治るって設定もファンタジーすぎて、あんまり。現実的な話が好きな私の趣味には合いません」

ボコボコだった。久しぶりにこんなに酷評された気がする。こんなにも正直な読者としての意見をくれて嬉《うれ》しい──いや、嬉しくない。アトリエは褒められて伸びるタイプだ。

「……でも、こういう二次創作は、嫌いじゃないです」

抱えていた重荷を置いた後のような柔らかな声で、世良はそう言った。

「ファンアート、欠かさずいいね押してるもんな」

「はい。私の──ナナセのために、してくれているもの、ですから」

「視聴者のことは、ちゃんと大切なんだよな」

「……そんなわかりきったこと、今さら言う必要もありません」

努めて冷静に、心を落ち着けるように。

世良は首元のチョーカーに一度触れてから、ふっと深呼吸する。

「それで……こっちは？」

俺が金剛ナナセへの空メールに添付したのは、漫画だけじゃない。

一枚のｊｐｇファイルも、同封していた。

「それはな。小学生の頃、俺が初めて板タブでデジタル絵を描いた時のイラストだ」

「……ああ、やっぱり」

「なんだ、どういう意味だ」

「素人から見ても荒削りというか幼げというか、そういう風に見えましたから」

当時流行《はや》っていたライトノベルの、黒髪ストレートのメインヒロインを描いたファイル。

まだアトリエと名乗りもしていない頃の作品だが、これが最古の、俺のイラスト。

「じゃあ聞く。それと比べて、今のアトリエのイラストはどう見える？」

「そりゃ……上達しているんじゃないですか。技術的にも、私にはわからないところも」

「だよな――だって、俺は今みたいに活動できるようになるまで、本当に数え切れないほどの枚数描いてきたから。雨の日も風の日も、楽しい時も、苦しい時も」

質を向上させるためには数をこなす他なく、それもただ何も考えずに描くんじゃなくて、どう上手《うま》くなりたいか、誰にどう魅せたいかを考えながら努力を積み重ねる必要がある。

俺は、そうやって一枚一枚を積み上げてきた。

神絵師《かみえし》になりたい、神絵師と自らも認められるイラストを描けるようになって、自分の表現したいことを伝え続けられる、そういう存在になりたいと焦がれていた。

「このイラストは、俺にとっての原点なんだ。神絵師を目指していた頃の、まだ何者でもなかった頃の思い出みたいなもので……努力していた過去の、一番の象徴」

「要するに」

黙って聞いていた世良《せら》は、もうわかったと、半ば呆《あき》れ気味《ぎみ》に割り込んでくる。

「自分もお前みたいな時はあった。努力して下積みを乗り越えてきたから、だからお前も同じように頑張れ──そう言いたいならやめてください。先輩と私は違います。ＶＴｕｂｅｒ《ブイチューバー》とイラストレーターって部分以外にも、才能も努力量も運も、何もかも。だから……」

「いや、違う。そうじゃない」

苦し紛《まぎ》れでもなんでもなく、俺は本当に素直に否定した。

「昔、辛《つら》い時にこれ見て、思ったんだよ。まだ、辞められないって」

「……先輩？」

「今辞めたら、絶対後悔するって──なあ、世良。だから俺は、お前にも聞く。本当に、ここでＶＴｕｂｅｒ辞めて良《い》いんだな？」

逆に、俺は聞いた。引き留めるでもなく、正直な声を話してほしいと願った。

「実際、世良が完璧に辞めたいって思ったなら、辞めれば良いと思う……もしも、それで電車に乗れなくなるほどに追い詰められているなら、逃げたり休むべきだ、とすら思う。自分の心よりも優先しなくちゃいけない何かなんて、あるはずが無いから」

極端な話かもしれないけれど、本音だ。花峰《はなみね》さんには申し訳ないけど。

そして……これから話すことも、同じくらいにリアルな俺の気持ち。

「ただ、さ。その前に少しだけ、他の部分にも目を向けてみてほしいんだ。例えば──辞めたこと自体を後悔しないか、とか」

部活とかもそうだ。自分がやりきったと思えた末に引退するなら、そんなことは思わない。何年か経《た》ってから良《い》い思い出だったなって振《ふ》り返《かえ》れる日がきっと来るはず。

でも、そうじゃないなら？

「お前、生徒会室でアイドルの衣装着てたよな？　……あれはまだ、アイドルに憧れがあるからじゃないのか？　続けられなかった後悔が、わだかまってるからじゃないのか？」

踊って、歌って、人々を喜ばせる――あの夜に見た世良《せら》や今の世良を見る限りだと、かつて抱いたその夢を、すっぱりと過去のものにできているようには思えなかった。

「VTuber《ブイチューバー》がそうならないって、言えるか？」

……勿論《もちろん》、簡単に出せるような結論じゃないし、そうして決めた結論が正しいかどうかも後になってからしかわからない。

だからこそ考えてほしかった。

少なくとも、投げやりになって、消えるように辞めるのは……違うと思ったから。

「俺も、イラスト描くことが辛《つら》いって時期はあった。それも一度じゃない、何度も」

その度に考えた。ここで辞めて、後悔しないか。俺はどうして辞めたいのか、とかも。

「立場とか持ってるものは同じじゃなくても、気持ちはわかる。だから、聞きたいんだ」

燃え尽きれなかったことを後悔したくないから。乗り越えようと、もがいていたから。

過去の自分が、今の世良とダブっていたから。

「……その、一個だけ、お節介なこと言っていいか？」

「……なんですか？」

——ああ、結局最後まで俺は、余計なことを言ってしまうんだなあ、と。

俺は俺自身のままならなさを反省しながらも、それでも口にした。

「世良が辞めたら、金剛《こんごう》ナナセの物語はここで終わりになる。推しているナナタミにとっての夢も袋小路になる。あり得たかもしれない未来も閉ざされる。俺が描いた物語みたいなことも、完全に潰《つい》える」

チャンネル登録者数、十万人到達する。３Ｄライブをする。一番になる。

諦めたら、絶対に叶《かな》わない。

「そして、それ以上に——世良が自分自身の努力とかを認められないままになるから、だから、これだけ言わせてくれ。世良自身の努力は胸を張って良いほどに、それこそ一番に思えるくらいに輝いてたぞ。心の底から、誰に否定されても、俺はそう言う」

「……」

「それで、そんなのは俺以上に花峰《はなみね》さんとか、Ｂｌｏｏｍ《ブルーム》で働いてる人たちが、そう思ってたと思う。だから……世良は今までの自分を誇ってほしい。金剛ナナセを認めてやってほしい。お前はもう夢を与えられてるから。視聴者だけじゃなくて、近しい人たちにも」

「………」

「……最後にもう一度、世良《せら》の言葉で聞かせてくれよ」

辞めるか、それ以外か。それで荷物を取りに来たと言うんなら、喜んで荷造りだって手伝う。餞別《せんべつ》に菓子でも持ってけよって、買ってきた菓子を全部押し付けてやる。

花峰《はなみね》さんとは違って、俺の願いは世良にVTuber《ブイチューバー》を続けてほしい、じゃない。

世良が少しでも進みたいと思える明日を、選ぶことだったから。

「――アイドルを目指していた時は、ずっと辛《つら》かったです」

世良は、重く閉ざされていた扉を開けるように、ゆっくりと口を開いた。

「自分が周りに劣ってるって自覚しながら頑張るのは、本当にキツいです。最初のうちは泣いてばかりでしたし、最後には涙も出なくなりました。時間の無駄だって思ったから」

俺の前で一度も涙を見せたことが無いのに、その言葉にはリアリティがあった。

「VTuberとして一番を目指している時も、辛さは変わりませんでした。上には上がいて、自分の才能の無さは変わらなくて、それを直すための具体的な答えなんてどこにも無くて。なんで私こんなことやってるんだろうって、馬鹿馬鹿しくなったりして」

「……うん」

「だから、この数日、ただ家にいて、好きなことばかり考えれば良《い》いって状況は、本当に心が穏やかでした。自分にできないこと、勝てないことを考えなくていいのは楽で、ずっとこの毎日が続けば良いとすら思ってました。嘘《うそ》じゃないです、間違いなく」

自分が好きなこと、やりたいこと、詳しいことだからこそ、ままならなさが許容できなくて逃げたくなる――何かに真剣に取り組んでいる人間には共感できる言葉だと思った。

「でも……ふと、思ったんです。頑張らなくて良い方が、辛いって」

ぎゅっと、太腿《ふともも》辺りのスカートの布を掴《つか》む世良。

「いつか、本当に諦めなくちゃいけないところまで行ったとして、そこで辞めるのと……途中で諦めるのとじゃ、全然意味が違うって。私、絶対後悔するって……思って……」

相槌《あいづち》すらも、今の世良には邪魔なのかもしれない。俺はただ、黙って見守る。

「先輩……私、辞めたくないです。勝ちたいです。勝てるまで、頑張りたいです」

世良は、そう言った。震えながら、告げた。

「ナナタミに、私のことを忘れてほしくないです。私が一番になるところまで推してもらって、３Ｄライブだってやって、この事務所だって大きくして……まだまだやりたいこと、沢山あるんです……先輩に言ったこと、嘘じゃないけど、本当でもなくて……」

最初から答えは世良の中にあって、だからこそ、見つけにくい。

自分の弱さとか至らなさを認めるってのは、恥ずかしくて辛《つら》いものだから。

でも——理解できたなら、そいつはまた、走り出せる。前よりも速く、遠くまで。

「……先輩」「なんだ」「ありがとうございます。私、辞めたら後悔してました」

言って、それから世良《せら》は——口元をほんの少しだけ持ち上げて、笑った。

俺の前で、自然な笑みを零《こぼ》してくれた。

「それで、色々とお願いしたいことがあるんですが……良《い》い、ですか？」

「良いも悪いも無い。だって……俺はまだ、お前のマネージャーなんだから」

まだ夏は終わっていない。

だったらマネージャーとして——最大限の力を尽くさなきゃいけないよな。

§

翌日。八月三十一日。

金剛《こんごう》ナナセがその日の配信として選んだコンテンツは、雑談枠だった。

【雑談】夏の終わりにナナセと喋《しゃべ》ろう～！【金剛ナナセ／Ｂｌｏｏｍ《ブルーム》】

『──なんか今日めっちゃ喋ったわ。復帰配信なのに……は、嘘《うそ》、もう四時間っ？　ヤバくない？　時間流れんの早すぎっしょ……お。モルさん、メンシプありがとね～』

『いや、ほんとにさ……ナナタミには感謝しかないって』

『だって──皆のおかげで、十万人いけたんだから』


休憩室のノートＰＣで配信画面を開いていた俺は、その声で登録者数の数字を見る。

チャンネル登録者数：十万一千人
数日の間が空いたことで登録者数の減少は危惧していたが、それまでの毎日配信で積み上げた貯金があってか、問題無くリカバリーできて──どころか、復帰配信は今までで一番の視聴者数を記録していた。平均視聴者数一万人なんて、それまで見たことない数字だ。

一応これで、ギリギリ花峰《はなみね》さんとの約束は果たしたことにはなる。

ただ……今の世良にとっては、もっと大切なことがあった。


『ぶっちゃけた話、して良い？　これ配信では言わないようにしてたんだけど、ナナセ、登録者数十万人っての、めちゃくちゃ意識してたんよ。やっぱり節目だし、ＶＴｕｂｅｒ《ブイチューバー》としてやってる以上、人気になって、色んな人に見てもらいたかったから』

『この世界でのし上がって、頑張るぞ、みたいなさ』

『毎日配信も、そのためだった。よし、この夏は頑張ろうって思って、どうすれば結果出るかなって色々考えて、やっぱ配信するっきゃないっしょ！　そういうノリで、色々考えて、どうすれば面白くなるかなって、見てくれるかな〜って』

『……でもさ。それって、いつまでなん？って思っちゃって』

『今は十万人目標にしてたじゃん？　でも、十万いったら今度は十五万、二十万……百万って、きっとそう考えちゃう。終わりが無いよね、それって』

『けど、なかなか切り離せんくてさ。ナナセ、ジョーショーシコーが強いから、どうしてもああ、今日は頑張ったな、とか、今日はダメだったかな、とか、そういうん気にして』

真面目に語るナナセにつられて、コメント欄も長文や感想を書く人が増えている。

俺もまた、耳で。そして目で、彼女の配信を注視し続ける。

『……だから、もう気にしないように頑張ってみることにした』

『ま、でも、いきなりは無理だよね。やっぱ気にしてたこと忘れるのって、ムズいし』

『けど……ちょっとずつ、努力してみる』

『そんで、それよりも大事なことを、もっともっと考える。そしたら自然に、今ナナセが悩んでることも、スパッとたいしたことないこと、みたいに思えるかもだし』

『「大事なことって？」……そりゃ、あれっしょ』

『楽しいVTuber《ブイチューバー》ライフを続けつつ、自分のやりたいことを全部叶《かな》えられるように目指す——これが、今日からのナナセの目標ってことで！』

『というわけで、今日はこの辺で！　んじゃ、おつナナ〜！』

金剛《こんごう》ナナセの、八月最後の配信が終わった。

よって、俺たちの取引は今日をもって終了する。もう彼女のチャンネルアナリティクスを見ることもなければ、Bloom《ブルーム》に頻繁に顔を出すことも無くなるだろう。

多少、感慨深いものはある。俺、よくやったなあ。世良《せら》はもっと頑張ったな、とか。

まったく寂しくないかと聞かれたら、それも嘘《うそ》になるが——でも。

俺と金剛ナナセとの接点が終わるだけで、世良との関係が終わるわけじゃない。

先輩後輩として、顔見知りとして——あるいは、友人として。

そういう付き合いがあってもいいんじゃないかと、俺は勝手に期待しているけれど。

「……ん？」

【金剛ナナセ @Kongo_Nanase7】
配信見てくれた人、ありがと！

今日とは別に十万人記念配信もやるから、後で告知するね！

ナナタミの皆と色んな人のおかげでここまで来たから、これからも頑張る(๑•̀ㅂ•́)و

……ついでに、マネさんもありがと！


――なんだよ、ついでかよ。

通知で金剛《こんごう》ナナセのつぶやきを見てから、俺はノートPCの電源を落とした。

水と甘い物。世良《せら》はいつも、防音室から出た時には、その二つを欠かさない。

だから、俺は冷蔵庫からペットボトルの水とコンビニのクレープを取り出す。

取引の終わりにしては平凡すぎるなと苦笑いしながら、俺はそれらをテーブルに置いた。


【金剛ナナセ @Kongo_Nanase7】

そうだ、運営さんからお話する許可は貰《もら》ったから、もう一個だけ。

ナナセの話ってよりかはＢｌｏｏｍ《ブルーム》の話になるんだけど、近いうち、おっきなニュースがあるから、皆も楽しみにしておいて！

ヒントは、そうだなあ――歌とアコギが上手《うま》い、とかかな……？

【#10】その夢は、ダイヤモンドのように

九月一日。永遠とも思えるほどの濃い夏休みが終わり、二学期を迎えた。

新たな期の始まり、イコール、集会。

その日の一時間目は全校朝会ということで、体育館に集められて先生方から話があったり、文化祭や体育祭について触れられたり、校歌を歌ったりと——いかにも欠伸《あくび》が出そうなスケジュールが流れていった。

……というか、実際に欠伸しまくりだった。眠い。そして、どうして体育教師はああも声がデカいのか。その謎を解き明かすべく、我々生徒たちはアマゾンへ向かった——。

……いつもと変わんないな、あいつ。

マイクの設置と撤収を行っていた世良を遠目に見つけて、そんな風に思った。

夏までは、あの光景がなんの変哲も無い、それこそ自然現象に近いものとして俺の目には映っていたはず。

でも今は、知り合いがせっせこ働いているのを見て……へえ、大変そうだなあと、両の目でぼんやりと姿を追いかける程度の関係になっている。

あんだけマイナスな出会いをした相手にもそんな感情を抱くんだ。

人生、何があるかわからない。

§

【新衣装お披露目《ひろめ》】色々報告があります(o^^o)【雫凪《しずなぎ》ミオ】


『というわけで、今回もアトリエママときりひめパパに、衣装を仕立ててもらいました——めちゃ可愛《かわい》いでしょっ？　白ワンピースで、ちょっと肩も出てて～……Ｔｍｉｔｔｅｒ《ツミッター》の方に三面図も載せてるから、できれば設定資料から熟読してほしいなっ』

『これがまず、一個目の報告ね。しばらくは配信でもこの衣装でやっていこうかなって感じだから、よろしく……寒くないかって？　こっちはまだまだ暑いから、大丈夫です！』

『それで、二つ目』

『私と事務所公式のＴｍｉｔｔｅｒの方でも事前に告知してたけど……遂《つい》に私《わたくし》雫凪ミオ、Ｂｌｏｏｍ《ブルーム》という事務所に所属することになりました～、ぱちぱちぱち』

『……と、いうわけなんだけど。皆、正直なところ、どう？　……「ミオちゃんが決めたなら！」「事務所かあ」「Ｂｌｏｏｍって、聞いたことない」……まあ、わかる。新しい環境って、やっぱ不安だよね。今まで良かったのに、なんでっ？みたいな感じで変わっちゃったら、ちょっと嫌だし』

『だから、ひとまずはちゃんと伝えておくね。私の配信とかやりたいこととかはこれまで通りでいさせてもらえるから、大丈夫。私は私のまま、変わらないままでサポートだけしてもらえるから——虫の良《い》い話だなあって思うけど、そこはほら、大切だもんね』

『それでそれで、これが三つ目の報告なんだけど——Ｂｌｏｏｍには、私の先輩がいるの』

『名前は金剛《こんごう》ナナセちゃん。夏は毎日すっごく頑張って配信してたから、配信見たことある人もいるよね？　その、ナナセちゃんと……早速今度、コラボすることになりました！』

『シリウスちゃんに続き、二人目……輪が広がっていくね……私、自分からコラボ誘うの苦手だから、こういう機会があるの嬉《うれ》しいな……ふふっ』

『そうそう。それで、皆に聞こうと思ってたんだけど、ナナセちゃんとの初コラボ、どういうことやってほしい、とかってのある？　Ｔｍｉｔｔｅｒとかマシュメロみたいなところで意見集めたいから、もしあるって人は、そこに送ってくれると嬉しいな——』

§

雫凪《しずなぎ》ミオがＢｌｏｏｍ《ブルーム》への加入を配信で発表した日の、翌日の夕方。

俺は何故《なぜ》かＲＥＤ　ＥＹＥ《レッドアイ》のオフィス、Ｂｌｏｏｍの休憩室に呼び出されていた。

「まさか、三日も経《た》たないうちに来ることになるとは……」

赤いネオンライトを拝んでから、オフィスの中へ入っていく。

『雫凪ミオの歓迎会をするので、先輩も来てください』

世良《せら》からＬｉｍｅ《ライム》で送られてきたメッセージの後には、『絶対に』と付け足されている。

なんだか殺伐とした空気を感じた俺は咄嗟《とっさ》にポメラニアンのスタンプを送ったが、返事は特にない。せめて何か言ってくれ。既読無視はやめろ。

「あー、お疲れさんです……」

「なんで呼んでもないのに才座《さいざ》さん、あなたも来てるんですか。関係ないでしょ？」

「だ、だって、カミィの歓迎会らしいデスし……豪華な料理もあるって……」

「才座さんに食べさせる餌はありません……そして山城《やましろ》先輩、あなたもです。ぱっと見聡《そう》明《めい》でこういった無茶《むちゃ》は止めるタイプに見えるのに、意外に図々《ずうずう》しいんですね」

「あら、あたしには参加する権利があるはずよ？　だって、雫凪ミオのモデリングってい う、この会社のためになることをやってるんだから。会食に招かれてもおかしくないわ」

「……あまり納得はできませんが、わかりました。でしたら、才座さんはお引き取りを」

「て、敵がまた増えた……もう良《い》いデス！　ニアの味方はカミィだけデスよーだ！」

テーブルには寿司《すし》やらオードブルやらが置かれていて、ホワイトボードには『雫凪ミオ歓迎会』と書かれている。そして、その周りでさらに、一悶着《ひともんちゃく》発生していた。

「あ、チカ、遅いデスよっ。待ちくたびれて、もう先に食べちゃってましたっ」

「亜鳥《あとり》先輩、十八時集合って教えましたよね？　何遅刻してるんですか？」

「こういう時は、千景《ちかげ》みたいに両方と繋《つな》がりがある人が一番最初に来なさいよ」

「ちょ、やめてくれ、一気に話しかけるな、それぞれのターンを守れっ」

「……」「……」「……」「だからって一斉に黙るなよっ！」

ダメだ、こいつら直前まで揉《も》めてたせいで冷静じゃない。

だったら……この中じゃ一番冷静そうな、本日の主役に聞くしかないだろう。

「……なあ果澪《かみお》。この歓迎会って、誰が企画したんだ？」

「世良さんと花峰《はなみね》さんだよ。こういうことするから来ない？ってメールで聞かれたから、みんなもいいですか？って返して、構わないよって言われたから、みんなも呼んだの」

「そのわりに、世良には伝わってないみたいだが……」

「まあまあ、これもほら、サプライズゲストってことで」

誰にとってのサプライズになってるんだろう。俺か？　それとも、果澪？

やっぱり、世良《せら》だろうか？

「……とりあえず、声をかけられた人は全員集まったので、改めて趣旨を説明します」

そう言って、世良はホワイトボードの前まで移動していく。

「とはいえ、説明は簡単です。これから雫凪《しずなぎ》ミオにＢｌｏｏｍ《ブルーム》という組織に所属していただく以上は、顔合わせも兼ねてきっちりと挨拶するべき。よって、こうした機会を設けさせていただきました」

「わーわー」「このサーモンは全部、ニアのもんデスっ」「仁愛《にあ》も聞きなさい」

「ですが。先に私から雫凪ミオに――海ヶ瀬《うみがせ》先輩へ言わなくちゃならないことがあります」

それから世良は――果澪《かみお》へ、深々と頭を下げた。

「この前は失礼なことを言ってしまって、すみませんでした」

果澪は驚いたような顔になって、どうするか悩む素振りを見せて、それから。

「……ううん、私もごめんなさい」

ぺこりと、同じように果澪も謝った。

「お世話になることばかり考えてて、世良さんの気持ち、蔑《ないがし》ろにしちゃってた。だから、おあいこで……でも、これからは二人で一緒に頑張っていければなって……良《い》い、かな？」

「……ええ、勿論《もちろん》です」

言って、今日は世良の方から握手を求めていて、果澪はもちろん応じて。

「……あらかじめ言っておくと、私は他人と仲良くするというのが、非常に苦手です」

すぐに世良は、そんなことを言い出した。

「世良さんも人見知り？　私もどっちかって言うと、そうだよ」

「いえ。緊張はしないですが、VTuber《ブイチューバー》は全員敵だと思っています」

「いきなりバチバチじゃんっ」

「特に雫凪ミオは私が望んでいた伸び方をしているので、はっきり言って未《いま》だに嫉妬しています。夜道に後ろから刺されないよう、精々気を付けることですね」

「……あ、あの、それって冗談だよね？」

「冗談に決まってるじゃないですか」

「わかりづらいよ！」真顔で刺々《とげとげ》しいボケを挟んだところで、世良は居直った。

「先ほどの嫉妬、という部分は事実です。ただ、それでも、その……ミオさんとは、上手《うま》くやっていこうと思うので……よろしくお願いします」

「……うん。こちらこそ、よろしくね」

——そそくさと端っこに寄って、その様子を見ていた俺と桐紗《きりさ》と仁愛は、うんうんと満足そうな顔で、その美しき親交の始まりを見守っていた。

ライバルであり、仲間であり、そして友人。せっかく同じ事務所で頑張るなら、そんな関係として、高め合っていければ、これ以上のことはないだろう。

「なんか、あの二人、意外と相性良《い》いかもしれないデスね」

「ああ。第一印象が悪い方が、後は上がるだけって言うしな」

「……これなら心配しなくても良さそうね。Ｂｌｏｏｍ《ブルーム》のサポート体制も教えてもらってるし、どうも世良《せら》さんとも、落ち着くところに落ち着いたみたいだし」

小声で交わしていると「じゃあご飯でも食べながら話そっか」と、果澪《かみお》の提案。

せっかく芽生えた親交の種だ。水を撒《ま》くなら、早いほうが良いだろう――。


「ところで。ミオさんは、どうしてアトリエ先生にイラスト頼もうと思ったんですか？」

「それは、アトリエ先生じゃないとダメだったから。他の人じゃ満足できなかったんだ」

「えっ……き、きりひめさんって、亜鳥《あとり》先輩の家に泊まったことあるんですか？」

「ええ。仕事とか遊びで、たまにだけどね。まあ別に、あるっちゃあるでしょ」

「シリウスさん。亜鳥先輩の隣に住んでて、ほぼ半同棲《どうせい》って本当なんですか？」

「は、はい。チカとは、ダディ公認の仲として、お付き合いさせていただいてマスデス」

雑談を続けていく中で、世良はわなわなと震え始めていた。

「……亜鳥先輩は、どうして平然とこの状況を受け入れているんでしょう」

「なるようになった結果がこれだからとしか言えないな……なあ、ところでお前、タペータム先生と面識あったりしないか？　雫凪《しずなぎ》ミオと金剛《こんごう》ナナセ、二人一緒にいるイラスト描きたいんだけど、一応話聞いたりしたいん、だ、が……」

「……おかしい。あなたたちは異常です、倫理観が私と百八十度違いますっ！」

世良《せら》は激怒した。うがーと、怪獣のように。あるいは、メロスのように。

「お、落ち着けよ。なんだ急に、まるで何か変なことでも聞いた、みたいな……」

「変なのは先輩方だって言ってるでしょう、この常識外れのド変態共っ」

そうしてまとめて括《くく》られて、世良に怒鳴られて、その時ようやく理解した。

俺たちは変らしい——今さら直すのも難しいから、世良に慣れてほしいもんだけど。

§

一時間ほど経《た》った後で、運営社員の人たちも休憩室にやって来た。果澪《かみお》と挨拶したり、談笑なんかしたりして、ようやく歓迎会っぽいムードに戻っていた気がする——その前の三十分くらいはずっと、世良が静かにブチ切れ続けてたし。正直助かった。

「……なあ、亜鳥《あとり》。二人で話さないか？」

花峰《はなみね》さんにそう誘われたのは、その最中のことだった。

二人でオフィスの一階まで降りてきて、エントランス前までやって来たところで、急に紙でできたよくわからないものを数本渡された。なんだこれ……。

「以前買っておいた線香花火だ。シーズンは過ぎたような気がするがな」

「やりたいんですか？」

「一人でやるにはもの淋《さび》しいが、大人数でやるようなものでもないからな」

花峰さんは地面に置いた蝋燭に火を点《つ》け、それから折り畳み式のバケツに水を入れていた——先にいいぞと言われたので、手元の線香花火の先端を蝋燭にかざす。

「……世良と仲直りできたみたいですね」

燃え尽きるのを待ちながら、俺は、そう振ってみた。

「以前も言おうと思ったが、別に喧嘩《けんか》していたわけじゃない。私の不始末で夕莉《ゆうり》の機嫌を損ねてしまっていただけで、そもそもの過失は私にある」

管理責任を認めたうえで、花峰さんは感謝を伝えてきた。

「……ありがとう、亜鳥。お前のおかげで、夕莉は精神的に強くなった」

「俺はなんもしてないですよ。ただ、近くにいただけです」

「それが一番難しいことは、わかっているだろう？」

「かもしれませんが……花峰さん、なんか俺を凄《すご》い奴《やつ》だと思ってません？　アトリエは神《かみ》絵師《えし》で敬われてもおかしくないですけど、亜鳥千景《ちかげ》はただの男子高校生ですからね？」

「ははは」注意すると、花峰《はなみね》さんは馬鹿に陽気に笑っていた。ボケてないんですけど。

「お前は普通じゃないよ。底抜けに善人だ。誰が何と言おうと、私が保証する」

「……聞きたいんですけど。なんで俺のことをそんなに良《い》い奴《やつ》だとか、評価するんですか？　終わった今ならまあ、実績はあるわけですけど。最初に頼む段階とかは別に、そこまで信頼に値することなんてしてなかったでしょ」

以前までのやり取りの中で、特別何かした覚えも無いし。あまりにも謎だった。

「……私がコミケのスタッフをやった時のこと、覚えているか？」

「ああ、はい。覚えてますけど」

「あの時の会場で、どうしてお前は、私と会った？」

「え？　いや、そりゃ……俺が同人誌買うためにサークルの列に並んでたら、前の人が急にぶっ倒れたから、大丈夫ですかって言って声かけて、そのまま医務室に付き添ったら花峰さんが救護スタッフとしていて、ややっ、バッタリ会いましたねって流れで……」

……ま、まさか、それだけのことで？　実際には言わずに醸し出す空気だけで訴えると、花峰さんは呆《あき》れたように、線香花火を持っていない方の手で前髪をかきあげた。

「好きなモノを買う機会を捨てて他人に尽くせるなんて、それだけで理由になるほどの美徳だろう。それに、実際はそれだけじゃない——これは感覚の問題だから説明が難しいんだが、亜鳥《あとり》。お前は節々で、無償の善性を見せるんだよ」

「例えば、なんですか」

「そうだな――誰かと歩道を歩く時には必ず自分が車道側に行ったり、店で落ちている商品を拾ったり、店員に対して、ごく自然に敬語を使ったり、とかだな」

「あまりにもしょぼすぎませんか、それ……」

この人、俺のこと好きなん？　そうじゃないと信じられないレベルの評価っぷりだ。

「違う。細かいことだからこそ、目に付くんだ。心根が腐っている人間は、部分部分で横柄だったり、身勝手な面を覗《のぞ》かせてくる。この点に関しては、私は自信があるぞ」

めちゃくちゃに食い下がってくるうえに、しかも熱心な物言いだった。

「だから夕莉《ゆうり》のことも頼んだ。問題解決をするに当たり、私より遥《はる》かに信頼できるからな」

「……じゃあ、もうそういうことで良いですよ」

呆れる俺。花峰さんは、どこからか酒の缶を取り出して、ちびちび飲み始めた。

「それ、なんの酒ですか？」「レッドアイだ」

ああ、それが……どうりで缶が、赤いと思った。

「そのぶん、危うくもあるんだがな」

花峰さんの線香花火は、やけに生き残っている。俺が二本目に入ってもまだ、ぎりぎり先端が燃えていた。

「縁起でもないこと言わないでくださいよ」「まあ聞け」

急にガチなトーン。酔っ払ってるのかなんなのか、語りたいらしい。

「善人は、何かを選ぶのが苦手なんだ」

「優柔不断ってことですか？　いや、俺夕飯選ぶのとかめっちゃ早いですよ？」

「それは極論、どうでもいいことだからだろう？　違う。もっと重いこと、相手の人生を左右するようなことや、感情に深く根ざした問題の話だ——思い当たる節はないか？」

……ありまくりだった。

生配信にしろ果澪《かみお》の件にしろ、今回の世良《せら》にしろ。

大切な話の場合、俺は行動する前に、まず考えてしまう。相手のこととか、諸々《もろもろ》を。

「決める時は、バシッと決めなきゃいけないってことですかね」

「そういうわけでもない。亜鳥《あとり》のような奴《やつ》の場合、悩めば悩むだけ理解して、納得できる答えを導き出すことができる。そのぶん、苦しむ時間は増えるわけだが」

つまり、悩むのは覚悟しろってこと？　ええ……なんか嫌だな、その予言。

「——ま、そんなに重く受け止めなくても良《い》いし、何かあったら言え。私はお前とは比べものにならないほどに失敗しているから、そのぶん参考になることもあるかもしれん」

「それはありがたいですけど、花峰《はなみね》さん、そんなにやらかしてるんですか？」

「言っただろう？　不正解を弾《はじ》いているだけだと。ミスを知っているからこそ、そうやって消去法で生きていけるんだ」

「……大人って、大変ですね」

「ああ、大変だ。なんせ誰しもが未熟なのに、勝手に大人にさせられるからな。私も、他の社会人も、全員そうだ──亜鳥も、知ってるんじゃないか？」

……仁愛《にあ》のダディ。海ヶ瀬《うみがせ》の親父《おやじ》さん。綿沢《わたざわ》さん。そして、花峰さん。

言われてみれば、そうかも。大人だからと言って、完璧だとは限らない。

「完璧じゃないからこそ、人は寄り添い合う。そして、ＶＴｕｂｅｒ《ブイチューバー》もそうだから──金《こん》剛《ごう》ナナセと雫凪《しずなぎ》ミオも、そうであってほしいものだな」

そこで、やっと花峰さんの一本目が寿命を迎えた。

……花火。

そういえばこの前、新しい花火大会のビラが撒《ま》かれていたな。

今年の夏は充実していたけれど、典型的な夏のイベントはあまりしていない。

イラストレーターとして感性を鍛え、刺激を受ける、ためだけではないけれど。

来年はより積極的に、季節感を求めてみても良いかもしれないな、と。

まだ夏の気配を忍ばせた夜風とライトの下で、俺は三本目の線香花火を手に取った。

派手な花火も綺麗《きれい》だけど、俺はこっちも好きだな──。

【Girls Side Summer】彼のいない、八月三十一日

──満天の星々に、極彩色の火華が咲いている。ぱらぱらとした破裂音が色とりどりの光を連れてきて、黒いキャンバスに塗料をばら撒《ま》いて、鮮やかな模様を描いていく。遠く、彼方《かなた》の星の光と一緒になって、その不揃《ふぞろ》いさが逆に、私には綺麗《きれい》に思えた。

鮮やかな色彩は空だけじゃなくて、私の周りもそう。

ふと辺りを見渡すと、浴衣姿の人たちが目に付く。家族連れ。カップル。学生グループ。なんでも、この花火大会は今年新しく企画されたものらしい。そういった目新しさから、沢山の人たちが遊びに来ているのかもしれない。新しいもの、みんな好きだもんね。

というわけで。今日は八月三十一日。夏休み、最終日。

私には贅沢《ぜいたく》すぎるほどに幸せだった夏の締めくくりが、この行事だった。

「──カミィ！」

待ち合わせ場所のベンチに座っていると、緑色の浴衣を着た仁愛《にあ》ちゃんがこっちに駆けてくるのに気づいた。手を振ると、彼女も振《ふ》り返《かえ》してくれる。可愛《かわい》い。

「待ち合わせ時間、遅れてごめんなさいデス……でも、Ｌｉｍｅ《ライム》で言ったように、ニアは悪くないんデス。遅刻したのはぜーんぶキリサのせいで……」

「あんたが浴衣着るの下手くそだからでしょうが」

それから、仁愛ちゃんに続くようにして——。

「……綺麗」淡い桜色の浴衣を誰よりも優雅に、荘厳に着こなしていた桐紗《きりさ》ちゃんを見た瞬間、私は頭の中で浮かんだ感想を、思わずそのまま口にしてしまった。

「え？　そ、そうかしら」

「もちろん。すごく似合ってるよ。ね、仁愛ちゃん」

「それは……そうデスけど」

「ほらね？」下を向きながらも仁愛ちゃんも褒めている。うん、だよね。

「ま、くれぐれもナンパされないよう気を付けることデスね。腰の帯とボディライン見える生地のせいで、ご自慢の爆乳と尻がアピールされてるわけデスし……ぶぶっ」

桐紗ちゃんに、両手で頬《ほお》をこねくり回される仁愛ちゃん。余計な一言はご愛敬《あいきよう》……というよりも、この二人の間ならではの愛情表現なんだと思う。

「……果澪《かみお》も綺麗よ」「うん、ありがと……」

二人のじゃれ合いの後で、私の青い浴衣を見た桐紗ちゃんから褒められて、だから私はその言葉をゆっくり、噛《か》みしめるように自分の中にしまい込む。

——たったこれだけのやり取りが、私にとってはどれもが宝物。

奇跡と思えるくらいに、煌《きら》びやかなものだった。

川岸の辺りに敷かれたブルーシートに陣取ってすぐ。仁愛《にあ》ちゃんは第二陣の花火を待たずに、近くに出店されている食べ物の屋台に走って行ってしまった。

『たこ焼きと焼きそばとわたあめとチョコバナナ買ってきマスねっ』

……凄《すご》い量。持ってこれるのかなと思ったけれど、どうなんだろう。

「よっこいしょ……はい、ラムネ」「あ。ありがと」

近場で飲み物を買ってきてくれた桐紗《きりさ》ちゃんが、私のすぐ隣に座ってくる。

そのまま片方の手で、青色の瓶を私に渡してくれた。

「……ふう。あんまり炭酸飲まないけど、たまに飲むと美味《おい》しいわね」

「特にこういうイベントの時だと、雰囲気も相まって良《い》い感じだもんね」

「わかるわ。こう、夏補正で一段とすっきりするのよね」

私も瓶に口を付ける。

泡立つ甘い味わいと一緒に、横にいる桐紗ちゃんの方から、瑞々《みずみず》しくて淡い匂いが漂ってきた——前に教えてもらった、桜の香水。外出する時にちょっとだけ付けているらしいけど、なんだか大人っぽい。それに、桐紗ちゃんらしい香りだとも思う。

「夏休み、何してた？」

「んーとね……バスケ部の練習したり、配信したり、後はそう、海に行ったり……」

「え、海行ったの？　水着買って？　誰とっ」

誰と、という部分のアクセントが一番強かったのは、気のせいかな。

「バスケ部の人たちと、だよ。桐紗ちゃんは、泳ぎに行ったりしなかった？」

教えると、桐紗ちゃんはなんだか安心したような顔になる。

「……行ってないし、絶対無理。温泉ですら一人じゃないと入れないのに、誰かと泳ぎに行って、不特定多数の人間に自分の身体《からだ》見せるなんて……」

想像しただけで、顔を赤くしてしまう桐紗ちゃん。うーん、解釈一致。

「桐紗ちゃんは、夏休みどう過ごしてた？」

「あたしは、そうね……仕事したり、果澪《かみお》と同じようにたまーに配信したり、後はまあ、モデリングやったりしてたわね」

「……皆には、貰《もら》ってばっかりだよね」

モデリング――私の誕生日にくれたミオちゃんの新衣装は本当に可愛《かわい》くて、一晩中眺めていても飽きないくらいにきらきらしていて。

「視聴者の皆だって絶対可愛いって思ってくれるはずだし、それに……」

「あ、待って。お金とか労力がとか言うのはナシよ？　だって、こっちが勝手にプレゼントにしようって思ったんだから」

「……うん、わかった。じゃあ、もう一回。ほんとに、ありがとね」

聞きながら、ラムネ瓶をもう一度傾ける桐紗《きりさ》ちゃんは、少しだけ照れくさそうにしてる。

「……はあ」それから、ため息もついていた。

「どうかした？」

「いえ、その……やっぱり千景《ちかげ》も誘えば良かったなって」

亜鳥《あとり》くん。ここにいない彼の名前が出されて、私はすぐに、彼の顔を思い浮かべた。

「マネージャーの仕事もあるだろうから、無理して誘わなかったんだけど……というより
も、私が言えなかったというか、でも、それは気を遣ってであって……」

今日の桐紗ちゃんの表情は万華鏡のように変わっていて、今はあたふたしている。

でも、その中に確かに、別の感情が見え隠れしていた。

――彼のことを考えているんだな、と思った。

「本当は、亜鳥くんにも来てほしかった？」

「……まあ、せっかくこうやって皆で来れる機会があるなら、千景も来るべきでしょ」

「そっか、じゃあ……」

私はゆっくりと、確かめるように聞く。

「亜鳥くんと、二人で来たかった？」

さっきの水着の話なんか比べものにならないほどに、桐紗ちゃんの顔は紅色《あかいろ》に染まっていて、ふるふる震えながら、なんとか何か言おうとして、でも、躊躇《ためら》っていて。

「……ううん。皆で思い出作れれば、それで良かった」

「……そっか」

「うん、そう、だから…………というか、なによその質問」

「ふふ、ごめんね……でも、花火大会なら来年もあるし、再来年も、それから先も――いつか、きっと行けるよ」

だから私は、なんの根拠も無い話を桐紗ちゃんに贈った。

続けて、頭の中で考えていた言葉も同じように言おうとする。

「でも、もし――もしも二人で行きたいって、そう思ったなら――」

二人が良い感《い》じになるように、アシストするから――。

「――」「……果澪《かみお》？」

言えなかった。頭に膜が張ったみたいに、答えがぼんやりしていって、私は――。

「……綺麗《きれい》だね、花火」

第二陣の花火が打ち上がり始めた。スターマイン。空一杯に炸裂《さくれつ》するそれはなんだか、私の頭の中みたいにぐちゃぐちゃで、鮮やかで、どうしようもなくリアルすぎて――。

「ま、間に合いましたっ……」

白いプラスチックの袋を両手一杯に抱えた仁愛《にあ》ちゃんが、私と桐紗《きりさ》ちゃんの間にぐいと挟まってくる。ソースと風の香りが混ざった、夏の匂いがした。

「あれ、どうかしました？　二人とも、なんか顔赤いデスけど」

「べ、別になんでもないわよ……ちょ、どんだけ買ってきたの？」

「言ってたやつはマストで、後はプラスアルファでりんご飴《あめ》とかも買ってきましたけど
——それで、こっちがカミィとキリサのぶんデス」

「あたしたちの別で、その量って……今は良《い》いけど、そのうち太るわよ？」

「大丈夫デス。ニアは成長期ってやつデスからっ」

……すぐそばで睦《むつ》まじくしている二人の顔を見て、私は思う。

来年も、再来年も、みんなと一緒にいたい。この絆《きずな》を、手放したくない。

皆からは受け取ってばかりだから。今度は私が、皆に返していく番だから。

そのために——この心残りのように萌《も》え始めている彼への想《おも》いは、秘めておこう、と。

秘めておきたい、と。秘めておかなくちゃ、と。

これ以上、出てこないでって——。

とめどないほどの感情を押し潰すように、私は確かに、そう祈った。

——花火が、また上がった。

あとがき

なんと今回のあとがきは一ページしか無いので、謝辞から失礼します（先手速攻）。

担当編集さん。進捗やら何やらで参っていた時期に声をかけていただいたりして、その説はお手数をおかけしました。おかげで以前よりも切り替え能力が培われました。

藤《ふじ》ちょこさま。緻密で可憐で美しいイラストを描いていただけるおかげで、今回の表紙の夕莉《ゆうり》はもちろん、他のキャラへの愛着も日ごとに増していっております……なんなら実家の神棚に大切に飾らせていただいてるくらいです。本当にありがとうございます！

また、一巻を読んでいただいた読者の方々はもちろん、中でも感想をネット上に発信してくれた方々へ。発売最初のうちはビビってエゴサ控えてたんですが、落ち着いたタイミングでちょこっとだけ巡回させていただきました。励みになります、頑張ります。

一巻の時も思いましたが、本というのは一人じゃ作れないんだなあということをまたしても痛感しています。沢山の方に協力していただいて、読んでもらって、それで形になる。

その点は作家として、というよりも人として、忘れないようにしていきたいです。

……とまあ、なんだかんだ書いていたら、真面目な感じになってしまいました。本当はユーモア溢《あふ》れる面白いあとがきを書きたいんですが、なんとも思い浮かばないもので。

今後はその辺も研究していければなと勝手に画策していますが——では、また今度。

MF文庫J

Vのガワの裏ガワ2

2023年 2月 25日　初版発行

著者　黒鍵繭

発行者　山下直久

発行　株式会社 KADOKAWA
〒102-8177 東京都千代田区富士見 2-13-3
0570-002-301（ナビダイヤル）

印刷　株式会社広済堂ネクスト

製本　株式会社広済堂ネクスト

Printed in Japan　ISBN 978-4-04-682208-6 C0193

●お問い合わせ
https://www.kadokawa.co.jp/（「お問い合わせ」へお進みください）
※内容によっては、お答えできない場合があります。
※サポートは日本国内のみとさせていただきます。
※Japanese text only

◇◇◇

【ファンレター、作品のご感想をお待ちしています】
〒102-0071 東京都千代田区富士見2-13-12
株式会社KADOKAWA　MF文庫J編集部気付「黒鍵繭先生」係　「藤ちょこ先生」係